华北抗日根据地及
解放区文艺大系

陈 晋 郑恩兵 主编

《晋察冀日报》
文艺文献全编

文艺评论
第二卷

杨 程 编

河北出版传媒集团
河北教育出版社

图书在版编目（CIP）数据

《晋察冀日报》文艺文献全编．文艺评论．第二卷 / 杨程编．—— 石家庄：河北教育出版社，2023.12

（华北抗日根据地及解放区文艺大系 / 陈晋，郑恩兵主编）

ISBN 978-7-5545-7669-4

Ⅰ．①晋… Ⅱ．①杨… Ⅲ．①文艺－作品综合集－世界－现代②艺术评论－中国－现代－文集 Ⅳ．①I11 ②J052-53

中国国家版本馆CIP数据核字（2023）第043821号

书　　名	《晋察冀日报》文艺文献全编·文艺评论·第二卷 JINCHAJI RIBAO WENYI WENXIAN QUANBIAN WENYI PINGLUN DI-ER JUAN
编　者	杨　程
责任编辑	管非凡
装帧设计	郝　旭
出　　版	河北出版传媒集团 河北教育出版社　http://www.hbep.com （石家庄市联盟路705号，050061）
印　　制	石家庄众旺彩印有限公司
开　　本	787毫米×1092毫米　1/16
印　　张	18
字　　数	225千字
版　　次	2023年12月第1版
印　　次	2023年12月第1次印刷
书　　号	ISBN 978-7-5545-7669-4
定　　价	110.00元

版权所有，侵权必究

丛书编委会

顾　问
陈平原　刘跃进　王长华　李　扬

编委会主任
吕新斌

编委会副主任
彭建强　孟庆凯　刘　月

主　编
陈　晋　郑恩兵

副主编
董素山　向　回　汪雅瑛

编　委（按姓氏笔画排序）
马春香　王少军　田浩军　包来军　吉　喆　刘书芳　刘贵廷
关小彬　杨　程　杨春生　宋少净　张　辉　张川平　赵　华
高露洋　郭义强　阎晓宏　梁晓晓

编纂说明

在中国共产党百年发展历程中,文艺始终是党领导人民开展进步事业的有机组成部分,是党在各个历史时期的中心工作的实时反映和重要推动力量。"华北抗日根据地及解放区文艺大系",是一部全面展示抗日战争和解放战争时期华北地区党的历史创造、奋斗风采和形象建构的大型革命历史文艺文献丛书,对于深入研究华北地区革命文艺史、红色新闻史,弘扬伟大建党精神、梳理中国共产党人精神谱系,是必不可少的第一手资料,是我们在新时代坚定树立文化自信的重要思想资源。

一、编纂缘起

抗日战争及解放战争时期,华北地处各方政治与文化力量激烈博弈的前沿,这种特殊政治、军事、文化、地理环境中产生的革命文艺,具有鲜明的地域性特征,是五四新文化运动以来的革命文艺发展史上的突出标识。

但一直以来,由于史料文献整理不足,对华北抗日根据地及解放区文艺的研究,始终未能深入,其独特的地域性实践价值和蕴含的文化创新意义被严重遮蔽。这些史料文献主要以党报党刊的形式呈现，梳理汇编这些党报党刊中的革命文艺史料，借之以探索华北革命文艺的发展路径、发展方向、创造机制和创新经验，是深入贯彻习近平总书记关于"把红色资源利用好、把红色传统发扬好、把红色基因传承好"，"用好红色资源、赓续红色血脉"等系列重要讲话精神的有力举措，也是新时代文艺研究者不可推卸的责任。

2017年6月左右，我们去中国社科院文学所拜访时任所长刘跃进先生，协商合作研究事宜，寻求中国社科院文学所的帮助。请教过程中，刘先生建议我们结合地方特色，做好地方红色文艺文献的搜集整理与编纂出版工作。经过一段时间筹备，2017年底，我们以"河北红色经典系列丛书"为名，正式申报"2018年度河北省省级宣传文化发展专项资金"项目并成功立项，旨在通过选定刊行河北红色经典作品、梳理汇编河北红色经典研究资料、系统阐述河北红色经典发展历史等基础性工作，打造一个集大成式的河北红色经典文献资料库。

项目最初设计共二十四卷，包括六大板块：《河北红色经典史》一卷、《河北红色文艺作品选》六卷、《河北红色经典作家作品索引》三卷、《河北红色经典研究资料汇编》四卷、《〈晋察冀日报〉副刊文学作品全编》六卷、《晋冀鲁豫抗日根据地文艺作品及〈新华日报〉太行版文艺作品汇编》四卷。但在项目实施过程中，我们充分吸收专家意见，认为网络时代和大数据背景下的科研活动有了很大变化，《河北红色经典作家作品索引》与《河北红色经典研究资料汇编》的编纂工作，在当前学术生态中价值不大，并予以取消。同时，在项目实施过程中我们发现，《晋察冀日报》《人民日报》等党报除刊发大量文艺作品外，还有大量记录边区文艺工作者行迹，反映边区戏剧、音乐、文学、美术、舞蹈、曲艺活动与报刊书籍出版发行等各方面情况的文艺史料，以及体现我党文艺方向、方针变化的政策文件与重要领导讲话，是华北地域党和人民对敌作战的重要宣传武器，更是飘扬在华北地区军民心中一面旗帜。这些史料是华北地域革命文艺发生、发展与壮大的真实记录，对我们正确认识革命文艺的特点与历史地位有重要的决定性作用。

为此，我们精心整理了《〈晋察冀日报〉文艺文献全编》《晋冀鲁豫〈人民日报〉文艺文献全编》《〈晋察冀画报〉文艺文献全编》《晋察冀日报社人物志》（共五十一卷），同时收入全国抗战时期和解放战争时期与河北地域相关且被广大群众所喜爱并广泛传唱的红色文艺作品，结集为《河北红色文艺作品选》（共六卷），至此形成丛书目前的五大板块，而且将名称由"河北红色经典系列丛书"改为"华北抗日根据地及解放区文艺大系"，方便以后在此基础上做进一步拓展。

二、地域范围及文艺特质

华北抗日根据地包括当时山东、河北、山西、察哈尔、绥远、热河全部及豫北、苏北、皖北部分地区，分晋绥、晋察冀、晋冀豫、冀鲁豫、山东五大块。1941年，冀鲁豫合并到晋冀豫，称晋冀鲁豫。其中晋察冀抗日根据地作为开辟最早、地域最大、人口最众的模范抗日根据地，是华北抗日根据地的坚强堡垒，牵制和抗击了三分之一以上的华北日军和二分之一的伪军。

在河北及其邻省周边地区开辟与创建华北抗日根据地，是红军长征到达陕北之后党中央迅速做出的重大战略决策。这些根据地地处对日武装斗争最前线，不仅打开了抗战的新局面，成为华北敌后抗战的主战场,而且进行了新民主主义社会的实践探索,对解放战争的历史进程产生了巨大影响,成为我党开辟东北解放区的前进基地和逐鹿中原的战略后方。随着抗日根据地的开辟,延安文艺工作团、西北战地服务团、东北促进纵队干部队、八路军总政治部前线记者团等大批文艺工作者,随同党政干部一道陆续抵达华北,东北、平津的青年学生也纷纷冒着生命危险来到边区。他们一手拿枪,一手拿笔,深入农村与抗战前线,切身体会工农兵的生活,深刻了解工农兵的需求,从而根本上克服了艺术至上主义思想倾向。所以,华北抗日根据地及解放区文艺,既响应了伟大的民族抗战对文学艺术提出的时代要求,亦充分兼顾到广大人民群众的接受习惯和欣赏水平,真实地反映了华北人民火热的战斗与生产生活。很多作者本身就是农民、战士或基层工作者,他们把自己的经历和熟悉的人和事,通过小说、戏剧、诗歌、报告文学、歌曲、绘画、舞蹈等文艺样式记录下来,语言通俗平实,富有生活气息。由于产生于特定时代、特定区域而又适应特定需要,故而无论是题材、语言还是风格,在体现革命大众文艺共性的同时,又具有强烈的华北地域特性。

华北抗日根据地及解放区文艺的繁荣发展,是专业文艺工作者与工农兵群众共同创造的结果。人民群众不仅是革命文艺运动的主导主体、推进主体、受益主体,还是一切成败得失的评判主体。华北抗日根据地及解放区文艺,归根结底,是"以人民为中心"的文艺。

三、学术价值

今天的河北在抗日战争、解放战争时期是晋察冀、晋冀鲁豫两大根据地的中心区域,有着悠久的革命历史传统和丰厚的红色文化底蕴。据不完全统计,抗日战争和解放战争期间,仅晋察冀边区专区以上就办有报刊四百余种,编印图书五百余万册。如果将这种统计扩大到环绕河北的整个华北抗日根据地及解放区,时间扩展至从中国共产党成立到中华人民共和国成立,数据更为可观。这些红色图书、报刊的出版发行,团结了一大批来自全国各地的著名革命文艺家和专业文艺工作者,其中有大量文艺相关信息,是研究近现代中国革命文艺的重要史料。但因受当时物质条件及复杂局势影响,它们传播范围有限,保存困难,如今已普遍出现老化或损毁现象,面临着消失、断层的危险。

长期以来,由于对抢救、整理和利用红色文艺文献的意义认识不足,现行的科研评价、出版机制亦难以有效刺激科研工作者积极从事老旧报刊等红色文艺文献的系统整理,大量有待整理的红色文艺文献尚未进入学界的视野。特别是华北抗日根据地及解放区的文艺文献,有很多甚至还是学术盲区。如《冀中导报》《救国报》《边政导报》《冀南日报》《团结报》《前进报》《新察哈尔报》《冀热察导报》等各类党报,以及《冀热辽画报》《冀中画报》《北方文化》《五十年代》《新长城》《新群众》《诗建设》《诗战线》等期刊,虽有部分学者对其办报(刊)历程、思想以及传播等方面予以研究,但均无系统的文艺文献整理本。"华北抗日根据地及解放区文艺大系"整理的《晋察冀日报》、晋冀鲁豫《人民日报》、《晋察冀画报》,是当时华北抗日根据地及解放区党报党刊的典型代表,是党的理论和实践同文艺结合的主要媒介和载体,是华北革命文艺重要的传播平台。这些报刊,既客观记录了华北革命文艺的传播与发展,也完整展现了华北革命文艺的特殊使命与风格特征,具有极其重要的史料价值。在此基础上,我们还会将视角延伸到《晋绥日报》《新华日报·太行版》《新华日报·太岳版》等党报,不断地充实这套大型文献史料丛书,以此来系统建构华北抗日根据地及解放区的"文艺史料学"。

四、丛书特色

这套丛书的编纂，主要以抗日战争及解放战争期间华北境内各根据地、解放区出版、发行、制作之图书、期刊、报纸等红色文献中的文艺资料为内容。编纂特色主要包括：

（一）抢救珍贵历史文献，弘扬伟大建党精神。

华北抗日根据地及解放区的红色文献发行于条件艰苦的战争年代，数量少，印制质量粗糙，历经岁月的洗礼，留存下来的品相完好者已经很少，有些到今天已成孤本。这些文献作为特定历史时期和区域的产物，见证了中国共产党领导华北人民争取民族独立和人民解放的伟大历程，反映了华北近代社会的巨大变化，蕴含着珍贵的史料价值和鉴往知来的现实意义，是中国共产党领导的文艺事业、新闻出版事业与意识形态建设发展的历史见证。它们诠释了党的初心和使命，蕴含着坚定的理想信念与崇高的革命精神，到今天仍然具有强大的感染力与说服力，是陶冶情操、磨炼意志，走好新时代长征路的有效精神资源。抢救性搜集、整理与研究这些珍贵历史文献，有利于增强党政干部政治信仰，弘扬伟大建党精神和践行社会主义核心价值观。

（二）文艺与党史密切融合，拓展革命文艺与党史研究的新视野。

革命文艺作品的创作、发表和传播，和党的历史任务和奋斗实践是分不开的。在艰苦卓绝的革命岁月，奋斗前行的中国共产党始终强调，既要拿"枪杆子"，也要拿"笔杆子"。革命的文艺工作者，一手拿枪，一手拿笔，深入农村与抗战前线，以人民大众易于接受和欣赏的形式，宣传党的政策，推行党的方针，为中国共产党顺利完成不同历史阶段的中心任务和伟大使命发挥了独特而重要的作用。本套丛书收入的文献史料，主要是抗日战争与解放战争时期党报党刊中的文艺作品与文艺史料，它们鲜明生动地体现了党的历史，党领导人民争取民族独立、人民解放的奋斗历程和精神面貌，从而为学界从文艺角度研究党史和从党史角度研究文艺提供了有力支撑。

(三) 作品汇编与史料梳理并行，还原革命文艺的历史场域。

"华北抗日根据地及解放区文艺大系"的编纂，全面辑录华北抗日根据地及解放区党报党刊上刊登的诗歌、小说、戏剧、报告文学、散文、歌曲、版画等文艺作品，并系统梳理当时文艺发生、发展、传播以及社会各界文艺活动的各类消息和报导，同时选编了大量的河北红色文艺作品作为补充。这种文艺史料与文艺作品的配合整理，还原了革命文艺的历史场域，有利于构建对革命文艺的科学认识。

五、丛书内容

(一)《〈晋察冀日报〉文艺文献全编》共三十八卷：

诗歌三卷

戏剧一卷

小说二卷

文艺评论三卷

文艺史料九卷

外国文艺二卷

散文报告文学十七卷

歌曲版画一卷

(二)《晋冀鲁豫〈人民日报〉文艺文献全编》共十一卷：

诗歌一卷

戏剧、小说、文艺评论一卷

散文报告文学五卷

文艺史料四卷

（三）《〈晋察冀画报〉文艺文献全编》一卷

（四）《晋察冀日报社人物志》一卷

（五）《河北红色文艺作品选》共六卷：

诗歌一卷

戏剧一卷

散文一卷

小说三卷

六、编纂体例

（一）整套丛书题材丰富、门类众多，在体裁上不做强行统一。

（二）丛书中所录作品均为当年报刊发表的原文。为确保丛书的文献性、学术性、专业性和资料性，丛书编辑加工的总原则为保持文献原貌，内容上不做改动。

（三）文字的使用

1. 丛书中文字的使用以2013年教育部、国家语言文字工作委员会公布的《通用规范汉字表》为准。

2. 丛书中的古体字、通假字、俗体字，以及所涉及姓名字号、职官地理等专用字，均予保留。

3. 丛书原文字迹模糊残损，但仍可辨认或可依上下文校正，以字外加方框"□"表示；原文缺字或无法辨识，且无法校补，每字以一个方框"□"表示；如无法统计所缺字数，则以"☒"表示。

4. 丛书中数字的使用，保持原貌。

（四）标点符号及其他符号的使用

1. 丛书在不改变原文意义的情况下，将旧式标点改作现行标点符号。

2. 丛书原文中出现代表文字的符号，如"×""△""○""▲"等，保持原貌。

3. 丛书原文中的着重号、专名号等不再保留。

（五）其他

1. 丛书原文中的注释，保持原貌；编者亦出部分注释，供读者参考。

2. 因为原始文献本身产生于战争年代，保存不易，漫漶不清处较多，丛书疏误之处在所难免，希望专家读者批评指正。

七、鸣谢

本套丛书得以顺利面世，要特别感谢中共河北省委宣传部、河北省社会科学院、河北教育出版社的资金支持，以及北京大学陈平原教授、中国社科院文学所刘跃进研究员、南开大学文学院李扬教授、河北师范大学文学院王长华教授等，为丛书编纂提供了多方面的学术支撑；晋察冀日报社老报人及报史研究会诸位老师，中国社科院文学所现代室、中国丁玲研究会、中国现代文学馆各位专家，也在丛书编纂过程中提出了许多建设性意见；院内外的数十位年轻科研工作者，在原文录入和校对方面付出了艰辛劳动，确保了项目的顺利进行。在此一并致谢。

把艺术交给大众（代序）
——祝贺"华北抗日根据地及解放区文艺大系"结集问世

中国社会科学院　刘跃进

由河北省社会科学院文学研究所编纂、河北教育出版社出版的"华北抗日根据地及解放区文艺大系"结集问世，值得庆贺。

文艺是时代前进的号角。1937年7月7日，卢沟桥事变爆发，全面抗战由此而起。广大的爱国知识分子和青年学生，表现出同仇敌忾的民族气节，走出书斋，走出校园，用知识，用智慧，用不屈的精神力量唤醒民众，用实际行动担负起抗日救亡的历史重任。在此后的岁月里，延安文艺和华北抗日根据地及解放区文艺，是中国共产党领导下的两大主体，双峰并峙，展示着那个时代的风貌，引领了那个时代的风气。

随着抗日根据地的开辟，延安文艺工作团、西北战地服务团、东北促进纵队干部队、八路军总政治部前线记者团等大批文艺工作者，随同党政干部一道陆续抵达华北，东北、平津的青年学生也纷纷冒着生命危险来到边区。他们一方面积极创作大量街头剧、活报剧、街头诗、墙头小说、木刻版画、歌曲、舞蹈等革命文艺，开展抗日救亡宣传运动；一方面也通过开办文艺干训班，开展各行业、各阶层甚至全民的文艺创作与评选活动，吸引工农兵群众加入文艺队伍，掀起了"晋察冀一周""冀中一日"等具有深化性质的群众写作运动，以及"创造模范村剧团""穷人乐"等群众戏剧运动，为晋察冀文艺史添上了浓墨重彩的一笔。

说到这里，我想起2009年参加《北平学生移动剧团团体日记》捐赠仪式的一段往事。从1937年到1938年，在中国抗战史上唯一以大学生组成的"北平学生移动剧团"在长达一年半的时间里，历尽艰难，转辗于国民党第五战区的各个战场，演出话剧，创办报纸，宣传抗日，鼓舞斗志，谱写出响彻云霄的时代赞歌。移动剧团的成员每人一周轮流记述，用日记形式记录了那段不平凡的岁月，《北平学生移动剧团团体日记》就是这部历史的记录。它不是写给个人看的私密记录，也不是为将来面世扬名。作者完全出于一种历史责任，真实客观地记录了那段鲜为人知的历史，体现出强烈的史家意识。日记封面上有这样一段题记，"北平学生移动剧团·愿我永恒·中华民国二十七年二月二十三日始·璧华"。孤立地看这部日记，也许没有什么轰轰烈烈的战斗业绩，也没有什么感人肺腑的情感纠结。客观、平实是它的本色，正是这种本色，为那个历史年代留下一段真实。"北平学生移动剧团"的抗日活动，是文艺工作者投身抗日洪流中的一个历史缩影。

随着抗战的胜利，察哈尔省会张家口解放，晋察冀文协、晋察冀剧协、晋察冀音协、晋察冀美协、晋察冀通讯社、晋察冀边区剧社、晋察冀日报社、晋察冀画报社等文化团体随中共晋察冀中央局和军区领导先后开赴华北根据地，一大批文艺工作者也随之来到华北，开展丰富多彩的文艺活动。他们坚持毛泽东《在延安文艺座谈会上的讲话》中指出的方向，一手拿枪，一手拿笔，深入农村与抗战前线，既为切身体会工农兵的生活，也为深刻了解工农兵的需求，从而在根本上克服了自身相当普遍和严重的艺术至上主义思想倾向，为工农兵而创作，为工农兵所利用，以人民大众易于接受和欣赏的形式，普遍写人民大众的生产战斗故事。譬如左翼作家邵子南，于1938年10月随西战团到晋察冀，主持战地社日常工作，主编《诗建设》；1943年整风运动后，他到阜平任小学教员，在反"扫荡"中与群众、民兵一起转移、战斗，还直接在五丈湾跟随李勇的游击组对日寇展开地雷战；1944年5月随团回延安，在鲁艺任教，后调陕甘宁文协搞专业创作，开始大量创作反映晋察冀边区生活的小说。他以亲身体验为基础创作的短篇小说《李勇大摆地雷阵》（后改为《地雷阵》），运用阜平农民群众的语言，以口语化方式讲述了爆炸英雄李勇的抗日故事，明显吸取了民间说唱文学的优点，特别是在白话叙述中还插入不少快板式的韵白，更适合群众的喜好，因而在当时广为流传，家喻户晓，起到了很大的宣传鼓动作用。其他作品，如《荷花淀》《太阳照在桑干河上》《漳河水》《赶车传》《王九诉苦》《孟祥英翻身》《新儿女英雄传》《白求恩大夫》《我的两家房东》《穷人乐》《李殿冰》《戎冠秀》《没有共产党就没有中国》《团结就是力量》《没有土地的人们》《白毛女》等，都是成功的文艺典范，在现代中国文学史上占据比较重要的位置。

在华北抗日根据地及解放区的文艺创作成果中，还有数以万计的文艺作品和极具研究价值的文艺史料刊发在根据地及解放区所办的报刊上。很多作者，本身就是农民、战士或基层工作者。他们把自己的经历和熟悉的人和事，通过小说、戏剧、诗歌、报告文学、歌曲、绘画、舞蹈等文艺样式记录下来，语言通俗，富有生活气息。人民既是历史的创造者，也是历史的见证者；既是历史的"剧中人"，也是历史的"剧作者"。让故事中的人物自己编词、自己表演的创作方式，很好地反映出人民的心声，并让人民群众从生动活泼的艺术作品中得到教育，这确实是一个成功的尝试。

配合党的中心工作，"把艺术交给大众"，通过文艺唤醒大众，这已成为华北文艺工作者的自觉意识。他们积极响应伟大的民族抗战对文学艺术提出的时代要求，充分兼顾到广大人民群众的接受习惯和欣赏水平，创作了大量的作品，真实地反映了燕赵儿女火热的战斗与生产生活，起到了良好的宣传教育与鼓动激励效果。刘萧无编排新闻报道剧《李殿冰》，编剧与演员一起住到李殿冰家里，以便于熟悉主人公的生活，搜集真实生动的群众语言，还模仿他们的动作，理解他们的心理，甚至还让主人公李殿冰等直接参与剧本的修改和编排。描写群众的生活，邀请群众参与创作，这是当时文艺工作者走群众路线的生动体现。该剧演出后获得当地老百姓的极大赞赏，鲁中实验剧团还专门学习该剧的创作方法，创编了三幕五场话剧《过关》。艾思奇《前方文艺运动的新范例》更是誉其开创了前方文艺的新范例。抗敌剧社的《王老三减租小唱》、冀中火线剧社的话剧《我们的母亲》，也都具有这种特色。

这些文艺作品，可能略显仓促，有的甚至急就于战火中，所以在素材提炼、人物形象塑造以及语言的使用、细节的刻画等方面还有很多不足。但是，这不是一般意义上的创作，而是燕赵大地为争取民族独立、人民解放的集体记忆和行动号角，是中国革命事业的重要组成部分。华北抗日根据地及解放区的文艺，有很多这样未经沉淀的纪实作品，不管其艺术性如何，但在发动群众、组织群众、铸就抗击日寇和国民党反动派铜墙铁壁方面，发挥了无可替代的作用。20世纪五六十年代，河北地区涌现出大量的红色经典，便是华北抗日根据地及解放区文艺的传承和发展。

2017年6月，河北省社科院文学所郑恩兵所长来京与我们协商合作研究事宜。我根据所了解的信息，建议他们结合地方特色，做好地方红色文艺文献的搜集整理与编纂出版工作。"华北抗日根据地及解放区文艺大系"就是那次商讨的成果。全书由五个部分组成：第一部分为《晋察冀日报》文艺文献全编，第二部分为晋冀鲁豫《人民日报》文艺文献全编，第三部分为《晋察冀画报》文艺文献全编，第四部分为晋察冀日报社人物志，第五部分为河北红色文艺作品选。全书收录各种文体的作品六千余种，包括小说、诗歌、文艺评论、戏剧、报告文学、散文、文艺通讯、美术、书法和音乐、文艺史料，还有文艺信息、文艺广告，基本涵盖了华北抗日根据地及解放区的文艺创作情况，具有很高的研究价值。

时值中华人民共和国成立七十五周年之际，我们有机会阅读这部皇皇五十余册的"华北抗日根据地及解放区文艺大系"，更加深切地感受到新中国的建立真是来之不易，她是无数条战线的可歌可泣的人们不懈奋斗的结果。在这样一个特殊的日子里，我们感念当年那些有名无名的作者，感谢参与整理工作的学者，当然，更要感激我们这个伟大的时代。

目 录

报纸与新的文风	1
关于部队文艺工作诸问题	5
怎样读报	14
思想、生活和形式	18
党与党报	24
艺术教育的改造问题	28
新八股的始终	33
给党报的记者和通讯员	38
戏剧在政治攻势的前线上	43
怎样以反党八股的精神编教材	49
《纪念连》	53
《绿芽》感	64
展开通讯员工作	67
我读了《丈夫》之后	70
论通讯工作	72
关于文艺工作者下乡的问题	77
工农干部要学文化	89
展开新的大众文化的启蒙运动	92
从春节的宣传看文艺的新方向	95
加强文艺工作整风运动为克服艺术至上主义的倾向而斗争	100
成仿吾同志在北岳区党的文艺工作者会议上的发言	115
朱良才同志对边区文艺工作检讨上的意见	117
略谈下乡	120
开始第一步	123

政治与技术 …………………………………………………… 126
加强报纸的战斗力 …………………………………………… 129
贯彻全党办报的方针 ………………………………………… 132
进一步加强党报通讯工作 …………………………………… 136
贯彻文化为工农兵服务的方针 ……………………………… 145
《李殿冰》是怎样演出的 …………………………………… 150
我们从高涅楚克的《前线》里可以学到些什么 …………… 153
当我写《李殿冰》的时候 …………………………………… 160
把新闻报道工作提高一步 …………………………………… 164
演出《血泪仇》的几点经验 ………………………………… 168
此次文教大会的意义何在 …………………………………… 171
开展大规模的群众文教运动 ………………………………… 176
关于部队的报纸工作 ………………………………………… 186
沿着《穷人乐》的方向发展群众文艺运动 ………………… 195
《李国瑞》写作前后 ………………………………………… 202
评《日出》的演出 …………………………………………… 207
一部群众自己的创作 ………………………………………… 210
《王秀鸾》评介 ……………………………………………… 216
"鲁迅的方向,就是中华民族新文化的方向" ……………… 220
算账 …………………………………………………………… 223
《血泪仇》介绍 ……………………………………………… 228
革命要有韧性 ………………………………………………… 230
"新洋片"在农村 …………………………………………… 232
庆丰戏院公演《血泪仇》效果良好 ………………………… 237
我学习音乐的经过 …………………………………………… 239
看了《血泪仇》与《枪毙杨小脚》的演出以后 …………… 255
我对《中秋佳话》的意见 …………………………………… 264

报纸与新的文风

建立新的文风，是整顿三风中的一件大事，同时又是报纸和报纸有关的一切工作者应当首先来倡导的事情。

我们已经知道：报纸不仅是报道消息，而且要作为建设国家、建设党、改造工作、改造生活的锐利武器。要把我们这伟大时代中各方面各角落沸腾的生活，反映到报纸上来，好的大家赞美、大家学习，坏的大家批评、大家引以为戒；但这是一个极其复杂的任务。过去一般人们对于报纸的认识并不是这样的。旧的传统是报纸只谈上层人物的活动，或者登载仅供消遣的社会新闻，至于深入广大群众的生活中去则是少有的。因此，报纸只是报馆工作人员的工作，读者对它的帮助是很少的。现在已经到了彻底改变这种旧传统旧观念的时候了。要使报纸成为我们改造工作的工具，就要使报纸的工作带着浓厚的群众性。每个机关、每个乡村、每个部队、每个学校、每个工厂，都有报纸的通讯员、撰述员、热心关切报纸的人。报纸上的消息、通讯、论文，要靠各方面工作的同志大家来供给，然后报纸的内容才能充实得起来。

不仅要积极地热心地来写，而且要写得好、写得生动活泼，能够吸引读者。如何从事这样写作，如何来建立新鲜活泼生动有趣的文风？这是报纸的每个工作者、每个通讯员、每个投稿者都要注意研究的问题。

在文字风格方面，报纸今天所碰到的困难是什么呢？

报馆每天收到不少的稿件，但这些稿件中许多是不能用的，就是登出的也不是全好的。我们有流血的战争，我们有各种富有生命力的建设，大地的面貌在改变着，人的面貌也在改变着，写作的材料是无穷的；但另一方面，好的稿件却是很少，千篇一律、刻板生硬的稿子是太多了。写锄草一定是从下雨开始，写三三制一定是党员退出党外人士补进，写学习一定是情绪高涨但有缺点，写敌后战争一定是"扫荡"反"扫荡"经验教训，写什么都有什么一套。有人开玩笑说：如果印好现成文章寄到各处，把人名地名填上去，岂不比另写省事吗？这虽是挖苦话，但从此也可以见得我们的文字急需改革到什么程度了。

有人要问：那么究竟什么风格才算好呢？应当学习什么文件呢？

新的文风应当打破一切固定的格式，不是动笔之先脑中先有了一个格式，那一定要写成"八股"，生动有趣的材料被格式束缚，新鲜活泼的思想被格式窒息死了，自己在地上画了圈子让它限制了自己，跳不出它的圈外。所以，打破固定的格式是第一要事。别人的好文章必须读，必须研究它的结构，但任何好的结构都要能灵活拿来自己用，自己的结构应看每次是说什么话对谁说话而有所不同。最好的裁衣师不是用衣的样式硬套在人的身上，而是根据人的身材决定衣的样式。写文章也一样，不公式化就可少点八股气，这是使文章写得新鲜活泼的一个重要条件。

无论什么文章最要紧的莫过于内容，而内容要有新的东西。几十字的消息或几千字的通讯或论文，都是一样。既然提笔写作，那就必然是有什么话非告诉别人不可。如无此种必需，那又何必写作呢？写文应如给朋友写信一样，每次有每次不同的问题，每次有每次不同的意思、不同的语调。给朋友写信，不能按着别人的信照抄，写文章也不能按样抄袭别人的意思或词句。已经讲过的再拿来重复，就有类于鹦鹉学话，别人是不高兴听的。好在我们生活中新的事情多得很，只要能钻进生活内部来观察，来寻找，那么新材料是写不完的。

新的材料是重要的，同时又要写得具体细致。我们常喜用抽象的名词来说明事情，但这些笼统的空洞的话，常使人摸不着头脑。譬如只说某人在学习中有了进步，就不如说他以前做工作是怎样，现在做工作是怎样，以前看问题是如何，现在看问题是如何。用抽象的话来说就好像雾中看人，若见若不见；用具体的事情来说，就好像看见人的面貌，听见人的声音，使人觉得真切实在。但要写得具体真切，先要自己懂得具体真切。只有不停留在表面的、轮廓的、漫画般的观察，而对于自己所要写的事情有仔细的研究，有周密的考察，才能办到。

要写得具体深刻，还须要把题目范围定得小些。我们常有一种坏习惯，喜欢定大题目。题目大了，侧面也就多了，内容也就复杂了，假如自己对于问题没有真知灼见，自然就要成了万金油八卦丹之类，百病皆医，而又一无所医的东西了。这样又怎能使文字写得不枯燥、不呆板、不奄奄无生气呢？如果把题目范围定得小一些，则自己要说明的问题既容易使之突出，同时自己的研究也容易深刻精通。这又是建立新的文风所要注意的。

说话的对象是谁，这也是提笔以前首先要弄清楚的。对一种人有一种话，上什么山唱什么歌。我们要知道听话的是什么人，他们的生活如何，需要的是什么，想着什么事情，喜欢什么，讨厌什么，然后我们才能用他们的语言去打动他的心弦。报纸的读者不是固定的，但每篇作品也还应有其比较特殊的对象。写作的时候，应当设想好像自己是在面对着自己的读者说话，那样我们的话说出来就会亲切有味，而不会隔靴搔痒、枯燥无味了。

总结一句：要充实报纸的内容，要把文字写好，就要解决两个问题，一是写什么材料，一是用什么语言来写。我们还不善从丰富的群众生活中去掘发材料，我们还不能认真去接近群众生活，我们还不善于用调查研究的方法去发现群众生活里的新的事情，我们还不善于搜集片段的谈话、零星的事实，加以组织酝酿变成自己写作的题材。因此，写作的材料是应当而且只有从群众的生活中去求得的。至于语言，当然不是说堆集使人头昏的形容词之类，问题在于我们的语言常常太单调、太枯涩，难以恰当而有力地表达我们的思想和情感。而语言的技巧，对于宣传是有极重要的作用的。要使言语丰富，必须学习民众言语，必须多读好的文艺作品。这是做文字活动的人必须致力学习致力锻炼的。

建立新的文风不是一朝一夕所能办到的，这是长期学习和工作的过程。有些人草率从事，写作之前既无仔细研究，写作之后又不慎重修改，稿纸写完，万事大吉，这是不对的事情。有些人因为新文风孕育建立就搁笔不写，这也是不应当的。须知利用报纸为报纸写作是每个党员和党外朋友不可推卸的责任，而废除党八股建立新文风只有在不断的刻苦的努力中才能达到。（《解放日报》）

（《晋察冀日报》1942年8月8日）

关于部队文艺工作诸问题
——在军区文艺工作会议上的讲话

聂荣臻

不久以前，我们曾讨论过关于部队文艺工作上许多问题，为了求得全军的更一致的了解，我们今天召集全军的艺术工作者来开会讨论一次，这是完全必要的。

我们所讨论的范围只限于部队的文艺工作，范围虽小，问题却是重要的。在同志们几天的会议中，已经讨论了许多问题，但有些问题还须提出谈谈，我今天所讲的就是以下几个问题：

一、八路军对文艺工作的态度

我们军队究竟是不是重视文艺工作呢？或者更广泛些说，是不是重视整个文化生活呢？同志们都在部队里工作了相当长的时间，而且都是做的文化工作，那么，为什么还把这个问题跟同志们来谈呢？因为这个问题是关于我们的基本态度上的问题，我认为是很重要的！

今天我们是处在伟大的民族解放战争中，是在广大的炮火连天的战场上，我们所在的地区比过去辽阔，文化也较发达，但就在红军时代那样狭小落后的地方、荒僻闭塞的蛮夷地区、渺无人烟的茫茫草原上，我们虽然没有像今天这样多的文艺干部，没有像今天这样堂皇的篷帐舞台，受着人力物力极端困难条件的限制，但我们仍然有着自己的文化生活，有自己的艺术。在艰苦的长征当中，我们同样有演戏、有跳舞，而张国焘曾骂过我们，说是"商女不知亡国恨"。他今天已经做了反革命的叛徒，他当时的这种说法，在我们也就毫不觉着奇怪，因为他的观点和我们是不一样的。

我们并不是说过去我们的文艺是怎样好，怎样满足于过去，而是用这样的事实来说明我们八路军是有着悠久的文化生活，而这也正是我们一贯的光荣传统之一。

我们不是自己来夸耀、骄傲，但我们可以说，像今天八路军这样庞大的艺术行列的活动，在中国其他的军队中还是找不到的。在伟大的战争过程中，真正反映战地生活的文艺作品又有多少呢？少得很，倒是从战地上产生的比较实在的东西，多少还有几篇。

我们的文艺工作做得好不好，那是另一个问题。但我们军队中，确有许多文艺工作者在开展自己的工作，却是事实。不仅今天在座的同志们在干着文艺工作，而且还有许多大大小小男男女女的同志，都在努力进行这一工作。这是我们八路军值得夸耀与骄傲的特点，是红军以来光荣传统的继承与发扬。虽然部队里的同志对于文艺工作的认识，由于各人文化政治水平的不同，对于问题的了解也许不免有出入，但误解文艺工作的究竟是个别的少数，如果拾取个别不好的例子夸大看成是整个的联系，那就不对了。

二、文艺工作者在八路军中的地位

也许有人要提出这样的问题："文艺工作者在八路军中的地位究竟怎样？"那么，很明显地，我们可以看到：在八路军里面，干部、战士、军事、政治、文化、后勤、经济各种工作人员，只有岗位的不同，而没有什么地位的差别，在地位上都是一样的。所以文艺工作者在我们部队中，也只是工作岗位有所不同，在地位上跟全军的指战员没有两样。

更具体地说，部队的文艺工作者，在组织上讲，是属于政治部门，所以他的地位，也就是政治工作的地位。我们的政治工作，就是党政工作，在八路军中，有着崇高的地位。这样说，部队文艺工作就是政治工作的一方面，也许有的同志还要认为这又把文艺工作者庸俗化，看得太平凡一点，不能表现出他们的特殊性。那么，文艺工作者究竟是什么呢？根据毛泽东同志整顿三风的报告，我们知道：新闻记者、文艺作家，都是政治工作者——宣传工作者、宣传家。所以在军队中，文艺工作者也就是宣传工作者、宣传家，这是没有把我们看小的。我们从来不争什么称号，称号是值不得争的，争称号是不会有好处的。

总而言之，在军队中，我们的政治工作是掌握了艺术这一武器，拿这武器为战争服务。就我们的文化武器来说，不管我们在军事上的装备是如何低劣，比不上强大的敌人和其他的军队，但在文化武器这方面，我们是很注意的，我们的装备却不是那样落后的，这是我们的特点。

我们没有看轻文艺这一武器，我们的党和军队的政治部门，是紧紧掌握了它。我们既没有看不起文艺，也没有特别看得起文艺。因为文艺工作是我们整个军队工作的一个方面，我们的眼睛是把它和其他的工作看得同样的重要，这样，我们才是真正对文艺的重视。

如果有人问到文艺工作者在八路军的地位如何，这样问的人可能是从两方面出发：一方面是外面其他军队对新闻记者的看法。本来，新闻记者也并不是他们军队的组成部分，所以他们对待新闻记者，是像客人一般的款待。但我们没有那样的做法，也不需要这样做。至于另一方面，那就根本是从坏的意识出发，斤斤于名利地位的问题。这在我们部队里是根本站不住脚跟，要想在八路军里争取特殊地位，是不应当，也没有可能得到的。

三、文艺工作者的前途

部队文艺工作者的前途究竟怎样？对这问题的答复是简单的，我们的前途就是胜利的前途,有了胜利的前途,其他一切军事、政治、文艺工作者才都有了前途。

具体地说,文艺工作者将来究竟怎样?那么我要说,今天我们的文艺工作者,还是在丰富自己的生活,锻炼自己的修养,这样一个努力发展的过程,我们还没有成为"家"——比如戏剧家、音乐家、美术家、文学家等等。现在我们还是无"家"可归,正在寻找自己的"家"的时候。"家"就是我们发展的前途,我们的同志,可以自己选择自己努力的方向。

至于今天的文艺工作者,是不是将来都成为文艺家呢?那倒不一定。也许有的同志有一天要放下笔杆,拿起枪杆,中途改行,变成军事家、政治家,因为他今天还不能确定自己发展的方向,尚在摸索与认识自己的过程中。同样,今天拿枪杆的同志,做其他政治工作的同志,也许由于自己爱好文艺,喜欢写作,和他自己在实际工作中许多丰富生活,而在将来变为文艺家,这也是充分可能的。

但,对于今天从事文艺工作的同志,我们是一定尽量使大家向文艺方面发展,给以胜利的条件,使得将来有所成就,造成自己的"家"。不过,到底能不能有所成就,这就主要的要靠自己主观刻苦的努力。在八路军中,是有了广大的战场,有同志们英雄用武之地,一切艺术活动都是自由的,你要到连队中去,要到前线上去,都是可以的。

我们鼓励大家都有专门的发展,只要自己真正下番苦功,将来的前途,无疑地都可以造成自己所要找的"家"。如果中途愿意改行,要做政治家、军事家的话,也同样有自己的发展。比如今天有许多小同志在剧社或宣传队做文艺工作,但由于他们年纪小,文化政治水平低,今天还不能预定自己发展的方向,但到了一定程度,将来大了,是听从他去自由发展的,要做一般的军事政治宣传组织工作都可以,我们决不限定他只有做文艺工作的资格。同样，如果一般的军事政治干部，他爱文艺，爱写东西，将来一旦他愿放下枪，说"我要改行，我要干文艺"，也同样有充分可能的。比如今天许多苏联成名的作家，在革命前是不知名的，后来在红军里面当军事指挥员或政治工作人员，因为他是生活在丰富的斗争中，对文艺有自己的爱好，在革命后有充分的时间写出来，终写出了成名的东西。

今天的文艺工作者将来不一定是作家，但毫无问题。我的意思不是说，今天在文艺工作岗位上的同志就可以马马虎虎，没有一定的方向。不是的，将来还是可以各自成"家"的。我们不仅希望在座的同志努力文艺上的成就，而且还鼓励一般军事政治工作人员，爱好文艺，很好地努力写作，将来也能成为文艺家。我们需要大批的文艺人才，这同样是我们所需要的丰富的家产。

即使我们也许有时把从事文艺工作的同志调去做别的工作，这也会有的。但我们的政治机关不是没有考虑，而是一方面看他向哪方面发展更有成就，同时看他自己愿意向哪方面发展，尽量征求他自己的意见。特别是青年，有的已经确定了自己发展的方向，有的还没有确定，不管确定不确定，如果他对别的方面有兴趣，他就有充分提出自己意见的自由，政治机关应考察他适宜于干什么工作，而把他放到合理的岗位上去。干其他的工作，也不会妨碍自己文艺方面的发展，因为今天我们还处在造就的过程，要有成就，就要与战争结合，在各种斗争过程中来丰富与锻炼自己。

同志们都有充分的自由，来决定自己发展与努力的方向。在军队里，我可以负责地说，没有任何人可以阻拦你们发展的前途，你们的前途是伟大的，光明的！

四、文艺工作者的成就问题

文艺工作者的成就问题，也就是在部队中怎样来培养文艺工作者的问题。

我们从延安《解放日报》上关于文艺问题的讨论来看，甚至还有人主张"超人"的艺术，"超阶级"的艺术。但我们的军队是党的军队，有自己的阶级性和党性，我们的艺术也是如此，有阶级性，有党性，有自己一定的立场和观点，而并非艺术超阶级或为艺术而艺术。极端的自由主义者，完全是失去了阶级立场与观点的人。

老实说，如果离开了马列主义的立场、观点，哪怕他写得再好，也是没有价值的。这不是宗派主义，因为一个作品是代表一定阶级的立场与观点，有它的党派性，世界上绝没有什么都不是的作家。一切所谓超阶级的艺术，只有被认为混淆模糊真理的价值，其他什么价值也没有，而小资产阶级的自由主义者，他自称"作家"，写出一些似是而非、动摇不定、半真半假的东西，难道这有什么价值可言吗？

所以我们的文艺工作者必须加强自己的党性。我们今天虽然是处在民族统一战线的时期，但我们是站在无产阶级的立场来进行这伟大的民族解放战争，我们的阶级立场与观点，是任何时候都不能掩藏，决不能与任何人苟合的。我们反对小资产阶级极端的自由主义，而要努力加强自己的党性锻炼。在今天，这也是我们整顿三风的中心问题，是思想方法的改造问题。没有正确的观点、立场与思想方法，就写不出好的东西，同样，他也不会吸收好的东西来滋养自己。

其次，我们要丰富自己的斗争生活。也许有人以为在军队中从事文艺创作会有许许多多的困难，比如时间不够啦，日常的工作太多啦，我们对这个问题显然与这些人了解不一样。如果你要在军队中真正从事文艺工作，那么，就必须参加与了解真实的战争生活，在烽火弥漫的战场上去丰富自己的生活材料。如果关起门来写东西，是不能很好地反映战争现实的真实的。

我们部队文艺工作者，是过着军队的生活，即使是在剧社，生活上也多少有和连队相同的地方，但和连队生活到底还有很大的差别。如果真到连队中去，跟战士打成一片，就可了解在战场上的一些问题：在炮火连天的场合，在打枪的时候，在冲锋肉搏当中，在爬上敌人堡垒工事的一刹那，战士们脑海里想的是什么？心里发生的是一种什么样的感情？这些问题，绝不如我们所猜想的那么简单。我们今天希望有创造能力的同志到连队上去生活一个时期，真正体验一下战斗生活，在必要时也扛起枪杆，跟战士们一起战斗，那一定和今天的生活大不相同，而会写出很真实的东西来。中国的古话说"不入虎穴，焉得虎子"，这很有道理。比如曹禺写《日出》，他就真正跑到烂窑子里去体验，这种忠于现实的精神，是应该为创作者所取法的。

我们今天处在伟大的民族革命战争的烽火中，但写出来的东西却不像真实的战斗，这说明我们的生活与战场是隔离的。

老实说，今天如果只是要求时间，要求一个安静的房子，要求加点煤油……这并不能解决创作上的困难问题。我们并不要求同志们马上就写出伟大的作品来，不要企图写一本大东西，一举成名，像那考博士、中状元一样，而是要求大家深入地体验生活，丰富自己的经验与题材。

直到今天，尽管还没有出现真正反映战争的伟大作品，战时的中国文坛，显得异常的贫乏。但我们鼓励同志们说，伟大的作品将来一定要产生，而且一定会产生在前线，产生在堡垒附近。

今天的问题是文艺工作者真正与战争结合，走进伟大斗争中的问题。部队的文艺工作者虽然没有隔离斗争生活，但还不够丰富、不够深入。

也许又有人说，今天创作少的原因，是批评太多、鼓励太少。但实际上，我对于作品的好坏，就从来很少批评，这不是自由主义，因为我们的同志还是在创作的过程。我的批评少，也不是因为今天的创作毫无成就、不值得一评。我们的作品当然也有好的，但我决不说，某人的作品如何伟大，怎样空前绝后，因为这样的批评没有一点好处。过分的夸奖和乱捧一通，是害死人的事情，好的当然应该鼓励他继续前进，但过分的夸扬却会使年轻的作者短命夭折。可是，另一方面，向同志们泼冷水好不好呢？批评作品总是"一无所成"或"失却立场"，这也是不好的。固然，有些问题，严格地讲起来是立场的问题，但我们决不严格地批评，因为这不是作者主观上故意这样做的。我们知道，同志们多是小资产阶级出身，还没有经过长期的锻炼，如果这样□高的批评，就使人没法工作。我们的批评，主要是采取善意的修正的方式，使同志们在工作中有所取舍，求得工作上的改进。如果开口就是"政治问题"，闭口就是"原则问题"，这将使许多文艺工作者战战兢兢，不敢动手了。

我们鼓励同志们大量创作，大胆创作，有缺点就纠正，就是有些成就，也不必特别夸耀。

五、部队文艺工作者的团结问题

这是最后一个问题。一般地说，我们部队文艺工作者是团结的，如果有小的不团结的现象，也只是个别的。但这里为什么还提出团结的问题呢？因为我们过去是团结，今后还要团结。在今天，我们虽然同在一个政治工作系统的领导下进行工作，但外面一般文艺工作者的宗派主义恶习，也难免影响到部队中来。我们本身的任务，要保证整个部队的巩固团结，我们自己就更加应该首先是团结的。在我们部队中间，如果不团结，就一天也不能存在，那是绝不容许的。任何人都只有团结的自由，不团结的自由是没有的。

这需要领导的政治机关，在批评的问题上，进行很好的教育和领导。

在文艺工作者方面来说，对自己的批评和对敌人的攻击，应该有显然的分别。对敌人所谓团结，没有什么客气可讲，尖酸刻薄、冷嘲热讽、谩骂讥刺，种种笔法是任同志们去选的。但对自己就不能这样，而应该是善意的批评，毫无问题的应该是表扬多于责备。故意找岔子、故意讽刺嘲笑，都是要不得的。明枪暗箭虽是文艺工作者常常玩弄的笔调，但绝不能用在对自己人身上。争论问题，打笔墨官司，态度不好，收效也是不大的。

在整顿三风中，还有人玩弄讽刺的笔墨，那就是失掉立场的举动，比如"演大戏"的问题，我们不是无条件地反对，当然，戏剧的大众化、群众化，深入普遍地工作，这是对的，而且要提倡的，但一年演一次大的外国剧，从艺术上提高自己，如过去演过的《母亲》《带枪的人》等，那也没有什么坏处，即使说，这只是演给干部看，但边区的工作干部，长年辛辛苦苦，看一次像《大雷雨》这样的外国名剧，也并不是什么出洋相的事吧？

当问题没有认识清楚，就不要讲话。对于别人说错了话时，我们也不要把问题看得很严重，只要让他自己好好地反省一下自己。

我们正因为历来是团结的，才能团结全军文武，一致团结对敌，一致团结前进！

关于团结，我们部队更应当虚心研究讨论。我们的文艺工作者，还是在创作的过程中，还没有很高的成就。我们应该实事求是，一点一滴地丰富自己的生活，我们一定有创作上很好的前途，我们一定能成为有前途的艺术家。

（《晋察冀日报》1942年8月13日）

怎样读报

潘梓年

> 这篇文章指出了读报纸的重要,并且写出了很多辨别新闻和言论的方法。不过,它主要的是写给大后方的青年,因为在那里报纸很多,言论复杂,而我们这里的同志,大多没有机会看见那些报纸,便不需要,所以转载在这里,只是供各同志作为研究时事、阅读报纸的参考。
>
> ——编者附注

日报,文明社会最好的精神食粮之一,读者从这里可以获得一个人所必需的知识,以至最好的知识,如果认真去读,有好的方法去读,它甚至可以成为我们最好的老师。毛泽东同志,据他自己说,他的学问主要来源之一,就是读报。这说明了读报是怎样重要的一件事。

报,它能够给予读者的到底是些什么呢?它是"世界的一日",是每天"现做起来"的"时鲜",它的各国电讯告诉我们目前国际国内的政治形势,它有各种通讯论文(军事的、经济的、外交的等等)给我们以比较专门的知识,它有地方新闻,反映一些社会动态,它的社论时评,指出当日的时局发展方向和我们应当努力的中心,它还有种种副刊,供作公开的、自由研究与讨论的园地,帮助读者为多方面的进修一着。我们常说,不要读死书,要读活书,要把大自然当作自己的课本。报,正就是这样一种活书,反映大自然——至少反映大自然的那一部分的社会——的活页课本。

关于读报的重要,怕已无须多说了吧!目前的知识分子,尤其是青年朋友们,不晓得利用读报来帮助自己生长起来的怕已很少了吧?

青年朋友们如果还有对读报感不到什么兴趣的，那似乎不是因为他们不晓得读报的重要，而是因为摆在他们面前的报不能满足他们的要求。根据他们的经验，它们并不能把世界的形势、社会的色相真实地反映给他们，不能使他们从它们获得正确的知识，有的甚至会使他们迷惑上当，因而使他们觉得还不如索性不去理睬它们比较好一点，比较稳妥一点，这样打算，不能说没有道理。

但是，在这里至多也只能有一半的道理。

为什么说只有一半呢？因为，不管怎样，不读报总是像因噎废食那样是使自己吃亏，我们应当研究用什么方法去读报，而不要因为它有缺憾而就整个把它抹杀。有方法，什么读物都可使它对自己有帮助，所谓"开卷有益"。没有方法，就是最好的读物也会使自己成为书呆子，所谓"尽信书则不如无书"。报既是我们不可一日不读的日常必需品——精神食粮，我们就更不可不研究一下读报的方法。

报纸的主要内容是新闻，但报人的报道却不一定能真实。有的是消息来源不可靠，有的编者看法不正确，在标题上、编辑上不免歧误。读者顶好不去重视字面上的渲染，而到字里行间去追寻事实的踪迹。譬如关于战事的记载，我们可以不管报上怎说说法，而去逐日注意战场的移动，最好手头经常有本地图，看它发展的方向。从这种发展形势上去注意，就可研究出作战双方所采取的战略与战术。这在开始的几天自然不大容易弄清楚，但积以时日，事实是无法隐蔽的，终究可以看得出来。自己把握到了双方的战略战术以后，那就不怕报人对战事的现状是如何的讲法，读者自己就不至为他所惑。时局其他方面的情形（政治、经济等等）也是如此。不合事实的记载与分析，终究要被后来的发展所揭穿、所指斥的，读者只要能用自己的眼光去看看事实本身的历程和方向，去细心观察而不为新闻编者的笔锋所转移，依靠事实来判断而不人云亦云，那就不管什么报纸，只要它是正式的报纸，都可成为我们精神食粮的供给者。

言论自然也是报纸的重要部分，我们对于这部分，首先不因论者的论点而局限了自己的注意，而要从论者前后的主论来研究他的言论到底是从什么立场出发，等到这种立场被我们认清了，那就不管他讲什么，我们不只从文字的正面，且可从它的侧面以至反面，窥看到某一真理。这种立场，光从作者的文字看，自然不是一时容易弄清的，但只要经常加以注意，注意作者前后说话的差别，注意言论中的推断和事实的发展情形的距离甚至方向上的刚刚相反，注意作者前后一贯的态度及其所用的方法，那也是不难水落而石出。例如太平洋战争爆发以后，我们曾经看到言论界（指大后方的——编者）的忽而狂喜、忽而失望、忽而愤慨、忽而怨尤。从这些情形中，我们是可以窥见各式各样情调的后面是各有其一贯的立场的，如果把一种报纸的言论做到前前后后的比较研究，更可以看清某一作者的出发点是有一定的。

重要的事件与重要的文件，是读报的人所要特别重视与牢记的。如罗丘会议及其共同宣言、如莫斯科会议及其决定、如丘吉尔在国会上的演说等等，不只是时局发展的计程碑，同时也是开章明义的说明书，各国的动向与事态的实情，都可以根据这些来推究的。自然我们不应当把它们看死，看作一成不变的东西，后来的事变很可能使它们成为陈迹甚至完全废物，但无论如何，在相当时期的时局发展上，它们是有决定意义的。

看报切不能把眼光局限于一隅，而要照顾到全局。在某一时期，某一事件或某一地区的事变可以成为整个局面的中心环节，到了另一时期，这种中心环节就会移到别处去。例如目前反法西斯战争的形势，其重心所在，是不能以某一国家的利害来决定，而是要就从法西斯侵略与反法西斯斗争这两个战线全部力量的对比中判断它的，否则就像瞎子摸象那样，一个说象如墙，一个说象如柱，另一个则说象如绳而纷争莫定，如坐井观天那样，硬以为天只有那么大。

  至于学术理论的研究、文艺作品的批评等等，那最好不把它们视为神秘，视为高深莫测。我们要丰富自己的生活经验，多了解社会的人情，多知道大众生活各方面的状态——物质方面的精神方面的，用这些东西来印证。真伪虚实是不难辨明的，这些——学术、理论、文艺——东西，都不出情理二字，真情真理是在大众的生活里，而不在某某人或某些人的嘴舌尖上，或笔底下。各种副刊——其实整个报纸都是——所能帮助读者的，只是补充一下读者的耳目心思所不及，绝不能用以代替了读者自己的耳目心思。读者从这里可以知道了某些问题，而不一定要从这里解决了这些问题，问题的解决还要靠自己的耳目心思。（原刊二月十五日《新华日报》余版）

（《晋察冀日报》1942 年 8 月 13 日）

思想、生活和形式

立波

近来使我思索最多的，是我们的思想和生活的问题。我们这些有点写作知识的人，都还能够适当地表现自己的思想和情感，都还能够清清楚楚地说一点道理，讲一个故事，有时说得很轻松，有时很沉重。但要提出时代的重要的问题，写出广大的工农群众都能感到兴趣的生活，那就为难了。我们对于那样的生活不熟悉。我们是从旧世界里来，还带着许多思想上的毛病。

对于我们，思想的改造，立场的确□□最要紧的事。我不同意这样的说法："到生活中去，不但解决了艺术问题，也解决了思想问题。"事实不完全是这样的。我看到好些写文章的同志，到生活里去了，不但去了，而且现在也还在那里。但是他们的思想还是一样的糊涂，立场还是一样不明确。写不出东西，或者可以说，因为没有思想的光辉的照耀，看不见生活里值得上书的东西。看不见，也就写不出，勉强写出来，就要出毛病，或者显得很空洞。有人讥笑这种没有头脑的人说："是一根电线杆子，随便插在哪里都是一根电线杆子。"这句话虽然说得重一点，也有些道理，是电线杆子，就是插在生活的原野里，也还是不能在泥土里生根，在露天下开花结实的。

有人问，有了思想立场，是不是对于向现实的观察，对于视野，有所限制呢？那要看是什么样子的思想。如果是进步的思想，是无产阶级的思想，那就不会有限制。因为它和现实的实况和发展，是一致的。有人说："过去左联，因为强调了思想立场，使得许多作家只能写出一些公式主义的作品。"这话不合历史的事实。而且，如果说左联真有一些公式主义的作品，那也不能归罪于思想立场的强调，应该说那些创作家和批评家的思想，还不正派，还有非无产阶级思想的成分、主观主义的成分在里面。公式主义是主观主义在创作上的一种表现。

要更明确地肯定我们的文□是为无产阶级的解放斗争服务的。这样，我们才能有所拥护，有所反对，才能引导读者走向一定的地方。不热烈地参加政治斗争，这是自然主义的做法。不站稳立场，甚至于失掉立场，这是自由主义的表现。在我们中间，公开标榜这两种主义的人是没有的，但是很有这两方面的倾向，特别是自由主义的倾向，表现得更多。

为什么会这样子呢？我们都是小资产阶级出身的人，身子参加了革命，心还留在自己阶级的趣味里，不习惯，有时也不愿意习惯工农的革命的面貌，这是一。其次，我们受了资产阶级上升时期的文艺的影响。这种文艺是歌唱个性自由的，我们没有分清楚，这种文艺在当时有革命的作用，但是到了无产阶级革命的现在，如果毫无批判地接过来，就要变成反动的东西。第三，我们上了当。没落阶级有时提倡假自由文艺，标榜为艺术而艺术，来欺骗民众，我们跟着也糊里糊涂的，不和斗争着的工农协同一致，努力去争取民族的、阶级的自由，却向自己的人来闹个人的自由了。

这些都是思想上的大毛病。在这次整顿三风的运动中，我们要寻究这些毛病的原因，从而根绝它。我们文艺工作者一定要把革命的旗子举得更高些，要这样才能创造很好的艺术。要改造了我们的思想，站稳了立场，才能写出好文章。我不同意把思想和艺术分开来看的说法。有人说，某某人的思想不正派，文章倒漂亮。没有这样的事情。一个人的思想不正派，文章也一定不好。从来没有怀着坏心眼，宣扬坏道理的好文章。心眼坏，道理坏，文章跟着坏。评论文章，绝不能够离开内容，单就形式来说话。一只瓶子装了一瓶葡萄酒，我们爱□

酒，自然也兼爱这瓶子，但这完全是因为装酒的缘故。要是这同一瓶子，装一瓶污水，那我们就不但不爱它，而且远离它。文艺上的内容和形式的关系，大概也是这样子。文章的能手，常常把内容和形式搞得很调和，使你向往于他的内容，也吟□着他的形式。但是分析到最后，还是内容起决定的作用。牵引我们的，总是那能使我们微醉的醇酒，而不是瓶子。

因此，文章家千万不要拿着自己的瓶子装污水，为这样，就要把心来扶正，把心扶正，就是改造思想，就是要不断地和自己的非无产阶级的情思作斗争，就是要把自己的心的愿望，和广大工农群众的利益，联结在一起。

思想改造了，就是写工农以外的人们的生活，对于革命，也有益处。我们如果熟悉一个资本家、一个大地主的生活，把它写出来，只要不违背工农的革命的观点，那也是好的。但要写积极的题材，写肯定的人物，那就除了改造思想以外，还要改变我们的生活，改造思想和改变生活实际上是不可分开的。我们要到群众中去参加斗争。我们这些小资产阶级出身的人，离开群众斗争的生活太远了，太久了。我们的题材不是太琐碎，就是太陈旧。时代变得快，创作不能赶上时代的脉搏，这是一般人的议论，这议论是应该重视的，但在创作家，这实在也是为难的地方。一个聪明的作家，不但不会去写他不熟悉的题材，而且不会去写那没有打动自己的题材，因为那样一定会失败。可是，为我们所熟悉并且打动我们的，只是身边的生活、过去的经历。我们近边有许多鸡，天天听□了母鸡产后的啼叫，我们一年四季住在窑洞里，非常地熟悉自己的砂锅，我们还很会做梦，情书写得很漂亮。这都是生活，而且这里面也埋藏无数小小的心灵的悲喜，可以成为"意识之流"派的贵重的题材。可是这种属于个人的静止的生活，和这动乱时代的大众的悲欢、的挣扎，离开太远了。

我们中间另外有的人，过去参加过斗争，有一段光荣，现在在写遥远过去的回忆。对于新的事件和新的人物，他不熟悉，也不留心，背着过去的包袱，并且停下脚步来，渐渐地也和这动乱时代的大众的悲欢、的挣扎，离开得久了。

自然，写身边，写过去，也是可以的。只要立场站得稳，写出来也有教育的意义。但是这个战争的环境太艰苦、太紧张，群众要求更重要、更□鲜的什么，这是合理的。我们许多同志想去满足这要求。他们到了前线，到了工厂和农村。这比过着静止的、回忆的生活好得多多了。不过他们也没有写出很多动人的作品。这条走向群众的道路是对的，却又为什么写不出动人的东西呢？我想，这是因为这些同志去参观了人家的生活，没有亲自去参加生活。他们带了铅笔，带了本子去，把一些碰到的景象、听来的故事记在本子上，还抄了许多方言和谚语，但是他们忘记把□件重要的东西带去，忘记把自己的心带去。没有印在心里的材料，只有抄在纸上的材料，写出东西来，自然不动人。

收集纸上的材料，对于写作，只有辅助的作用。要紧的是带了自己的心去，去参加工作和斗争，把工作的地方当作家庭，把群众当作亲人，和他们一同进退，一同悲喜，一同□憎。要这样做，将来才□写出好作品。画家米勒说："非多所知道，多所忘却，不能得佳作。"这是对的。把工作的地方当作家庭，把群众当作亲人，自己也成为他们中间的一个，一天天积聚着丰富的印象，尝□着人人的悲喜，这才算是做到了"多所知道"的功夫。知道多了，过一些时候，记得了最主要的、最特征的一切，忘却了不重要和不必要的细节，这是"多所忘却"的意思。要是知道不多，那就只有两条路好走：一条路是把所有知道的通通写到纸上来，务必使得人人看了打瞌睡；一条路是把忘却做到完蛋的程度，不写东西，坚决做个空头文学家。

我们还没有真正工农出身的作家。改造我们这些小资产阶级出身的作家，使大家的思想和生活，一天一天工农化，这是一件切实的要紧的事情。但是，改造了我们的思想和生活以后，是不是就能写出好作品？那还不一定。形式也应该讲究。内容和形式的关系，上面谈过了一些，这里简单地谈谈我们的形式的毛病。

我们的文学，五四以来，受了外国文学的影响，好影响居多，坏影响也有。在形式上，使得我们的作家有洋八股倾向，这是坏影响。我们还没有独创的新形式。小说和诗，除了少数杰出的才人的制作以外，大都是模仿代替了创造。文章作得和外国人的一样，还自以为清新，我在过去就有这样的毛病。现在也还有些很好的同志，写小说模仿契诃夫和莫泊桑，还没有踏出自己的道路来。

有许多形式，外国很发达，我们不能不学习，不但现在要学习，将来也要的。但是学习绝不是止于模仿，我们要添加自己的新的进去，这叫作创造。过去我在鲁艺教"名著选读"，没有着重地说明这一点，这是有些毛病的。

过去我在鲁艺教"名著选读"，选读中国的东西太少了。这也太偏了。我们小资产阶级者，常常容易为异国情调所迷□，看不起土香土色的东西。其实，土香土色的东西也有些好的。流传在民间的旧小说，有它的优点。《红楼梦》且不去说吧，就是产生较早的《西游记》，也是好书。作者幻想的能力，写实的本领，都不下于西洋文学中的早期小说的作者。玉皇大帝的马夫班长孙悟空，在民间的声名比阿Q还大，并且一直到今天，从孙悟空和猪八戒的对话里，我们还可以看出明代民间的生活。中国的旧小说因为没有踏进文苑，因此也没有走上庙堂，倒是更能反映人民的生活。这一点是比唐朝以后的诗，宋朝以后的词，元朝以后的曲子还强得多的。我们要继承并发扬它的这特点。

为了反对洋八股，发扬中国艺术的优点，是必要的，不过也要看清它的毛病,而且同时继续汲取外国文学的长处。外国文学的长处,多于它的短处。像托尔斯泰这样作家的作品,不但中国作家赶不上,全世界很少有人赶得上。他的小说形式的洗练、凝结、宏大,叙事和抒情的匀称,都可以作为我们的模范。

不过外国文学中的象征主义、印象主义和"意识之流"等等是要不得的。这些东西也曾传进中国,给予我们的文学很多的影响,这使我们的形式变得暗晦、小巧,而且很做作,这使我们许多作家稍稍离开了现实,专门去讲求形式的精致和新奇。这是形式主义的倾向,我们要清洗这一种倾向。我们是为了说道理,写生活,去寻找形式的,不是为了形式去寻找形式。换一句话说,是为了把我们的革命的道理说得更有说服性,把我们的生活写得更能打动人,我们才去摸索好的形式的。我们怀着为革命的功利的眼光去采取中国的和外国的各种形式的长处,创造自己的新形式,我们不是为艺术而艺术派,不是形式主义者。

(《晋察冀日报》1942年8月14日)

党 与 党 报

九月九日中共西北中央局通过的《关于〈解放日报〉工作问题的决定》，是一个具有重要意义的决定。趁着这个决定发表的机会，趁着各地党的组织讨论这个决定的机会，我们愿就党与党报的关系的问题有所阐述，来贡献给边区以及各地的党，并贡献给各地党报工作者。

我们常说，报纸是集体宣传者和集体组织者。这句话，我们已经背得烂熟；但是仔细想一想，我们真正懂得了这句话的意思没有？我们各地党的组织和党报工作者，真正照这句话去做了没有？如果仔细地一检查，就会知道我们多少还有些以背诵名言为满足，多少还有些言行不一致。

所谓集体宣传者、集体组织者，这个"集体"，是个什么意思？报馆的同人也算一个"集体"。如果说这个"集体"就是指报馆同人而言，指几个在报馆里工作的人员而言，那么报纸就不成其为党报，而成为报馆几个人员的报纸。在这个报纸上，报馆同人可以自己依照自己的好恶、兴趣来选择稿件，依照自己的意见来写社论、专论。总而言之，一切依照报馆同人或工作人员个人办事，不必顾及党的意志；一切依照自己的高兴不高兴办事，不必顾及党的影响。办报办到这样，那就一定党性不强，一定闹独立性，出乱子。对于党的事业，不但无益，而且有害。

所以，所谓集体宣传者、集体组织者，绝不是指报馆同人那样的"集体"，而是指整个党的组织而言的集体。党经过报纸来宣传，经过报纸来组织广大人民进行各种活动。报纸是党的喉舌，是这一个巨大集体的喉舌。在党报工作的同志，只是整个党的组织的一部分，一切要依照党的意志办事,一言一动、一字一句,都要顾到党的影响。报馆的同人,应该知道自己是掌握党的新闻政策的人,自己在党报上写的每一句话、每一个字,选的消息和标的题目,直到排字和校对,都对全党负了责任。如果自己的工作发生了疏忽或错误,那不是仅仅有关于一个人或几个人的问题,而是有关于整个党的工作和影响的问题。

党报的每一个工作人员,必须时时警惕:看重自己的责任。党报不但要求忠实于党的组织路线、总方针,而且要与党的领导机关的意志呼吸相关、息息相通。要与整个党的集体呼吸相关、息息相关,这是党报工作人员的责任,这是办好党报的必要条件之一,这是报馆工作人员一方面的事情。

但是要办好党报,要使党报成为集体宣传者与集体组织者,只有上述的一方面还是不够的,还要有另一个方面,还有另一个重要条件,这就是党必须动员全党来参加报纸的工作。如果不这样做,党报也同样不会成为真正的集体宣传者和集体组织者。

首先是党的领导机关要看重报纸,给报纸以宣传方针;而且对于每一个新的重要的问题,都要随时指导党报如何进行宣传。党的领导机关与党报的关系,也应当是很密切的,呼吸相关的,息息相通的。我们各地的党的领导者,对于自己的机关报,要非常关心,要如像毛泽东同志对于《解放日报》那样密切地注意、领导和培养党的机关报。

我们的党,已经是一个大的政党,党的工作是多方面的,党建立了各种机关来掌握各方面的政策,进行各方面的工作和研究各方面的工作。党的领导机关,依靠了这许多机构,来领导和施行政治、军事、经济、文化、党务、社会各种政策。党的这些机关既然对党负责研究和施行各种政策,就有完全的必要来利用党报宣传解释各种政策，推动工作和检查工作的进行。因此，同时也就有严重的责任来向党报供给消息，供给文章，提供意见等等。党报的工作范围是很广泛的，党报的工作人员负责掌握党的新闻政策，但没有可能要求党报的工作人员，像上述那些机关一样，精通党的各种政策，精通各种问题。党报的工作人员，不仅应当尊重党的领导机关，而且应当尊重党的每一个工作部门的意见。党报工作人员，对于党的每一个工作部门，对于各种实际工作中的同志，不可以自以为是"无冕之王"，而应该去做"公仆"，应该要有恭谨勤劳的态度。同时，党的各工作部门，都有责任使党报充分地反映党的该部门的工作，并使用党报对该项工作以正确的指导，并且尊重报馆的要求。因此，不但党的上级机关，因为党报是自己的机关报，有责任与报纸发生最密切的关系，供给党报以各种指导，供给文章和意见等；而且，党的各种机关、各级组织，以至于每个党员，都对党报负有责任。这种责任，就是不要对党报漠不关心，而要负起责任，讨论党报上的重要文章、消息与谈话，推销党报，向党报通讯等等。党报是经过许多积极的党员来反映群众的生活和组织群众的行动的。

这样，党报才真正能成为党的喉舌，成为集体的宣传者与集体的组织者。

反之，如果不这样做，如果不动员全党来办报，其结果，党报还是不能成为党的报纸，而会多多少少成为报馆同人的报纸。报纸办不好了，是全党的损失，这种损失，不仅党报的工作人员要负责任，而且每个党员都要负责任的。所以西北中央局的决定中，把这个党报的工作作为党性问题提出来，是完全正确的。西北中央局决定中，把对党报漠不关心的态度，说是党性不好的一个具体表现；而经常看党报，帮助党报的发行及组织党报的通讯工作，则是每个党员所应当努力的责任。

依照上述各点来检查我们的党报工作，我们可以看见，需要改进的地方还是很多的。不论在党报工作人员方面，或者在党的其他部分方面，都还有许多事情要做。我们对于"集体宣传者、集体组织者"这个有名定义的了解，多少还不够深刻。

究竟什么东西障碍着我们把党报办得更好？除了上面所说的教条主义、言行不一致的余毒以外，还有手工业工作方式的落后习惯。

报纸是影响人们的思想的"最有力的工具"，因为这是天天出版、数量最多、读者最广的一种刊物，没有任何其他出版物可以与之比拟。我们的同志，并非不知道这一点，但是手工业工作方式的落后习惯，使我们有些同志醉心于油印机，醉心于"个人谈话方式"，醉心于"办个独立刊物"，宁愿选择影响比较少的工具来传播他所要传播的东西，却不愿去使用"最有力的工具"。要把任何工作做好，就总有些话要对大家说的，既要说话，就总要用些什么工具。当然，在没有报纸的时候，油印的也是好的；但我们已经建立了大规模的党报，这时候再去留恋落后的方式，就是不很聪明的事。客观上等于不想充分传播党的影响，不想把自己的工作做得更好些了。在有党报的地方，纠正这种落后的习惯，积极使用报纸，是一个大问题，是改进工作的重要一环，这是我们全党都要努力的问题。（二十二日《解放日报》社论）

（《晋察冀日报》1942年9月26日）

艺术教育的改造问题

——鲁艺学风总结的理论部分摘要

周扬

在鲁艺学风结束时四天的大讨论。关于教育方针与实施中一些具体问题的空前热烈的争辩中,大家都用了这样一个标准来衡量鲁艺:它的教育方针是否"从客观实际出发"的?实施中做到艺术理论与实际联系没有?正因为是以实际为准绳,所以开始分歧的意见,接触了具体的实际问题之后,就渐趋一致,接近了一个共同的结论。

鲁艺的教育和实际脱节的现象,是很严重的。这现象并不是个别的偶然的,而是贯穿于从教育方针到每一个具体实施的全部教学过程中,这是根本方针上的错误。"关着门提高"五个字出色地概括了方针错误的全部内容。然而,鲁艺既定方针所应从之出发的"客观实际",到底是什么呢?我现在想,这个客观实际应当是抗日战争与抗日民主根据地,以及在战争中及民主政权下迅速而广泛地开展的大众的革命文化工作。这就是我们所处的时代环境及我们面前所担的任务。它们要求今天的艺术运动、艺术教育,有适应于它们的新的方针和一套新的办法。艺术应当如何与广大战争、广大农村、广大民众结合,成为一个重大问题。大众对于文化的要求,从来没有这样迫切,而且这样不容易满足;他们从来没有机会在文化上表现出自己如此可惊的创造力。艺术工作必须和军队工作、政权工作、文化教育工作配合起来。战争和根据地,在文化上的需要是很大的。我们过去对于这个需要的供应,多少是被动的,无组织的。我们教育方针没有明确规定我们培养干部的具体目的。

从新文艺的历史来看:新文艺虽是从五四以来,一贯向着大众的，但和大众结合的程度，却仍然是非常的微弱。除开许多别的原因，新文艺本身有一个致命的缺点：它缺乏"为老百姓所喜闻乐见的新鲜活泼的中国作风，中国气派"。这个主观原因，是很关重要的。新文艺能不能取得远大前途，完全决定于它能不能和大众有更进一步的结合。

艺术和大众相互的关系，应当是这样：艺术从意识上去改造和提高大众，同时，又在大众的方向和基础上来改造和提高自己。毛泽东同志指示我们，文艺应为大众，这就是新文艺运动的基本方针。在战争和农村以及国内政治环境的种种变化之下，要坚持这个方针；在战后和平建国回到大都市的新环境之下，仍然要，而且更要坚持这个方针。将来的中国，战后的新中国，必然是个民主普遍实现的国家，每个人民和艺术更密切地结合的国家。那时候，人民对于艺术的要求，只会比今天更高；所以我们今天在根据地所实行的，基本上就是明天要在全国实行的，为今天的根据地，就正是为明天的全国。

由于没有"从客观实际出发"，鲁艺的教育，从方针到实施，贯穿了主观主义和教条主义。理论与实际、所学与所用的脱节，在这里，主要表现在提高与普及、艺术性与革命性的分离上。从这里，可以找到方针错误的理论根据：对于提高与普及的二元论的看法，就是认为二者的分工，可以是绝对的。做提高工作的人，只管向古典名作和大师去埋头学习，埋头提高，普及工作他固然可以不做，即是指导普及的工作，在他也是一种外加的负担和一种责任。而做普及工作的人呢？他如果想要提高，就只有向我们这些专做提高工作的人来学。一方面，提高工作对于普及工作在实际指导上显出了自己的漠不关心和无方；另一方面，普及工作人员之工作也成为了在艺术意义上丝毫不足轻重、可有可无的了。有的同志也多少做了一些普及性的工作，但整个联系起来却总是牵强的，不经常的，不坚固的。这是什么道理?依我想,主要的原因是未认识清楚:就整个文化工作来看,普及是第一步的工作。再就提高工作本身来看,提高必须有普及做基础。而提高必须有普及做基础,又具有两方面的意义:普及提高了老百姓的文化程度、欣赏能力,使他们能够逐渐接受较高级的艺术,这是一方面的意义;还有另一方面的,对艺术本身来说甚至更重要的意义,是使原是以知识分子为主的艺术,在工农大众的方向和基础上来逐渐改造和提高。

要使艺术作品能够为工农大众所接受、所理解,在今天的条件之下,固然难免要伴着艺术水平的某种程度的降低;然而在向着最终极目的的意义上说,却仍是提高的。我们再没有另外的提高的方向。所以,普及不只是关涉新文化艺术的量的问题,也是质的问题,不只为新文艺提高对象,也是为它提高主体。

毛泽东同志为提高与普及的关系所规定的一个公式"在提高指导下的普及,在普及基础上的提高",最正确地说明了两者内在的联系。我是这样理解的:提高建立在普及基础上,而它反过来指导普及。因此,只有普及基础上的提高才能指导普及,反过来指导普及的提高才是有基础的提高。然而,我们曾经把提高和普及两者机械地分开了。我们提倡"专门化"与"正规化",就是为了执行那"关着门提高"的错误方针。正规化的开端,伴随了教育上主观主义、教条主义的。过去对于专门化,我们着重的仅只是技巧上的成就和书本知识的积累,我们没有把共产主义观念和实际工作能力当作专门人才必备的条件,而且坚决地向这个方向来培养人才,所以也并不是偶然的,技术学习上形成了严重的偏向。我们有一个朴素的观念:多吸收一点西洋遗产总是好的,多一分有一分好处。我们对于西洋技巧,几乎历来抱着教条主义的学习态度。对于借它们来表现我们今天中国人民的生活,会有些什么限制的地方,它们所包含的思想,哪些地方对于我们有害处，我们如何按着反映生活的需要，来吸收它们，扬弃它们，乃至进而创造自己新的技巧，这些问题，大家从来是很少考虑的。许多同志完全沉潜于西洋古典作品的世界，而对待古典作品的态度又是欣赏多于批判，思想的检阅是松懈了的。

技术学习上的教条主义，主要地就是表现在不从反映当前生活和斗争的需要，不从应用去学习技术，仅只是为了学习技术而学习技术。固然我们也会标榜着现实主义；但我们对它的了解，却是有错误的。关于现实主义，我们常常抱着一个多少有些朴素的观点，就是写自己熟悉的生活，真实的情感。在这个观点下，我们摈斥了公式主义和观念化；但是由一个极端走到了别一个极端，写身边琐事和过去生活回忆的作品出现了。所谓写自己熟悉的生活，结果是让自己流连在狭隘的个人生活的圈子里，松弛了向新的生活、向工农兵的生活的突进。而真实的情感，结果也只是小资产阶级知识分子的感情而已。我们没有从新锐观点，即从与旧的现实主义即资产阶级的现实主义根本不同的观点来规定新的革命的现实主义。这种现实主义，应当具有两个最显著的特点：一个是它是以马列主义的世界观为基础，这个世界观并不是单纯从书本上所能获得的，首先要求作家直接去参加实际生活和斗争；再一个是它应当是以大众即工农兵为主要的教育对象。现实主义应当是艺术真实性与教育性结合，也就是艺术性与革命性结合。现实主义应当以大众文化的研究成果为基础，这就是提高与普及应该结合。对现实主义的靠历史主义的片面的理解，就是我们理论的主要错误所在。

至于今后改进的方案，那么如何把鲁艺整个艺术文学运动，建立在与客观实际的直接而密切的联系上，这就是改造鲁艺的首要的中心的问题。我们必须形成这种注意实际的风气，研究当前艺术文学运动，其中特别是部队和地方的文艺运动的现状经验与特殊的问题。这些研究，必须列入课程的一定地位。为此，应当有计划地有组织地进行搜集材料与通信联络的工作。

其次，我们必须反对遗产的无批判地接受的态度。我们接受遗产，一方面为了要从它们了解过去，以便懂得如何与旧人物旧思想残余斗争；另一方面，从它们学习如何反映与描写生活的方法。所以接受遗产应当以现实主义与革命浪漫主义为主导的线索，并特别强调研究中国固有的遗产民间艺术之重要，研究中国艺术文学史尤其五四以后历史的重要。研究遗产的工作，必须与创造民族形式的任务联系起来。

最后有重大意义的，是学习马列主义的问题。我们学习马列主义有两方面的任务：一是为了如何研究实际，即如何认识与反映生活的方法，这对革命的创作家是不可少的；一是为了建立马列主义的艺术学，包括艺术政策、艺术理论、艺术史三者。其目的也正是为了解决当前艺术运动的实际问题，以及历史问题的。

（《晋察冀日报》1942年10月4日）

新八股的始终

何干之

五四运动在历史上是《新民丛报》的民主思想和辛亥的民族革命的继续和发展。戊戌年的政变是失败了，而且在这年之后，变法的巨子之中，一个消极颓唐，一个慷慨赴义，但梁启超在《新民丛报》时代依然保有市民学者的朝气。当时在思想界里有影响的"新民说"是反教条的。中国必须有新的国民，而新的国民应有公德、国家观念、进取、权利观念、自由、法治、进步、自尊、合群、生利、有毅力、有私德等条件，这是欧美民治主义的产品，是中国向来所没有的，又是中国所必需的。因为中国社会变了，须有新的观念、新的道德、新的习惯。梁启超研究中国学术思想史，以先秦为全盛时代，以汉为经学统一时代，晋为玄学时代，唐为佛学时代，宋为儒佛混合时代等，是用欧美的历史知识来整理中国文化史料的开端，也和传统的大一统的儒家思想相背驰的。至于梁启超所用的文字，是脱胎于桐城派又不同于桐城派的，取用外国名词句法而又取舍得当因而自成一家，而且笔锋常带感情的新文体。所以在政治上梁启超虽然是失败者、附和主义者、中庸调和主义者，但在文化上，却是启迪者，是先驱者。

孙中山的三民主义，显然也是反传统的思想。他早年所倡的民族革命，是下流社会反清复明思想的另一发展。至于欧游以后，有感于宪政国家民主权利的价值和社会问题的严重，于是又提倡民权主义与民生主义。这是针对着中国社会的必需和取舍欧美近代国家的长短而成的思想学说，而且以这为统一的政治纲领，完成了反清的辛亥革命。

在思想启蒙和种族革命的基础上，于是出现了民八的五四运动。五四运动不同于戊戌以来政治上思想上的变革，最重要的一点，在于它是公众性的革命运动。但五四初期，资产阶级和小资产阶级的代表者，还起着领导的作用，这指的是胡适之和鲁迅。胡适之所用的思想方法依然是梁启超曾用过的实验主义，然而他了解的深度以至应用的广度比梁启超进了一大步。胡适之的研究哲学史和考证小说材料，的确具体地运用了实验主义。所以写成一部《中国古代哲学史》，初步批判了古代的学术思想，这比梁任公在《新民丛报》的著作是截然两物了。尤其是他用了归纳法和演绎法来考证明清小说的版本、著者以及小说故事的演化等，在文学史上是有功绩的。胡适之对于社会问题，也颇抱着科学的客观的态度。他评礼教，言时政，论东西文化，虽然一开始就留下了点滴主义、市侩主义的痕迹，但依然是较客观较具体的。至于他提倡多研究问题，少谈主义，在某一意义上，也多少看出他对于实际问题的关心，对于新的教条主义的厌恶。

鲁迅是现代小资产阶级知识分子的闯将，所以他在早期中所表现的反抗的和怀疑的精神，也就是这些人们的特性。反抗作品中的代表是《论"费厄泼赖"应该缓行》和《论雷峰塔的倒掉》。鲁迅一开始就抨击孔老的勿校勿念的抱怨以□的柔道人生观，反对所谓"费厄泼赖"的绅士态度，主张复仇，打落水狗要有打到底的决心，这无疑是东洋式或欧美式的国故的否定。至于因听过雷峰塔的传说就为白蛇娘娘抱不平，又深怪法海和尚的多管闲事，因而希望它倒掉，后来果然倒掉了，又因此相□，压迫制度并不永久，这更表明了他对旧社会的憎恨。

国民的麻木，呐喊者、反抗者的寂寞，甚至于为民众所□□，革命的失败，这些是使鲁迅怀疑的根据。所以他明明知道旧的社会要死亡，新的社会要出现，但新的社会该是什么，却又说不出来，也不知道新的一定就好，于是自比于过客，在孤独的战斗中，陆续用去了自己的生命。

不久，新的教条主义和形式主义发生了。五四的后期，现代唯物论才居于指导者的地位，但在那时候，中国马克思主义的党也成立了，所以怎样应用普遍原理来分析中国革命的实际问题是紧要的工作。有些人用上海来概括中国，用上海的纺织工业来代表中国国民经济，于是得出了中国是资本主义社会的结论；又把武汉政府比拟于俄国二月革命后的克仑斯基政府，因而主张要用苏维埃来代替这样的政权。这是主观主义的最著名的例子。相反地，有些不屈服于欧美资产阶级革命的故实，以为二十世纪的中国，也非重演这历史委实不可，于是忍心答理地把中国的国运让善于豹变的绅商来决断，这是机会主义者客观主义者的历史的误解。

在学术上也同样出现了新的教条和形式主义。

五四后突起的文学团体，如文学研究会、创造社、语丝社以至后来的左联等，在文学史上是有意义的。也从这时候起，欧美文艺思潮和作品陆续输入到中国来。当时文学者之中有的主张为艺术而艺术，有的提倡自然主义，于是形成了人生派与艺术派。当然，文学不同于其他的宣传文字，但一追求着文学本身的全和美，结果必以为文学是灵感的闪光、天才的火花，无须乎去观察，去分析，去构思，于是"即兴小说"一时流行于文学界。至于左拉的自然主义，虽然极注意实地的观察，但又须把观察的客观事物如实描写出来，并不掺杂自己的主观，而提倡者本人，在他写作的时候，也没依着这方法去做。又提倡社会主义写实主义，这显然是过早的不合乎实际的口号。至于文艺批评，大抵是表彰自己的功业的或排斥异己的行帮思想的居多。之后，提倡无产阶级革命文学，自然进了一步，但当时并没有周密的计划，或抄袭日本作家的著作或说述空洞的革命教条，在文艺政策的应用上，更发展了相互标榜相互排斥的宗派性。当时俄国的普列汉诺夫和日本的藏原惟人的论著已经翻译过来，于是有些批评家就用这些和鲁迅或矛盾相扭结，拿外国的文艺理论来衡量本国的作品，于是阿Q时代被宣判早已过去；看见了有人主张以小资产阶级的生活为写作题材，就以为在提倡创造小资产阶级的文学，又确定这样的文学不能成立。

至于作品中的人物，凡是在地上或地下活动的革命者，大抵都是白璧无瑕的英雄豪杰，仿佛是与人间无关的从天际飞来的天将神兵。写被压迫者的时候，也大抵添上一段可歌可泣的故事，使他一翻身就革命起来。

鲁迅自始至终是新的教条主义形式主义的对□者。他指摘了不敢正视现实不肯直说本心的文艺，和故意硬造谁也看不懂的新句法的新文学者；又戳破了中国的权威的学者和作家的脸，以为只拿一个外国的偶像如杜威、白璧德、泰戈尔等等，或一个名词如古典主义、浪漫主义、未来主义之类的人，其实是空头文学家，因而希望有志于文学的青年们完全打破这被包围的圈子；又讥笑那些自以为是无产阶级选出来，因而对内互相标榜、对外互相排斥的文艺家，可不知道是真的这样选了没有。左联成立的时候，他提出作家要和社会斗争相接触，要了解革命的实际情状，以为必须如此才能够写出革命的实际，并且由此来防止自己左翼转到右翼的危险，又以为啼笑皆非左右摇摆的革命文学的转变并不足惜，因为他们留在革命团体里，把现实歪曲了，反而有害于革命。

鲁迅更排斥第三种人的文学，把他们和欧洲早期文艺运动的艺术至上派分开；力斥民族主义文学，揭露他们的文学作品中的非民族的本质；又反对幽默文学，以为中国没有幽默，只有说笑话。他在晚年所写的杂文，有议时政的，有谈风月的，有论文学的，有讲历史的，所涉的现象虽然不同，而方法和立场却只有一个，就是"具体地切实地运用科学所求得的公式去解释每天的新的事实、新的现象"。而《伪自由书》《准风月谈》以下的杂文，不论命题也好，立论也好，文章结构也好，句法字汇也好，都是写作的楷模，救治新八股的毒害的良药。

现在中国马克思主义的党所提倡的整顿文风的运动，是这改造运动在新时期的继续和发展。

说它是继续的，因为毛泽东所宣传了的党八股的罪状，如空话连篇、装腔作势、不看对象、言语无味、排列现象等和这是一脉相承的。说它是发展的，因为它的内涵更大，不但包括文艺的创作和论文，并且包括政治论文、布告公文、教科书，以至一切文字上口头上的宣传，而影响的范围也更广，由文艺界而推行到全国的各界，并且领导这运动的不是几个人而是一个革命的党。这是思想革命的最坚决的运动，完成了这改造的过程，一切观念论的思想及其表现形式才没有寄身的处所，而思想革命的功业也由此告成。

（《晋察冀日报》1942年10月10日）

给党报的记者和通讯员

【新华社延安十日电】你们都是党报的记者和通讯员,都是党报的工作者。党报是党的机关报,是党的喉舌,但是党报上的每条消息每个标题,都要从你们的笔下写出来。没有你们的努力,不可能办出报纸来;没有你们对于党的事业的绝对忠诚,对于人民利益的极度尊重,对于工作的非常认真,则党报不可能有完全的党性。

我们党报的记者通讯员与普通资产阶级报纸的记者通讯员有极其本质的不同。其不同的所在,在于资产阶级报纸记者通讯员是为"个人自己"而工作,或者为一个小的同人集团工作,实际上则是为资产阶级工作,为剥削者工作;而共产党党报的记者通讯员则是为党工作,为人民工作,为这个大的集体而工作,把自己个人溶化在这个大的集体之中,把自己个人的利益兴趣等等服从于这个大的集体的利益,在党的事业人民解放事业的发展中,求得自己的发展。

资产阶级的记者通讯员把自己看成高于一切,自命为"无冕之王",一切照自己的兴趣办事,自己喜欢写什么就写什么,怎样对自己有利就怎样办事。其实在一般资本主义社会中,所谓"无冕之王"却毫无尊严可言,当剥削者认为他还有用的时候,就雇佣他,一旦用不着他便就挥之使去,这就迫得"无冕之王"不得不替剥削者服务。"无冕之王"好像是很自由的,其实他的自由绝对不能超出他的雇佣者所容许的范围,是受到严格的限制的。

我们党报的记者通讯员绝不能像资产阶级报纸的记者通讯员那样,自称为"无冕之王",我们老老实实自称为公仆,我们是党和人民这个大集体的工友们;不是依照个人兴趣和为个人利益或少数人的利益办事，我们老老实实为党为人民办事。当我们个人自己的兴趣和利益与党和人民的利益相符合的时候，固然要照集体的利益办事，就算发生矛盾的时候，我们也会决绝地牺牲个人的兴趣和利益，服从集体的利益，并且不是勉强地这样做，而是很乐意地很自愿地这样做。我们老老实实地为党为人民办事，但是我们也要提高自己的技巧，其目的是为了把事情办得更好，使宣传更有力量，使党的路线和主张更能深刻地打入老百姓的心房，更能吸引他们，影响他们。我们这样为人民做事，我们是非常光荣的。

我们的记者通讯员是以献身于革命的大多数为天职的。但是细细地检查起来，我们是否真正做到了党报记者和通讯员的责任，对这个光荣的称号当之无愧呢？我们应该说，我们没有完全做到。

我们的党报党性还不够完全，还得有大的进步。我们的报上曾经有过与党的主张不符合的论文标题，曾有夸夸其谈的党八股；我们报纸的编排有过轻重倒置，把最重要的事情放在不重要的地位，把不重要的消息倒反放到重要的地位；我们登的消息曾有选择不当，把不该登的登出来，该登的没有登出来；我们的消息有时曲解事实，把残酷的战争描写成为游戏，把个别的现象夸张为整体的现象，完全与事实不符地吹牛皮，把庄严重大的事情写成琐屑小事而减低其意义，捕风捉影地乱批评乱赞扬，以致许多需要更正，以致损伤党报的威信；诸如此类的事，虽然不是非常地普遍，却已经多到足以令人警惕的程度。

为什么会有这种现象呢？原因就在于有两件东西还在作祟：一是资产阶级报纸的影响，一是主观主义的作风。

关于资产阶级报纸的一套，我们已经讲过了。现在来说主观主义的毛病：

比如说吧,为什么我们有些通讯不符事实,为什么有些文字成了党八股,为什么把严重的事情写成琐事,为什么把个别现象夸大成为整体的现象等等呢?主要原因就在于我们有些记者通讯员听到就写,写了就寄,寄来就登。新闻要快,这是对的;但听到就写,事情还没有弄清白,就不对。写了要快寄,这是对的;但如不从各方面多探询一下,不经过与熟悉情形的人商酌,以致与事实有出入或不符,这是不对。寄来快登,这也是对的;但未经细看,必要复查的没有经过复查,应修改的未经修改,不该改的却草率改掉,就此登出,也是不对的。这样做去包出岔子。

为什么说这就是主观主义的作风呢?试问,听到就写,不问事实,这不是所谓"道听途说,东张西望"吗?写了就寄,不问问熟悉事情的人,不是"自以为是"吗?编者接到这种通讯或文章,随便登出,或者不问情由随便修改,岂不也是"自以为是"吗?这不是主观主义的作风是什么呢?

再比如说,我们的论文标题与党的政策不符,编排等轻重倒置,选择不当,改写时曲解事实,闹出笑话,这岂不是因为不管党的路线和政策,也不管事实真相,自以为是、自作主张的缘故吗?这岂不是主观主义的作风?!

这种主观主义作风的后果,一定是非常之坏的。

如果我们记者写的稿子常常不符事实,常常需要更正,那么,这样的记者别人就会望而生畏,不敢同他谈话,生怕一谈话,又"出了乱子""生了麻烦"。采访记者和通讯员一定要深入社会才行;但是主观主义的作风,会使他远离社会,会拒人千里之外。

如果我们的记者坐在屋子里拿着一支笔,接到人家寄来的稿件拍来的电报,却粗心大意,把句子也点错了,把文章与电报的意义也弄错了，自己根本没弄清怎样一回事，却贪省事，图便宜，不肯问问旁人，也不想想党的政策，随便删改，随便添加，自作主张就去付印，那么这样的编者，就只有糟蹋党报，曲解党的主张，损害党的威信。稿子经过这个编者之手登了出来，读者看到了，如果知道这是错的，绝不会说某编者不好，而会说党的不是。如果不知道这是错的，还会上当，还会照着错的去办事，还会以讹传讹，弄出大错。

所以主观主义的作风，是使党报丧失威信的有害办法，是使党报与人民脱离的办法，是使党的工作受损失的办法，是流毒无穷害人匪浅的办法，也是断送我们记者通讯员和编者自身的有效办法。党报的影响越是大，它越有权威，就越不能犯错误，犯起错误来，就越是害事。

对于这种有害党报有害革命事业的主观主义作风，我们党报的全体记者和通讯员，应该要有义愤，应该加以深恶痛绝，应该去之唯恐不速，不能对它抱自由主义的放任态度。对于这种主观主义作风抱自由主义的态度，不同它坚决斗争，那是只有害处没有好处。每一个党报工作者，如果自己身上有这种主观主义作风或其残余，就要自我批评，彻底改正。没有这种自我批评、勇于改过的精神，就不会有很好的前途的。

当我们进行自我批评的时候，如果把这种作风看作技术问题，或者把它推在别人身上，也是无法改正错误的。必须知道，不去问人，自以为是，随随便便，任性做事，那是党性的问题，那是对人民的利益的态度问题，那是自己品质的问题，那是思想方法的问题，立场观点的问题。我们党报的每个记者每个通讯员都要这样深深地反省，认真地反省。只有当我们党报的每一个环节都认清了主观主义，我们的党报才能蒸蒸日上，具备完全的党性。只有反对自由主义，认真地切实地敏锐地发掘每一个主观主义的表现,而把它清除掉,才能肃清主观主义。

党报的改进乃是全党的工作,全党的组织有责任来积极领导和帮助党报的改进。我们要求全党的组织和全党的同志,对我们提出意见,提出批评,并在各地帮助我们的记者和通讯员。这是我们热烈希望的。(《解放日报》)

(《晋察冀日报》1942年12月13日)

戏剧在政治攻势的前线上
——叙述一些感想和经验

唐伶

一

文艺工作者走上了政治攻势的前线，带着化装品、铅笔、二胡……在游击区和敌占区流动工作，这，正是我们锻炼瞄准射击技术的机会，找到了极好的射击地形，可以直接杀伤敌人。

行动本身告诉我们应该怎样做：百姓在危险之下看我们的戏，他们来，不但是因为苦难压抑着，为了来找点快乐，更要紧地，是为了来听点什么看点什么，让"八路军和共产党告诉我们，这日子怎样过"。这是一件极不简单的事情。我们只要身临其境，站立在这些甚至很久不知道什么叫作欢乐，很久不知道鼓掌的同胞面前，就会感觉到一种极大的责任；我们应该更多地更具体地告诉他们怎样斗争，要使每一次的演出，达到最大可能的实际效果，给这些观众的思想和情感以很大的影响，而不是漠然。

这些实际情形都告诉我们，写的东西□不能无的放矢，或者打空枪。如果是写敌占区游击区的事情，那就首先要反映出敌占区游击区的生活，我们用民族正义的激愤，把敌人掠夺的行为描写进去了。敌人怎样连一两个鸡蛋也都要抢走，怎样压迫我们挖自己的地，变为沟，变为汽路，怎样叫我们家破人亡的。特务怎样横行霸道……你听，观众们就带着感动和惊异低低地说了：

"咱们的事，那边儿都知道！"

"唔，八路军什么都知道我们啊！"

"啊，同志，你们说的都是咱们心里的话！"

不仅要说他们心里的话，替他们出主意，想办法，且要显示不久来到的光明。

写作的题材，除了介绍一些边区的民主生活以外，着重的还是针对游击区敌占区的东西，可以采取当地常见的典型事件，或某些大的具体事件，如敌伪各种欺骗的残酷的手段、动人的事迹、敌伪内部的矛盾黑暗等，我们一定不能放过它，□□在作品里，揭露敌人的阴谋，告诉民众那血的教训，鼓励和教育老百姓□斗争情绪和对这些事件的认识。经验告诉我们，如果写作内容要和当地实生活联系得紧，那么效果就愈深，这样的例子常常见到。

这样，写作的人对于当地人民生活熟悉的深浅，就决定着这个剧本的内容的深浅，所以在工作中，事先要把工作地区的斗争作尽可能详细的了解，甚至把演出对象都调查好，按照不同的情形来规定节目。例如，某些对象他们是很关心着抗战胜利后新中国的问题，那么在上演的节目中，顶好能配备这方面的节目。

二

可是，这样的写作，是不是会因为注重了宣传的效果，而降低了作品的艺术价值呢？那是不必担心的。因为要有很大的宣传效果，就需要有艺术性，有相当好的写作技术，表现得技术越好，才能越感动人，说服人。问题还是如何的写法。说要反映他们的实际生活，或用某些具体事件来做题材，绝不是拘泥于事实，非事实不写，绝不能否定了作者对于题材的重新组织、补充和艺术的剪裁。我们更不能忘记，想象之于创作有如它的灵魂一样。说在写作上要紧紧地掌握政策，绝不是使作品流于概念，尽在作品里塞进生硬的口号，或者只从那些空洞的概念、原则出发——那结果，只等于演说，或简单的宣传品，缺乏活生生的人物，干燥无味而没有感动力。要从描写具体形象真实的情感出发，而在处理这些材料的时候，以情节发展的合理性上去流露出政治的方向，这才是具体地掌握了政策，也只有这样才能掌握得更正确有力量。这些作品，如果形式主义地看起来，是降低了艺术的价值，但实际上，我以为这正是作者的写作力，作品的质量的向上提高，因为现实需要迫使着我们更去接近和了解现实，作品内容的更加现实，我们要实实在在地去感受去研究这些材料。采用那些眼前的活人来写作，对他们的语言、他们的情感、他们的生活，作纯朴的素描。

所以，如果是机械的口号式的写作，自然会失去它的艺术性，也就失去了它的宣传力，如果从实际材料中去掌握它，是不会失掉艺术性的。但这里一定要包括着收集现实材料的时间和体验与研究的辛勤的劳作。

我以为这正是我们年轻的写作者更进一步的实际功夫。

三

因为流动，因为各地区的情形有着具体的不同，因为对象复杂，因为敌占区有不断的变化，我们演出的材料，一定要尽可能准备各种多样的主题，做到能够在哪一种对象面前，也有合适的东西拿出来。

所以只靠几个现成的剧本或闭门造车，不按当地的实际情况写作，拿出去定难合辙，会行不通，工作效果是可以想象的。要尽可能不断地写作，不断地产生新剧本，写成之后，要根据每次演出的反应，不断地补充（当然，有些介绍边区或其他的东西，应该当作较长期的保留节目）。

四

在创作的形式方面，第一就是形式上要多样，根据我们的内容，能用什么形式表现的，就用什么形式。但在手法上要做到生动通俗，让群众能懂而且喜欢看，这是很要紧的。无论话剧、活报、快板、相声、大鼓、双簧、歌剧，只要不单调、空洞，都可以被欢迎，都应该大胆地采用，大胆地创造。有同志在攻势中创造了些新的形式，这就是我们的成绩。第二，旧形式的批判利用，可以发生很大的效果，尤其是因为我们流动演出，舞台条件非常地简单，某些旧戏中手法的运用，合乎实际。第三，不要忘了喜剧在他们面前的作用。敌占区游击区的民众，经常在痛苦与紧张斗争中过活，如果我们的节目都是悲苦的、沉重的、严肃的，虽然与他们的调子相和，可是缺乏了比较轻快的诙谐的调剂，很容易弄得沉闷、呆板，那并不是完全成功的。每一次演出节目的配备，也要注意到形式的多样。第四，□□音乐节目需要很好地配合，而且最好也能写作带音乐性的戏剧，例如小调剧、歌剧，甚至简单情节的对唱，都能引起观众极大的兴致，而且感动他们。有很多的观众坐在台下，老是问着"怎么唱戏唱戏，还不唱呀"，而当后台传出很简单的曲子《孟姜女》的时候，台下都非常宁静地倾听，叹息，微笑，这是常有的事。我们必须记住：他们不但喜欢话剧，有时更喜欢带音乐性的东西的。

五

如果现在我们就谈到演出的话，那么我以为，在敌占区和游击区老百姓面前演过戏的演员都会承认，这些观众，是最会受感动的观众，他们在看戏的时候，痛哭流涕、唏嘘、激愤，有时一阵低声的哄笑，这是经常的事情。有的同志说，这种观众的热情似乎回到抗战初期的情形了，台上和台下真的结成了一体，有时好像溶成一锅开水在沸腾，有的亲自跑到后台来找你，有的，在你走的时候，恋恋不舍。

所以要在这些观众面前做一个成功的演员，很容易同时也是很不容易。容易是因为这样的观众容易受感动，不容易是假若演做虚伪，观众的眼泪却并不很便宜地流出来。我们平时要求演做真实，但在这样的演出，我觉得更要强调。因为，第一，在演技上没有装腔可以感动观众的道理。第二，真实的表演，可以使这些观众感到内容的亲切相信。曾在一个戏里，我们的日本人上台的时候，坐在前面一些的老太婆突然把身子往后一闪，像是马上要躲避一下的样子，而在这个日本人动手摔倒一个老太婆的时候，这些台下的老太婆却用低颤的声音叫着"啊呀"，而且湿了她们的眼睛。如果演日本人，但形态、动作，直到服装都不大像，那么观众马上就感觉到不像，感情会慢慢地远离，觉得这不过是"戏"了。第三，我们的演出，不一定每次都找到合适的庙台；但街道、打场、院落……常常都是我们的舞台，而其实并没有"台"。观众的座位逼紧着你，那样近，叫你几乎像是站在这群人中间讲话一样，这样逼近的距离像是演街头剧，如果演员不能设身处地，给人真实感，效果立刻就被破坏了。

因此演员要利用一切机会来研究敌伪军，研究群众的生活……并研究如何表现他们，这也是演技的提高。

常常这样：观众们对戏里最关心的是与他们自己有关的人，例如妇女们最关心台上的妇女，老头儿们最关心台上的老头儿……而我们的观众，妇女与老人占一个相当的数目，他们且是一支自然隐伏的宣传力量，我们不能忽视的。

六

因为环境的关系，在装备上必须要很轻便，一切演出的必需用品，除了带在每个工作队员身上的以外，最好是能很方便就借到的东西。我们写剧本和处理演出的时候，也要注意尽量地不用复杂的布景、笨重或困难的道具，尤其是用一些吃食消耗很大的道具，像猪油之类，这些东西一则寻找和携带不方便，□时，向村中借或购买，都容易误会。

因为没有幕，处理演出时，在开场和结尾，应设法适应；同时还可以用暗灯闭幕法，当节目结束的时候，用一物件把灯一遮，叫观众眼前突然一片黑，台上就在这个时候很快地变换节目。观众们是不愿在会场上待得太久的，节目的紧凑影响观众的情绪很大，如果我们的小后台配备得好，分工明白，有秩序，有准备，迅速，并且能够随时转移，那么一个好的演出是完全有把握的。

选择演出地点，应该在演出需要和移动方便两方面都顾到，有时后面一点还更重要些。自然的布景，例如坡、树、草堆、院落、破墙，都可以利用，有时，现找的出入门、台阶、柱子等，为你准备下很好的自然景，就地演戏，平坦的街道，也可以用席子一隔变为舞台，但那种高低不平的大车道，元宝式的凹地，或凹凸不平的场所，还是免用，容易影响演戏，对看戏的视线也不利。

....

七

一批批的人从前线回来了，又一批批地到前线去，在目前，这还是我们文艺工作者一个重要任务之一，我们从不断的工作中，会研究出更多的经验，即使是零碎的点滴的也好。它可以使我们政治攻势中的创作和演出变成爆炸力更大的榴弹，投向敌人的心脏，予敌人更大的杀伤。

一九四二年十一月

（《晋察冀日报》1942年12月15日，《鼓》副刊第2期）

怎样以反党八股的精神编教材

董纯才

抗战以来，各根据地曾编订不少国民教育和干部教育的教材，在提高群众与干部的文化和政治水平上，确获得相当成绩，但若以整风的精神来检讨这些教材，就会发现它们有很大的缺点需要改正。

我们的教材的第一个缺点是不看对象。以前我们许多人编教材时，对于对象的特点与需要是模糊的，大都根据自己的"想当然"来拟定编书计划，事先没有进行调查研究，对儿童与群众的生活不大了解，因此编出的教材在内容上不切合实际需要，在程度上往往太深，不容易为学生所接受。经验教训我们，编教材必须首先进行调查研究，认清对象，了解他们在年龄、成分、性别、地域、习俗等等之区别和心理之不同，明了他们的特点和需要，然后才能"因材施教""量体裁衣"，确定教材的内容与编写的方法。

第二个缺点就是"太政治化"。我们主张教育和政治和抗战联系，纠正了过去一般教科书不谈政治的大毛病，使教育为抗战服务，这是一种进步的表现；但是我们犯了形式主义的毛病，不管什么教材都要讲政治，因而忽视各科教材本身的教学目标。要知道，各科教材都有其本身的教育目标，应该依照其本身的目标来决定它的内容。在我们的教材中，宣传新民主主义与抗战建国这是完全有必要的，但我们得承认，我们的宣传有党八股和教条主义的毛病，空谈抗战的政治原则，和群众的实际生活不发生关系。我们注重政治教育是对的，但政治教育的实施，必须符合教育学的规律。就是说，实施政治教育，必须估计到学生的生活、经验、接受能力与兴趣。例如对小学低年级生讲持久战原则，是一定不被接受的，如果我们讲些儿童的抗战活动，那他们一定可以完全接受。过去我们的毛病就在这里。教育是服从政治的，新民主主义的政治就应有新民主主义的教育，而新民主主义的教育，应该是以马列主义的立场、观点、方法来说明问题解决问题的。如果我们要使教材符合于政治的要求，并不一定要到处讲政治，而是要运用马列主义的立场、观点与方法来编写教材，使各科教材里浸透着唯物主义的思想，使学生从这样的教材中去接受唯物主义思想的教育。有许多人没有读过唯心论的哲学，但他的思想方法是主观主义的，这是他们从小所读的教科书中包含有很多唯心论的思想之故。今天我们若能真正用马列主义的立场、观点与方法编出一套中小学教科书来，那对党可说是一个不小的贡献。

我们教材的第三个缺点就是内容不合实际需要。一般中小学教材的缺点是脱离实际的，与政治及生产劳动的联系差，我们的教材和政治固然比较有联系，但与生产劳动的联系亦是一样差。生产劳动是群众生活中一个重要环节，教育如果只和政治有联系而和劳动少联系，那可说是一种蹩脚的教育。不论什么教材，它的内容必须切合学生的实际需要，必须要"对症下药"，例如群众缺乏卫生知识，就应该给他们卫生知识，群众缺乏改进生产的科学知识，就应该拿改进生产的科学知识给他们；因此编教材一定要作调查研究，分析学生们的实际生活，找出他们的需要，然后才能规定教材的内容，使它切合实际应用。

第四个缺点就是"开中药铺"。各科教材本身大都是材料的堆积，缺乏科学的说明与系统，各科教材彼此之间亦没有很好地配合，因此只能给学生一堆零碎的知识。世界原是个整体，科学的分类原是为研究的便利，学校中教学的分科也是为了教学的便利，平常人们在分科教学之下，往往是各自为政，彼此没有联系，使学生只见局部，不见整体。为了避免这种毛病，就应该使各科教材彼此取得联系，作适当的配合，使全部教材构成一个有机的体系，使学生对世界得到一个整个的认识；另一方面，每门教材又要注意本身的科学性，使学生对每门科学又得到一个明确的概念。

我们的教材的第五个缺点是不够大众化。其第一个表现就是言语文字不通俗。一般教科书的文字都是干燥无味，读起来是味同嚼蜡一样，而我们的中小学教材还不如人家，文字更拙劣，不通俗。我们虽高喊着"大众化"，实际上我们还不能去掉那种"学生腔"，还摆脱不了书本的公式，还带着洋八股的气息，还不会"用简单的语气，具体的口吻，用群众懂得的比喻来和群众说话"。大众化是中小学教材和干部文化课本所必须具备的一个重要条件。要做到大众化，那首先就要我们向老百姓学习，学习民间语言，用老百姓的口吻来和他们讲话，使得每一句话都能反映出他们的思想和情绪，能为他们所了解、所接受，为他们所喜见乐闻。不够大众化的第二个表现是不够具体化。我们的师范和小学的教材，很多抽象的说理，空洞的原则，对于事物的解释非常不具体，这是学生最头痛的事。具体化可说是中小学生的一个普遍的要求。怎样能使教材写得具体化呢？首先要内容切合实际，不能空洞，在写法上要能合于使用简单的语气、具体的口吻、恰当的比喻、生动的例子、巧妙的故事、浅近的解释、适当的形容、形象化的描写等手法来说明事物。对于问题，不但是要解释得简单、明确、浅近、明了，而且要生动有趣。

我们的教材的第六个缺点就是独断的叙述法。有很多的教科书和讲义，对事物的解释都是记账似的平板的叙述，只叙述"当然"，不说明"所以然"。这种教材，只是灌输学生一些现成的死板公式和空洞的教条，使得学生只知道死读书，读死书，死记公式，死背教条，而不能启发学生思想，教导学生思考问题。对于事物的解释，不应该单是叙述"当然"，并且还应该说明"所以然"，指示出看事物要从各种现象的关系上去研究它。简单地说,我们对事物的说明,应该是辩证法的,我们应该以对事物的辩证法的说明,来启发学生思想,教他们学习辩证地看问题。

教材只不过是教学的一种工具。我们编教材,不要写现成的公式,让学生死记,而应善于启发学生的智慧,指导他们行动,指导他们思考问题,解决问题,培养他们的创造性,推动他们继续不断地去努力求知。(《解放日报》)

(《晋察冀日报》1942年12月18日)

《纪念连》

丁克辛

仓夷作，连载十月十五日至二十二日本报。

这是一篇报告，材料丰富，写来却不够动人。

作者收集材料是仔细的，组织（剪接、配搭和布置等）材料也费了苦心，但等到拿起笔来写，费的劲却不大。

写时费劲不大，不一定就不动人（正如有的费了大劲却还是不动人一样），当把材料完全融化，在因材料而涨起的饱满的感情里，思想之光在闪灼着，这时候，一般说，拿起笔来是很顺利，不大费劲的，并且写出的作品不会很坏，但我看作者写《纪念连》时却不属于这种情形，他是写得太急迫，太直白平易了。不是直白平易有什么不好——这却正是好处，后面要论到——而是这直白平易没有经过饱满浓烈的感情好好煎熬过。至于急迫，却是大坏事，这倒不一定就是笔下如何匆忙和快速（也许还是写得很慢的），而是作者在写作过程中的不从容，这不从容也又不是因为感情的热烈，而只是繁什众多的材料蜂拥而来，使得他心理状态很紧张，然而这紧张却完全是理智的，他不时着急地想：怎么一下子把这许多的材料直白平易地写完，却又写得很简洁、明白和完整才好。

这倒可以告慰作者的，简洁、明白和完整，他是相当做到了，而且也很直白和平易，但是我要说：却不够动人。

为什么？——没有强烈的感情在如许的材料里起着酵母作用，使贯穿着每一个字句都膨胀着，都富有生命，都叮叮当当响——能歌能泣，通篇给人的印象不是热烈，而是"呵，有那么回事"的平淡，不是紧张，而是繁多与匆匆，有一些悲壮，也有一些愉快，但都不沁人肺腑。

因为写得直白平易,而且用了些中国旧小说的手法,读起来很流畅,一会儿就读完了。这还可说由于描写内容处处多少吸引着读者的缘故,但却也可说处处都不太吸引读者,因为虽然这样容易读下去,也明知接踵而来的是许多故事和战斗,但我好多次都想中止不读了——却宁可费力一些,甚至使我窒息,沉浸在里面而不可得。

但我终于读完了,而且第二遍比较仔细地读了,还不是很打动我。我总有这样的感觉:好像作者曾经先仔细读了另一篇写同样内容的《纪念连》,那确是一篇描写深刻、感情浓烈的好作品,他把那篇详细的内容甚至连穿插的细节都转述给我听了,我感谢他,但我要求读那原来的作品,可是他却没有给我,我不满足,感谢中多少扫了些兴。

比如我们看吧:在第一节《突围的夜》的末后,经过粗粗的叙写,就是五个战士在牺牲前喊口号,甚至第三句还喊"咬紧牙关,度过黎明前的黑暗",我就不大相信,因此也不愿意跟着喊。

但作者是应该使读者相信,而且不自禁地跟着喊的。

这当然是一个极端的例子,但作者会了解我的意思的吧?

总之,作品后面看不见作者,看不见作者用力来支撑《纪念连》的丰富激荡的热情(的抒进)。再说,激荡的热情能洋溢全篇固然好,紧紧压抑住,止于饱和状态更能感动人,然作者却亦不是"压抑",而是缺少感情,而是冷静、客观、理智和平淡。

这原因,一是由于作者贪多材料(虽已费力拣选了),不自觉地迷于故事——纪念连的遭遇——的本身,主要的却是因为作者不熟悉所写的材料——尤其是战斗的真实情景。不了解革命的实际就无从描写革命的实际,毫无战斗经验而要写复什、艰巨、频繁的战斗报告,不会写得顶好是意中事。尽管有很多材料,又凭借一些技巧,好像写得很复什错综、紧张动乱、有声有色了，个别的重要场面也展开了（如整个第六节《南宋庄在鏖战里》），结果也还是如下的东西居多：

>敌人冲到离我们阵地只有三四十米达的地方，一阵手榴弹的爆炸，敌人第二次的冲锋，又被我们打垮了。（第六节）
>
>西口的战士左俊义气喘喘地，满脸都是土灰地跑到指挥部里，见了萧健同志就说：
>
>"萧同志，不行了！我们不能再守，土墙、房子都坍塌了！"（同上）
>
>守南口的赵强同志和守东口的李坚同志，正在和冲锋的敌人搏斗着。战士们精神愈战愈旺，大家都说：
>
>"他妈的，打到这个时候了！就得坚决地干到底！谁还说丧气话！"（同上）

都只说着遭遇了一些什么，做了一些什么，而"怎样做的"这一重要面却是写得不够的，或是不动人的，一句话：只是文字上的热闹，而战斗的壮丽场景、人物的英雄性格等等还是繁碎而干瘦的，以致基本上是一般的和概念的，使人有"呵！就是那么回事"之感。

不熟悉，照理就不写，但目前这种题材和主题迫切地要求反映，鼓励大家多多来写，而且也并非因为不够熟悉就绝对不能写，问题是未写之前要使材料尽可能熟悉。比如说，这篇材料假如是多方搜集访问得来的，作者又很少参战的经验，那么，在搜集和访问的当时和以后，应该把材料多思索、多体验、多融化，设身处地把自己做像或做成讲诉材料者——参战者，具备了他的经验、想象和情感，加上作者灵魂的孕育，来了不可抑止的激动，然后再动笔是比较稳妥的。动人的思想和感情不能从大堆的材料和故事中得到，却要从通过材料和故事而反映出来的生活的体验中间得到——这，我想不仅是对《纪念连》的作者而说的吧。

前面说过,作者搜集和编织材料是费了一些心思的,事件的配置,人物的穿插,节与节之间的转接,结尾时先写杜连长回来,再补叙李坚赵强突围时的牺牲,给读者以壮烈有力的最后印象等等,都很好,做到了相当的简洁、明白和完整,但同时,却又有堆砌材料、繁碎平凡之感。什么都看见了,又像什么也没看得顶真切。这仍然应当归罪于材料还是太多,却很少精微生动的刻画。虽然直白平易的写法多少影响了刻画,但不能就嗖嗖嗖嗖近乎记账似的记下去,平直不即是粗浅,朴素也不等于干瘦。也许作者认为:只要他记下了多样的残酷而英勇的战斗,就完成了他的主题,给了读者以精神上的充实,他的目的就算达到了。那么,我要说,这样,他的目的是不能完全达到的,甚至达到得很少。假如文学作品的艺术效果是在给读者以精神上的充实和美学上的愉快的话,那么,这二者是不能活生生地分开的。正因为是文学作品,离开了美学上的愉快是谈不到精神上的充实的。《纪念连》,因为缺少了精微生动的刻画,给读者美学上的愉快很微薄,艺术效果是大大减低了的。至于材料究竟还应该剪裁或加添哪些部分,却是很难说的,但有一个原则:材料的支配欲贯穿于作者贯注全篇的感情,依感情的发展定材料的取舍,必要时即使是宝贵材料也得割爱,否则必显堆砌,若是离开了感情(有思想做基础的感情),单凭理智和技巧,尽管剪裁结构得巧妙,也不过是无生命的东西而已。

照本篇的字数(三万多)是容纳不下现在写出的如许材料的,硬要容纳,必然简陋,有骨无肉,干瘦非常,比如第五节《要勇敢更要团结》里,连长和指导员闹意见,以致延误了袭击敌人,第二天晚上就来了检讨会。作者行文那样急急,飞也似的(类似这样的地方还很多),初看似是简洁,实则作者等于在写论文,不过勉强撑起一个故事的骨架，立即就塞进大量的政治的（说教的）内容，读者是感到不愉快的，所以如果不扩充篇幅，无疑地，材料有再加精选的必要，而给精选后的材料以深刻细致的描绘。

补说一句：个别的较细的生动的描写并不是全然没有。比如第六节的描写战争场景："敌人的排炮又继续地轰击着，村里的房子不断地塌，火烟和尘土，一团一团地涌起，炮弹落在村里的大槐树上，槐树枝一大片地炸断了，树叶沙啦啦地飘落着，有些炮弹落在屋顶，屋瓦都炸得四散飞开。"又如第七节末了，写机枪班长郝赞和敌人肉搏一段等，但这样的地方并不多，而且展开一些细描精刻，都是更难找到。

人物是作品的灵魂，即使报告较重事实，人物仍不失其重要性，尤其是以人物为主体的长篇战斗报告。本篇写了十多个人物：民兵队长萧健，以及营长、连长、指挥员、排长、机枪班长郝赞及士兵胡瞪眼等等，在并不太长的篇幅里要求这么多人物写得都很活现是难能的，一般说还不算太失败。胡瞪眼的粗中有细、忠实、淳朴而肯干，郝赞的英勇善战和爱护武器，以及先是指导员后是连长的李坚，都给人一些印象，但其余的人物都是一般化简单化了。真正写得比较成功的还是民兵队长萧健，从他在白庄出现，领导民兵装置"地下堡垒"起，促成改编为"战斗连"，在地道里打死汉奸，解劝连长李坚和指导员赵强的闹意见，直到同林营长在北宋庄突围，遇见杜连长，再同杜回到"战斗连"止，他的每一句话，每一个行动、动作和表情，都叫人感动，觉得他亲切愉快、坦白、热诚和勇敢，充满了希望，浑身是胜利，我们先听听他的话吧：

"呵！现在你们到了这里，就跟到了家里一样，你们有困难，我们一定帮助你们解决！"（第三节）

"但是他们（鬼子）吃过我们几次地雷，知道我们这里是

'八路大大的有'！（学着日本人的腔说）"（同上）

"不，你们别开玩笑，我只能跟你们跑跑腿，连长我可当不起，哈哈！啊，不过……（他被一个什么印象抓着了）"（同上）

"啊！现在是什么时候了？"（萧健同志沉重地问着）"你们都要平静一下，现在战士们都在院子里等着，要去摸敌人的营，你们却在家里吵嘴，那是错的！赶快出发吧！有话回来再说！"（第五节）

"我们现在不用难过了，我们虽然受了挫折，但是我们始终是胜利的……"（第七节）

不仅说了这些，而他做的比说的更多十倍，不仅说得好听，而他做的比说的更好十倍——这是一个人物，一个真正革命者，也是一个民族英雄，写出了他，使作品生色不少，增价值不少。

此外，写人物方面最大的缺点是，除了写上面十多个人以外，没有用更多的力气写这一连的士兵的集体，甚至比写个别的人用的笔墨更少。因此，一种新的集体的力和精神给读者的感染是很少的，随之也就减杀了个人形象（萧健李坚等）的更浮雕更有力，因为今天的真正的新英雄，离开了他所领导的群众是不存在。再说，因为作者处处要注意插写胡瞪眼和郝赞等个别士兵，用来透视集体，结果却好像这一个连队就只有他几个人而看不见集体了。这是很大的忽略——很大的缺憾。

以上，比较多指说了《纪念连》的一些缺点，但实际，这是因为我们对它作了过高的要求的缘故。它是具有许多长处的。

首先，以边区来看，到今天为止，《纪念连》是反映我民族神圣的抗日自卫战争，反映今年夏季冀中的空前艰苦残酷的反"扫荡"斗争比较完全（从这一角透视全面）的一篇。它包括了那么丰富的内容：铁壁合击中的突围，道沟战，长途的急行军、夜行军，民兵的地雷战、地道战（诅咒敌人的毒瓦斯啊），村落（房屋、围墙、院落）战，以及民众的合作，伪军的归向我——所有这些，几乎是平原游击战的全部内容，而用"要勇敢，更要团结"这一神圣的精神意志贯穿这全部内容，号召着克服一切困难，坚决战斗下去，直到最后胜利。这许许多多英勇壮烈的可歌可泣的事例、经验和教训，给所有的战士、民兵和一切抗日人民以多么大的教育，多么大的鼓励。

其次，全篇结构相当紧密和完整。

再次，它用了平易的笔触，通俗的语言，富于故事性的情节，有着中国旧小说的某些好的手法，使只要认识里面的字的小学程度的读者就能看懂（这里，让我们这样一些作者惭愧吧，他们天天喊着大众化，而第一，他们的作品连中学生都还读不懂）。这好懂，若要举例，几乎通篇都是，这里我只录出近乎中国旧小说的某些好的写法。

> 突然他听见有一个声音说：
>
> "嘿——你们瞧，怎么这沟口有这么多的脚印？"
>
> 又一个说：
>
> "刚刚下了雨，我们都是往南走，这里面一定有鬼！"
>
> 头一个又说：
>
> "嘿！敢是八路的脚印吧？"
>
> 第二个说：
>
> "进去看看吧！一定是八路的，他们看见我们来，从这里拐走的。"
>
> 林风清听到这里，就叫机枪班长郝赞准备，但却没看见有人进来。只听见外面头一个声音说：
>
> "别多生事了！走吧！"（第二节）
>
> 连部里很热闹，萧健同志一进去，就看见一大群人站起来招呼着，有独立团的王团长，有……再就是蒋方华、李坚等人，李

坚同志正在谈着他们的战斗经过,大家听得默默的,看见萧健同志来,都笑着说:

"多亏萧健同志帮助,要不我们就真是拖也拖垮了!"

大家都笑起来,又谈了一会儿,萧健同志问王团长说:

"现在敌人已经来合击我们,打不打呢?"

"打是要打的,"王团长说,"这次敌人兵力不很多,战斗连打村落战是呱呱叫的!今天我们的战士也好跟你们学学这一手!"(第三节)

萧健同志走近前仔细一看,是民兵崔有福,就笑着对胡瞪眼说:

"哈哈,捉了自家人了,他是咱们的模范的爆炸手呢!"

胡瞪眼想争辩,但李坚同志已开始问崔有福话了:

"你刚从哪儿出来的?"(第五节)

…………

"啊,营长!你怎么也到这里?"

营长起初看见这人很面善,等到他问了这句话以后,他就难过起来,他记起这是战斗连原来的连长杜镇远同志。

"啊,杜同志,你怎么跑到这里来呢?"

"唉!"杜镇远同志叹了一口气,摇摇头,待了一会儿,问道:

"李坚同志呢?"

"不晓得他们突出了南宋庄的围没有?"

"这是哪一位?"

"呵,这是萧健同志,呵,咱们进屋里谈吧!"

连长招呼着跟在营长后面的几个战士,看见这些战士都蒙着疲劳的神气,人又这么少,心里就冰冷起来。(第七节)

这种写法通篇运用得很多，为节省篇幅，不再多举。

我深深相信，在我们过高的要求下，尽管《纪念连》还存在许多缺点，但一般粗能识字的工农士兵群众是读得懂的，爱读的，是认为和他们很投合，于他们有很大的益处，他们将从它领受到实际的宝贵的教育和鼓励，他们将因此工作得更努力，战斗得更英勇，进步得更迅速。

临末，使我想起一个严肃的问题，那就是新民主主义的现实主义的创作方法的认识和实践的问题。直到今天，我们的作者，诚如周扬在《艺术教育的改造问题》一文中所说，对现实主义都有点太朴素的了解，写熟悉的生活就成为只写个人的身边琐事，迷恋于和骸骨一样的回忆（不管是所谓光荣的或是悲愁的），写真实的感情也不过是小布尔乔亚知识分子的感情，忘记了向新的英雄，向工农兵生活的突进。虽然有的认识到这一层了，但由于缺少勇气，或努力不够，生活圈子太小，生活内容贫乏得可怜（大后方的作者更不消说了），写不出新的英雄，不能反映工农士兵的生活和斗争；有的或有一点浮薄的经验，或搜集到一些这方面的材料，但因为感情还是小布尔乔亚知识分子的，写出来不三不四，非驴非马。这成为一个重要原因，为何我们今天的创作远远落在伟大生动的抗战现实之后，使文艺工作大大不能满足当前的需要。然而我们的文学艺术工作却一定要能起精神动员和改造的作用，要能起工农兵的文化教育工作的作用，要和工农士兵群众紧紧结合，而这个《纪念连》的作者却给我们做了一个好的榜样，尽管《纪念连》还有缺点，但这是在摸索前进（有正确方向的摸索前进）途中不可避免的。我同意而且相信这说法："要使艺术作品能够为工农大众所接受，所理解，在今天的条件之下，固然难免要伴着艺术水平的某种程度的降低，然而在向着最终极目的的意义上说，却仍是提高的。我们再没有另外的提高的方向。"因而，我们对

《纪念连》的作者只有鼓励，而对它的缺点，仍然抱着乐观。

当然，鼓励写《纪念连》这一类作品，并不也鼓励如前面所指出的表现在《纪念连》里面的缺点，尤其是关于对材料不够熟悉，思索体验得不深刻，缺乏感情这一点！无论如何，不克服这致命的缺点是不能作夸妄的尝试的。否则空腹高心，志大才疏（才，不是天才，而是丰富的生活经验，深刻的思想感情），结果一定是徒劳无益。

深入生活，参加实际斗争，真是太老太平凡的说法了，但这个，不仅为了产生好的新的创作需要它，而且，作者正确世界观的获得也要依靠它——单凭马列主义的书本是绝不会完全获得马列主义的世界观的！然而，没有正确的世界观（正确的思想）也就不会有正确的感情，为什么尽管满口的革命理论，也似乎有大堆的材料要写，结果写出来的是歪曲的或者不活的？！似乎尽力想化装出工农兵的模样（最坏的连一点儿模样也不像），但首先给人看到的，却依然是一个油光光的头和一张苍苍白的脸——这是多么刺目！多么可笑！不，这是多么悲哀！

参加实际生活和斗争了，一面还得即生活即写作，随时随地认真把生活和斗争反映出来。理论上，写作固然要从容，要多酝酿，但不能以此作为躲懒的借口，特别在黎明前黑暗的今天，更不允许这样。今天要集中一切力量冲破黑暗，争取反攻胜利，战士们在最前线流尽他们最后一滴血，我们的作者就应该绞尽最后一点心血和脑汁——这还不过是最起码的要求呵！

不要再用种种借口来躲懒，使头脑硬化，笔尖生锈，不要太爱惜自己，对革命不负责！当然，在多生活多写作之中力求创造和进步是必要的。这就是说，我们的作者在注意生活之外，还应该抽空批判各式作品，研读古今名著，这一方面是为了学习它们的技巧，学习它们反映和描写生活的方法；同时，由于精读伟大哲人的名著，足使我们学会更深广更正确地去体认生活，把握斗争——这也是不断使创作进步的重要之一途。

最后，让我喊一句长一点的口号作为本文的结束：

刻苦生活（这不仅指在物质生活上要能刻苦耐劳，主要的是指要深入到生活底层，要苦苦地思考体验），认真创作，以无比的热情、沉着和英勇，面对祖国的复兴！

一九四二年十一月底，平山

（《晋察冀日报》1942年12月18日、12月19日、12月20日连载）

《绿芽》感

萨柯

不是书评，也不是介绍，只是一点点感想而已。

一提起新年便会联想到，冬尽春来的日子不远了。今天我收到了云彪县文艺小组编辑出版的一个油印刊物《绿芽》，更使我感到新春的绿芽似乎已经从这北域寒冷的冬天怀抱里伸出头来了。我把《绿芽》里面刊载的每一篇东西都读了，我很高兴，我似乎由此看到了今天边区文艺的真实面貌——富有生命的，年青的，正蓬蓬勃勃地生长起来的绿芽。

是的，今天边区文艺像绿芽一样还稚幼，力量薄弱，或者和一个小毛丫头似的，还不大好看，正像那个刊物《绿芽》本身所表现的一样。但是，这《绿芽》因为是生根在一块肥沃的土壤里，而且有热忱的、辛勤的（虽然还不大熟练）园丁们的栽培，它便会慢慢儿地（不要性急呀！）成长为硕大魁梧、丰枝茂叶的树木，那是毫无疑义的。

当然，问题还不是那么简单，事情也不是一切尽如人意。譬如说，有时绿芽会受到害虫的侵蚀，甚至风暴的摧折。今天边区文艺界不是也正在整顿三风吗？其实可以说，这就是为边区文艺的"绿芽"灭除与预防三大害虫——主观主义、宗派主义与党八股，作无情的斗争。再说，我们处在敌后，无时无刻不在和最凶恶残暴的疯魔——日寇汉奸——作生死的搏斗，为了保卫边区，也为了保卫边区文艺的"绿芽"。缺少了或松懈了这种除害灭暴的斗争，"绿芽"是无法成长的——这是用不到更多说明的了。况且事实摆在面前：边区文艺的"绿芽"正是在这斗争中更有劲儿地壮大起来了——害虫腐蚀不了它，风暴更摧折不了它。

有人对于绿芽"慢慢儿地"生长有些性急，甚至有些失望，昨天看见它是那么大，今天看见它似乎还是那么大，说不定明天看起来又似乎感觉不到它长大了多少，但这到底只是"似乎"而已，这是一种错觉，或者可说是一种主观主义的想法。如果实际地去调查研究一下，它还是在"慢慢儿地"（这里应了解为"沉着地""不断地"）生长壮大起来的。

问题又来了：我们是不是就满足于"绿芽"生长的现有的速度？是不是需要或可能使它长得更快些呢？不成问题，回答是"也需要，也可能"。边区每个文艺的园丁，应该作如此努力，丝毫也不能自满。但这里问题，我想，主要的不是需要或可能与否，而是如何的问题——即如何才使边区文艺的"绿芽"长得更好更快？这倒是值得探讨而亟待解决的具体问题。愿园丁们与非园丁们，一切关心这"绿芽"成长得更快的人们都来出些主意吧！这里我只想抄录列宁说过的话供大家讨论时参考；虽然他说的是俄国无产阶级的文学事业，但对于中国新民主主义的文学事业是一样的道理。如果我们能领会了下面列宁的话的精神和实质，并在实际工作中不偏不倚地来具体运用，那么"绿芽"一定会长得更快，也长得好看了。

"文学事业应该成为总的无产阶级事业的一部分，一个统一的，伟大的，由整个工人阶级的全体觉悟的先锋队使之运动的，社会民主主义的机器的'齿轮和螺丝钉'。文学事业应该成为有组织的，有计划的，统一的，社会民主党的党的工作之组成部分。

"无可争辩的，文学事业最少能容□机械平均，水准化，少数服从多数，无可争辩的，在这个事业上，无条件地必须保证个人创造性、个人爱好的广大原野，思想与幻想、形式与内容的原野，所有这一切都是无可争辩的。可是这一切只是证明：无产阶级的党的事业的

文学部分不能与无产阶级的党的事业的其他部分一模一样地等同起来……"（列宁：《党的组织和党的文学》）

就此结束我这几乎是"胡扯的"，企图作为"抛砖引玉的"，一点点《绿芽》感。

一九四二年除夕前夜

（《晋察冀日报》1942年12月30日，《鼓》副刊第4期）

展开通讯员工作

我们的报纸,如果没有广泛的通讯员,如果没有参加着实际工作的、生活在群众中间的党与非党的通讯员,是不可能办好的,因为我们的报纸是党的报纸,同时也是群众的报纸。群众的利益,群众的情绪,是党决定政策的依据;群众的意见,群众的行动,也是考验我们的政策与工作的标尺。党教育群众,不是高高在上地用空洞的原则、死板的教条去照本宣读地说教,而应该是站在群众之中,通过群众耳闻目见的活生生的事实之分析与理解,使群众逐渐提高他们的认识。我们的报纸正是要负起这样的任务,这也正就是我们的报纸之所以异于一般资产阶级的报纸的基本的一点。因此,我们的报纸就不仅需要有能干的编辑与优秀的记者,而尤其需要有生活在广大人民中间的、参加在各项实际工作里面的群众通讯员。因此,做通讯员,为党报写稿,关心与帮助通讯员的工作,也就不仅是报社对于每个工作同志、每个工作机关的希望和要求,同时这也应该是每一工作同志、每一工作机关的责任与义务。

过去,我们是这样认识的,是这样做了的,而且做得有成绩;但是这样的认识还不够普遍,做出来的成绩还不能使我们满意。

我们在陕甘宁边区已经有了四百多位通讯员(如果把给其他报纸写稿的通讯员合计在一起,数目怕要更大)(按:在晋察冀边区本报已有通讯员约六百余人——编者)。这些通讯员同志供给着我们报纸上所需要的二分之一的地方消息和一部分通讯。他们在繁忙的工作中,在几乎说不上什么报酬和鼓励的条件下(稿费是低微得可怜,外县的稿费还时常不能寄到,甚至有的同志自己的稿子发表了,但是报还看不到一张）为报纸写稿，这种精神是值得发扬的；但是不可否认的，我们的地方消息、机关通讯依然是十分贫乏，而我们建设抗日根据地的工作内容却是非常丰富而生动。为什么我们不能够把这样生动丰富的内容如实地反映在报纸上呢？我们报纸所需要的正是这些东西：你所接触的群众的行动，群众的意见，你日常工作中所遇到的新的情况、新的问题，并不需要什么特别费劲地去模拟新闻笔调，或装进什么一定的格局，只要如实地、具体地（把时间地点人物和情节交代清楚）就好。许多同志因为对于这一点还有些模糊，所以觉得替报纸写稿不是自己的事，而是另外一些具有"特别本领"的人的事；许多通讯员同志对于这一点也有些模糊，以致总感觉到没有什么可写的"大事"，拿起笔来总想模拟一定的现成"腔调"。于是我们的稿件就不能不感到短缺，而稿件内容也就不能不空洞贫乏。参加着实际工作的同志，生活在群众间的同志，在你周围，在你工作中间摆着丰富、生动的材料，就把它如实地写给报纸吧！你虽然不是一个新闻从业员，为党报写稿，做党报的通讯员却是你的责任呢！

利用报纸，发挥它作为"集体宣传鼓动者"与"集体组织者"的作用，给本机关、本地区的通讯员以具体的指导和帮助。关于这一点，我们许多学校、机关和地方的负责同志已经逐渐地这样做起来了：他们出席指导通讯员的会议，他们关心着通讯员写稿的内容，他们把本机关本地方需要反映的事件告诉通讯员，督促他们去写，这些都是很可喜的现象。我们热切地希望，每一个机关，每一个地方的负责同志都能够这样做起来；同时，我们很希望，给予通讯员的帮助不但要更多些，而且要更具体些，给他们更完备的材料，给他们必要的时间，帮助他们，指导他们，使他们写稿的内容更真实、更具体！

散布在全边区各个角落里的小学教师和分派到县、区、乡上去参加党政工作的知识分子同志，已有许多是报纸的通讯员了，而且已经供给了我们不少很好的稿件；但依然有许多同志还没有负起这一个义不容辞的责任。边区的一般文化程度是这样低，能用文字表达意见的人是这样的少，请尽量使用自己的笔来替群众讲出他们所要讲的话吧，尽量替我们那些积有丰富经验而不能够执笔为文的工农干部做喉舌吧！

怎样把联系通讯员的工作做好，怎样更负责、更慎重地处理通讯员的稿件（在这方面还是有很多缺点的），这自然是报社工作人员的责任，但这同样地也需要通讯员同志的督促和检查。我们希望通讯员同志多写稿件，我们同样也欢迎通讯员同志多提意见，使我们现有的缺点逐渐纠正，使我们的工作做得更好。

我们展开通讯员工作，让我们共同努力，在普遍的、健全的通讯网上建立党报的支柱。（《解放日报》社论）

（《晋察冀日报》1943年1月8日）

我读了《丈夫》之后

卓尔

全文见十二月二十三日本刊第三期。

我读了《丈夫》之后,给了我一种崭新的印象和感觉,至少在边区的过去的文艺创作上是很少接触到的——简练、朴素,并且有浓重的乡土气息,这构成了《丈夫》的特色。

我在读着这篇文章的时候,纯朴的叙述和描写使我惊异,我像是倾听着一个憨直的农民向我讲述着这么一个平凡的故事,这故事深深地牵引着我,使我如临其境地活动在所描写的人物的周围,认识了他们的思想和行为,虽然只短短的三二千字,但我觉得意味深长,像是已经在里边生活了一个相当的时期了。我喜爱这一篇短短的小文,它从平凡的现实生活中产生,而又表现了现实的真实,不矫饰,不夸大,没有激动的情感,没有华丽的言词,一如生活似的朴素单纯,一切在平静的调子下进行着,给了我真实的恳执的感受。

从《丈夫》这一短文的主人公里,我们看到了作者所要表现的主题——"丈夫"是在斗争中成长着。作者从妻子的侧面来渲染了他,从另一个丈夫来陪衬了他,不只使我们看到了"丈夫"成长为荣耀的抗日的干部,也使我们看到了一般村镇上的浮浪汉的——另一个丈夫——无聊的面影;又从妻子的描写上也使我们见到乡村妇女进步的痕迹,和一般群众及新的一代的抗敌意识的增长!

作者又从简练的笔触下烘托了生活的细节,和潜在着浓厚的农民的感情的——特别是在对话上表现得好。

他从今天——中秋节的描写里,穿插了妻子的回忆的反叙,使我们更深地了解了"丈夫"之史的回溯和与另一个丈夫的鲜明的对比——使我们得知"丈夫"的过去,但无疑地,这一段反叙的穿插反而形成这短文的一个重要的部分了，这在技术上是成功的，但在今天的描写上反而感得给冲淡了！

小品文是文学形式中最生动精悍的形式，也是最自由、最难把握的形式，它便利于捕捉现实生活中的一个事件、一个场景、一个人物……和在一特定的短暂的时间上来加以叙述和描写的。如果以小品文的形式来表现一个悠长的时间过程中的事件的发展，是难以奏效的，如《丈夫》的表现便是包括了好几年的过程的，虽然可以用更跳动的手法来处理，但在人物的刻画上是难于达到更深刻更细微的程度的。

但《丈夫》还是一篇值得推荐的作品的。大家可以翻开十二月二十三日的本刊第三期，仔细地研读一下，大家可以更深刻地去认识这一篇作品和从那里边获得些更新鲜的东西。从这一篇作品的研读中，是可以帮助我们体会今后的文艺创作是可以向着这一方向继续努力的。

这一篇文章是反映了现实的，但不是反映了最尖锐的现实——对敌斗争！

小品文虽然是从局部入手，但从局部里也可以反映深刻的和较丰富的生活斗争的，这要看作者如何去处理题材了。在新文学的创造中，小品文已获得了新的认识和估价，像美术上的素描一样，被推崇为艺术中的一个可贵的部门——而不再把它们看成是文学著作的未成品（小品文），或是绘画创作之前的草稿和□作（素描）了。

在今天对敌斗争的益超尖锐的情况下，文艺工作者首先应从选取最尖锐的主题入手，再大胆地运用和创造活泼精悍的艺术形式，以便于更及时地、更便利地投向对敌斗争，以完成战争予我们的希望和要求。这是一个迫切的任务！

（《晋察冀日报》1943年1月12日）

论通讯工作

本报的通讯网,从去冬整理以来,是有了不少的成绩。今年一月份寄来稿件三四六件,二月份则增至六○四件,不仅在数量上有了大量的增加,就是在质量上也一般地提高了,而一般通讯员大部分都能写稿,这些都不能不说是显著的进步。

特别值得提出地,本报的通讯员都是有着他们本身的各种工作岗位。在今天敌后残酷的斗争环境中,他们本身的工作,已将绞尽他们的脑汁,耗尽他们的体力,然而他们能够自动地在本报周围组织起来,在紧张的战斗中,在繁重的工作中抽出时间来为本报撰稿,甚至有为了采访新闻深入敌占区而不幸牺牲的。这些通讯员的忠诚英勇,都为敌后新闻事业写下光辉特出的伟绩。

然而严格检讨起来,边区的通讯工作,还是相当薄弱的。也就是说,边区今天的通讯工作,无论在其通讯组织的广泛性上,新闻通讯的计划性与组织性上,新闻通讯的内容与质量,都还远不足以反映今天边区的伟大斗争场面。

晋察冀边区及其周围敌占区,呈现着两幅迥异而突出的、相互比照而益鲜明的图画。一幅是边区抗日根据地的图画。边区人民在五年多的抗日战争的锻炼中,在五年多的民主建设民生改善的洗礼中,开始是汹涌地站立起来,现在是更坚定地站立着,斗争,为着新民主主义新中国。在今天接近胜利之时,困难更多,斗争益残酷,然而由于苏联红军的伟大胜利,国际形势的巨大变化,由于日寇困难严重,到处呈露着死亡的征兆,由于日寇垂死前的疯狂所加于人民的仇恨,更主要地,由于中国共产党与人民同生死共患难,血肉样地结合在一起,并且正确地领导着人民战胜敌人,排除困难;这样就大大地鼓舞起边区广大人民的斗争热情和勇气，使他们咬紧牙关，以无限的胜利信心，顽强地与日本强盗搏斗下去，向着即将到来的黎明前进。这幅图画与抗战初期是有着显著的不同。抗战初期，是人民的激于民族义愤，蜂拥而起，他们尚不能了解这是一个长期的百倍艰苦的斗争过程，虽然到处呈现着新生的蓬勃的气象，但对于前途，还只是模糊的景象；而今天，则是长期的残酷的斗争教育了他们，锻炼了他们，牺牲、流血、困难、残酷再不能动摇他们的斗志，朝霞灿烂的黎明在引导着他们前进。因此，今天的斗争场面较诸初期是更壮伟，更坚实，更可歌可泣。其所以如此，是有其巩固的物质基础的。因为今天，斗争环境绝不是单纯的情绪鼓动，能使人民坚持这残酷的斗争，而是中共的正确的领导与正确政策的实施，取得对敌斗争的胜利，建设了抗日民主根据地，使得边区人民获得了自由与幸福；所以他们为了迎接更光明的前途，不惜付予巨大代价，在困难中咬紧牙关，在残酷中流血牺牲，坚持着这一伟大斗争。

这一幅灿烂而生动的图画，应当是，也必须是通讯员的写作题材中心之一。也就是，要将边区各种对敌斗争，在斗争中部队与人民亦壮亦烈、可歌可泣的故事，以及根据地的建设，在建设中与困难斗争的经历，用生动的事例，用统计数字，根据一个时期的中心，无遗憾地全面地把这一幅灿烂而生动的图画烘托出来，以此教育读者，指出边区广大人民的努力与斗争的方向。只有这样来充实报纸，才能使报纸成为教育、指导与组织群众的有力的工具。

另一幅是敌占区的图画，这是一幅凶暴荒淫与惨绝人寰交织起的地狱图画。由日寇的刺刀建立起一整套的奴役中国人民的组织，在这组织下，成千万的中国人民被榨取与剥夺了一切所有，甚至生命，而日寇则在干着中国人民的血酒，汉奸则在分润着余涎。敌占区人民五年多来（东北与察绥则为时更久）是死者已矣，活着的受尽苦难，而这种苦难到今天是尤甚了。对于粮食由"配给""收买"到公开的掠夺,对于青壮年由"招工""征募伪军"到公开的抽捕,对于人民由"宣抚"欺骗到公开的屠杀,日寇的凶残已随着他所受死亡的威胁与困难的严重而变本加厉了。不仅敌占区人民是处在水深火热的绝境中,就是伪军伪组织也开始了他们的厄运。日寇为了"强化参战体制",更有效地进行敲骨剥髓的凶残掠夺,以挽救经济的危机,为了使得伪军伪组织以及特务爪牙更忠诚地听受驱策,他正在进行着全面的所谓"肃军""肃政""肃特"的工作。于是大批的伪军、汉奸、特务,不管从前是否是忠实的鹰犬,在"不稳""无能""贪污"等罪名下,轻则驱逐,甚则捕杀。然而日寇也正在自食着恶果,由于世界反法西斯力量的空前团结与壮大,由于苏联红军取得了决定性的胜利,由于中国五年多来对于抗战的坚持,由于中共成为中国人民争取自由幸福的旗帜,由于敌后的根据地取得了千百次的反"扫荡"胜利与辉煌的反"蚕食"斗争胜利,敌占区人民的心中在波动着一种有力的暗流,在闪耀着强烈的希望,自觉地想一切可能的方法,阻挠着日寇的各种阴谋设施的实现,有的甚至公开站立起来进行反抗了。伪军伪组织则更加动摇,他们恐惧、忧虑、犹疑,有的甚至决心地投到祖国的怀抱。日本士兵的厌战反战情绪也在普遍地增长着,自杀、投诚、反抗长官的事件显然在增加着。

这一幅悲惨、荒淫、动乱而孕育着新的突变的图画,应当是,也必须是通讯员的写作题材中心之一。也就是,要将日寇的狰狞面目,万恶罪行,与其不可克服的困难和必死的命运,汉奸的无耻与其下场,伪军的动摇与其毅然反正杀敌,敌占区人民生活的悲惨,与其由积压的仇恨所燃起的反抗,作全面有组织的报道,以此来教育边区人民,使他们对这两幅迥异的图画有着鲜明的比照,而更加爱护边区,坚定斗志。同时以这种敌占区的暴露,来向日寇攻击,解除他的政治武装，并教育敌占区人民来依靠边区，鼓励他们去千方百计地打击敌人。只有这样来充实报纸，才能使报纸成为教育的有力工具与对敌斗争的锋利宣传武器。

通讯员一定会说，这要求我们太苛刻了，这是一个多么大的工程，我们的文化水准、写作技巧以及精力，远不能够担负这一工作，爽利连小消息也不写了吧！

是的，这确是一个伟大的工程；而正是因为它是一个伟大的工程，它所以不是少数人的事业，而是集体的事业。小消息仍然要积极地写，每一条小消息，都将是伟大工程不可缺乏的砖石。

因此，首先必须更广泛地建立通讯组织，吸收每一个爱护革命工作爱护报纸的人为通讯员，鼓励他们把所知道的一点一滴写出来，他们倘使不会写，那采用通讯小组集体口述、推人执笔记录都可以，这样汇集丰富的材料即可产生出色的集体通讯。过去对于通讯工作的两种不正确的观点，在这里必须获得纠正。第一是认为只有文化程度高、写得好的人才能当通讯员。然而从过去的事实中得到相反的答复：去年四专区有通讯员一百四十七人，其中中学程度以上的占百分之六十至七十，而来稿人数仅占百分之十七；三专区通讯员中中学程度以上者尚不及百分之二十，而来稿人数则达百分之五十一。其中妇女通讯员来稿人数在八十以上，一般说妇女通讯员的写稿非常积极。所以，发展通讯员中，一方面固应吸收与积极鼓励写作能力高的来担负通讯工作，但另一面则应广泛地吸收，只要他对于这一革命工作有高度的热忱，哪怕他不能写，他能经常向通讯组中能写的口述也可以。第二是有些通讯员尚存在着如投稿未被登载就逐渐减低写作情绪的现象。这固然是人情所难免，但是一定要指出，这是对通讯工作是一个集体的革命事业一点尚缺乏深刻认识的缘故。事实上任何大篇幅的报纸都不能有稿必登。同时今后的报纸对新闻通讯，尤必须加强它的组织性，使每一条新闻每一篇通讯都能提高到精练充实的水准，向这样的方向努力。这就必然要在很多的时候采集来稿中一点一滴的材料来加以重新组织，所以要求通讯员来改变自己的观点，在原稿未登而所提供的新闻材料被吸收时，即应愉快地来继续自己的写作。

其次，必须选拔写作能力强而对通讯工作有高度热忱、有组织能力的，来担任组织通讯网、组织通讯写作的工作。他们的任务，应当是不厌烦地培养通讯员的写作能力，督促与指导通讯员写作，并从一般通讯员所提供的材料与自己所采访的材料中来组织自己的通讯写作。任何官僚主义与个人风头主义，都会妨害通讯工作的广泛开展。是有这样一些人的，他担负了组织通讯网的工作，而对于通讯员的来稿存在着顽固成见和不耐烦，一看文字不通，不管里面有无丰富生动的内容（哪怕就只有一丁点）可以摘出可以改写，就往旁边一扔。这样怎能广泛开展通讯工作呢？

最后，在采访工作的指导上，应当根据各地区的具体情况，各时期不同地区不同的中心工作来加以布置。同时，对于采访那一类消息，应注意各点，以及如何进行采访，每一个通讯工作的组织者是须要详细加以研究和指导的。

在五年来的通讯组织工作的基础上，特别在最近经过整理后的显著进步的基础上，通讯工作更广泛地展开，组织性、计划性以及质量的提高是可以预期的。这也正是本报与一切通讯员所应共同努力的方面。

（《晋察冀日报》1943年3月10日）

关于文艺工作者下乡的问题

凯丰

【新华社延安三十日电】从去年毛主席召集的文艺座谈会以后快一年了，在那个座谈会上，毛主席提出了文艺工作者为工农兵服务，面向工农兵与工农兵结合的号召。从那次座谈会毛主席的号召后，许多文艺工作的同志都要求下乡，决心下乡，后因整风运动把大家留在延安，整风后再下去，一留就留了一年。现在整风运动的文件学习大体上已经完结，同志们都要下去了。留了一下有好处的，那时就下去倒反不见得有好处，因为那时虽然经过文艺座谈会，在思想上的确得了许多东西，尤其是毛主席对文艺运动的指示；但是，如果没有整风运动，文艺座谈会的方针是不能深刻了解的，思想上的进步是没有今天这样大的，所以今天下去与那时下去是不同的，是要好得多的。今天我们有了文艺运动的方针，又有了整风运动思想上的准备，所以今天下去比那时下去好。现在利用下去工作之前的机会，召集一个会议，把有些以前没有说的问题更说清楚一下，尤其是党员作家与党的关系问题，这个问题由陈云同志详细来说明。这些问题中央组织部和中央文委很早就想说，因为没有适当的机会，因为时机没有成熟，一直没有说成。在文艺座谈会时，谈这些问题是否适当？是不适当的。因为时机没有成熟，思想不一致，思想上还没有准备。从前和文艺工作同志谈话，不管党员也好，非党员也好，总是客气，中央文委觉得自己没有尽到责任。经过毛主席在去年座谈会上的结论，经过整风运动，大家认识进步了，时机也成熟了，所以这些问题应当说了。在今天说了，大家不会见怪，不会有什么反感，因为在思想上有了认识一致的准备；在今天来说，大概是可以说得通。说了以后，虽然也许有些同志还不免一时难过，但是过后冷静一想，还是有好处的，所以现在应当说了。是不是不说好呢？我们觉得不说不好。因为问题是存在的，不说对党没有好处，对同志们个人也没有好处；说了倒有好处，对党有好处，对同志们个人也有好处。所以，中央组织部和中央文委决定召集党员文艺工作者会议，把以前没有说的问题说清一下，以便同志们下去工作时，好好地把毛主席的指示实现起来。

经过文艺座谈会和整风运动，延安的文艺界是有了进步，有了改变。这个变化从什么地方看出来呢？从今年春节的宣传中可以看出来。春节文艺宣传活动，大量采用民间形式，采用为广大群众能听得懂、看得懂的形式，采用为老百姓能解得下的形式，这是表示延安文艺活动向新的发展方向的开始，向着毛主席号召的方向的开始。比如"鲁艺"的秧歌队，为各方面所赞誉；其他各个剧团及机关学校所组织的秧歌队都有了成功，这是值得表扬的。许多作家已经开始去访问老百姓、劳动英雄，写他们的事业，小说、诗歌、戏剧、木刻等等，都在向着接近群众这一方向走，所有这些就是表现延安文艺界向着新的发展方向的开始，向着为工农兵服务的方向的开始。

经过文艺座谈会和整风运动，许多党员文艺工作者也有了进步，有了改变。他们的变化表现在哪里呢？从前在党员文艺工作者中，自我反省、自我批评是很难进行的，这次整风中，如在"鲁艺"、在"文抗"、在中央研究院以及其他各机关的党员文艺工作者，自我反省、自我批评都比较容易进行了，对党的关系也有了新的认识，思想意识也有了进步，对文艺与政治的关系，对文艺与群众的关系，也有了新的认识。这就表现党员文艺工作者在为实现党的新的文艺运动方针中，党员自己也有了进步。没有党员文艺工作者自己的进步，不断地克服自己的弱点，党的新的文艺运动方针是不可能实现的。党的新的文艺运动方针，只有经过党员文艺工作者与非党文艺工作者共同努力工作才能实现。

过去我们的新文艺运动,主要的是在知识分子的圈子里,现在开始从知识分子的圈子跑到工农兵的圈子里去,这是需要许多工作、许多努力的。现在大家下去工作,把毛主席的指示,把整风的精神拿到工作中,实现党的新的文艺运动的方针。

今天我想讲下面几个问题:

一、为什么下乡?怎样下乡?

这次下乡的意义是很重大的,在下乡之前,对于下乡的认识还得说清楚一下。虽然要求下乡是一致的,但对于为什么下乡,如何下乡,在认识上并不完全一致,没有好好地认识下乡,就是下了乡也得不到结果。下乡这件事情,并不是新的,以前我们也有不少的文艺工作者到乡下去,到前方去,到部队去,但由于认识不够,结果还是没有解决文艺工作中的两个问题,就是文艺工作者与实际相结合,文艺与工农兵相结合。

文艺工作者为什么要下乡?下乡目的何在?绝不是因为在延安吃不开,也不是因为精兵简政下乡。为了什么呢?是为了文艺真正为工农兵服务,反映他们的生活和工作。要这样做就必须到他们中去生活,了解他们,熟悉他们,与他们打成一片。这次文艺工作者下乡的目的,就是要解决以前还未解决的问题:文艺工作者与实际结合、文艺与工农兵结合这两个大问题。过去我们新文艺运动的圈子,的确是太小了,主要的是在知识分子的圈子中;今天我们有一切好的条件,可以使文艺工作者与工农兵打成一片,把文艺运动的圈子扩大深入到他们里面去,来写他们的生活、工作、斗争和事业。这就是这次文艺工作者下乡的目的。

过去我们有过不少的文艺工作者到前方去,到部队去,到乡下去,到工厂去,为什么没有收到应有的效果?为什么没有达到目的?就是因为对下乡的认识还不够。因此,我们来研究一下为什么下乡,怎样下乡,是非常必要的。在这里我们总结一下过去下乡的经验,提出下面两个问题:

第一,打破做客的观念。过去文艺工作者到前方、到部队、到乡下、到工厂的也不少,有各种各样的形式:有组织服务团的,有组织工作团的,有组织考察团的,有去参观访问的,有去收集材料的,有去实习的等等。不管在何种形式之下,总括起来一句话,都是去做客的人。以客人自居,接的人以客人相待,去的人客客气气访问一番,接的人客客气气招待一番。关系弄得好的,就是宾主尽欢而散,开欢迎欢送会,多杀几只鸡,多备几匹马;关系弄得不好的,就是宾主不欢而散,结果就造成文艺工作者与部队,与地方党、政、民之间的隔阂。去得好的,最多就是收集了一点材料回来了,写了几篇东西;去得不好的,连材料也没有收集。过去下乡的经验告诉我们,这种下乡的方式是不适当的,对于我们的事业的帮助很少,对于下乡的目的也不能达到。这次下去就要打破做客的观念,真正去参加当地的一定工作:到部队里去就是军人,到政府去就是职员,到地方党去就是党务工作者,到经济部门去就是经济工作者,到民众团体去就是群众工作者。不管职务之大小,担任一定的职务,当一个指导员,当一个乡长,当一个支部书记,当一个文书,当一个助理员等等。如果这次下乡还是抱老观念下去,那结果一定是不会好的。对自己方面来说也是不好。你不真正参加工作,就很难与当地群众、当地干部打成一片,你不真正参加工作,也就很难去体验实际,真实的材料也就得不到。对他方面来说也是不好。你不是他那里的工作人员,工作就不好分配,你不担任一定的职务,也就很难照顾,结果反而增多他们的麻烦。如果仍抱旧观念去下乡,虽然表面上可以做得很客气,但实质上必然会增加双方面的隔阂，至少是会增加双方面的顾虑。如果是去参加工作，是那里的工作人员，工作由那里分配，有意见在那里随时解决，那就无所谓麻烦不麻烦了，隔阂也就会在共同工作中逐渐消除。因此，这次下乡的文艺工作者，必须痛下决心，打破做客观念，真正参加工作，担任一定的职务，当作当地的一个工作人员。如果要这样，那就要求下去的文艺工作者两件事：

（一）不要抱收集材料的态度下去，而要抱工作的态度下去。重心放在做工作还是放在收集材料上面？放在工作上面，把工作做起来，把工作搞好，在工作中体验生活，与群众和干部打成一片，材料自然会丰富，这样得来的材料，一定比所谓收集来的材料好。如果是抱收集材料的态度下去，对方也就以你是收集材料者相待，他告诉你的材料一定是他急于想发表的，这样得来的材料一定是以他所想到的为主。而且你真正把工作做起来了，与当地群众和干部搞熟了，也不妨碍你去收集材料，这样得来的材料一定也更好。假若抱收集材料的态度下去，那一定不会好好地工作，结果真正的材料也不一定收集得到；假若抱工作的态度下去，把工作搞好了，丰富的实际材料也一定可以得到。

（二）不要抱暂时工作的态度下去，而要抱长期工作的态度下去。文艺工作者常常有一种想头，以为我不过暂时去体验一点生活，不久就要回来写作，结果包袱一放，开口就说我在这里工作半年或一年、两年，人家听了你这样一说，已经冷了半截，原来你是来暂时工作的！结果也就随便分配你一点临时工作，应付一下，等你期满后好走。这次下去不要抱暂时工作态度，不要规定期限，不要想西北局、中央组织部或文委念头会有改变，结果还说是做客，从这个地区做客，做到那个地区。你说长期也可算长期了，抗战六年，他就做了四年客，还不长期！我们所说的是长期工作，而不是长期做客。什么是长期工作呢？长期工作就是安心于当地工作，把工作做好，获得确实的、足够的写作材料为标准。有的人说，长久不写会丢生去，以后手硬了，就不能写了。这种问题是不会有的，即是有也不很大。一个有技术的人，会写文章的人，并不会丢生去，而且我们并不是说长期工作就不写文章了，真正有材料，在业余还是可以写。而且不说你来工作半年一年收集一点材料的，不仅口里不要那样说，而且要实际下一个决心，真正抱长期工作态度，取得丰富的经验和真实的材料。以前我们有去前方收集材料的，这些人不都是临时的，也有在那里长期住过的，有的住过三四年的，但是还会常写。在你参加工作后，获得新鲜事物时，可能把旧的一套写作方法丢了，可是创造出一套新的写作方法来了。所以，这种顾虑是不必要的。

也有人怕工作搞起劲来了，搞起兴趣来了，有改行的危险。这种问题也是不很大。假若真正有这样的人，把工作搞起劲来了，改了行，这也没有什么坏处。证明以前的行，对他是不适合，而现在的行，对他更适合，这只有好处。因为干文艺工作是在革命，干其他工作还不也是在革命？！有的人在文艺上还没有成为他的行，其他的行又没有，现在把工作搞起兴趣来了，就搞下去，这也不算改行，因为他本来就还没有行的。至于在文艺上有了成就的同志，又获得了实际生活，而文艺对他又是适合的一行，他用文艺来服务革命，比用其他来服务革命更好，那为什么还要改行呢？所以这种顾虑也不必。

第二，放下文化人的资格。这个问题是和上面那个问题联系着的。做客的观念不能打破，也就是因为文化人的资格没有放下来，不放下文化人的资格，结果就势必做客。你不放下文化人的资格也由你；但是他们那里不是文化工作，而是军队工作、政府工作、党务工作、经济工作、群众工作等等，而你以文化人的资格去工作，结果还不是把你当做客，格格不入？并不是说文化人不好，你做文化工作时,以一个文化人出现是可以的,今天你做的不是文化工作,而是另一种工作,你就应当放下文化人的资格,以那种工作者的资格出现。到军队就是军人,到政府就是职员,到地方党就是党的工作者等等。

自己不要以为自己是文化人!如果存了这种观念,对其他的工作就不会感到兴趣,而总以为自己只是做文化工作的。自己不要把自己看作是特殊的!应当看作是他们中之一个工作人员。当然,一个过去从来是做文化工作的同志,忽然跑去做其他工作,开始时是不熟悉的,但只要虚心学习,努力肯干,其他工作也一定可以做好。如果不把文化人的资格放下,别人也把你当作一个文化人看待,结果总把你看成一个特殊的人,外面来的人,而不把你当作他们自己的部门中的一个工作人员。

这次下乡,我们不仅要有下去的决心,而且要了解如何下去。根据过去下去的经验,提出这两点意见:打破做客观念,放下文化人的资格。

二、下乡的困难

同志们既然决心下乡了,我们还得说一下下乡的困难。下乡是会有困难的,而且会有很大的困难!但只要有决心,那些困难都是可以克服的。过去下乡,在旧的观点下的下乡,也是有困难的,但在那种情形下的困难,主要的是生活上的困难,吃东西的困难,骑马的问题等等。这次下乡与过去不同,因此不仅是生活上的困难,而主要的将是工作上的困难。

首先来说工作上的困难吧。下乡去参加工作,而且担任一定的职务,这些工作都是从前没有做过的,是生手。地方情形不熟,人事不熟,工作不熟,要经过一个相当时期才能摸熟。不仅对于工作不熟,而且对于党的各种政策也不熟。现在去工作,就必须了解党的政府的一切具体政策，需要一些时候来研究各项政策。工作环境变了，过去是搞文艺工作，现在是去搞地方工作或部队工作，需要经过一个相当时期，来逐渐改变自己的工作环境，以便适应于新的工作环境。

现在是去担任一定的工作，就要站在一定的工作岗位上完成一定的任务。要这样做，就要求服从当地党的当前的任务，服从当地的组织，那就没有以前做文艺工作或写文章那样随便。以前坐在家里写文章，灵感来了，可以多写一点，灵感没有来，就可以不写。担任一定的工作，就要完成一定的任务，那可不管灵感来与不来，都要完成的。譬如说，现在要动员牲口驮盐，或征收公粮，那就不能等灵感来了才去动员。过去有些文艺工作者，确是不懂得服从当前任务的重要性，当地党提出要他们用文艺配合当前的任务时，他们怕降低艺术水准而不做，或者是想埋头去创作留待百年后不朽的著作！以前也派过文艺工作者去担任一定的负责的工作，因为工作搞不惯，今天要一头驴子，明天要一斗粮食，觉得不胜其烦，还是一个人自由自在写点文章，或找几个知识分子学生聊聊天好，结果干不到一两月就不做了。实际工作是要动手动脚的，怕麻烦那是做不好的。到工作中去的困难一定很多，有决心都可以克服的，不要因为一遇到困难就灰心，要坚持下去，自然能克服困难。只要照毛主席所说的"放下臭架子、甘当小学生"，就可以把事情做好。

其次，生活习惯上的困难，也会是很大的。过去在知识分子的圈子里生活惯了的，一下子跑到工农兵群众中去生活，这是一个很大的变动。过去许多人是在城市里生活的，一下子跑到农村去，一定是很不惯的。要与工农兵打成一片，就要适合他们的生活习惯。中国的农村并不是那样卫生的，在知识分子看不惯的事情，在老百姓看来却很平常。如果不能与他们打成一片，就很难接近他们。我们首先要能接近他们，然后才能逐渐提高他们。

物质生活上的困难也是会有的。有人说乡下的生活很好，这当然好。但是下乡去要有准备吃苦的精神！假若没有这种准备，你抱着乡下生活很好的观点去的，到那里后并不好，那就会引起失望。在一般的物质条件困难之下，我想乡下的生活一定不会是很好的。

三、下去应该注意什么？

文艺工作者与普通知识分子下乡有一点区别。普通知识分子下乡，就是以一个普通工作人员下去；文艺工作者下乡，背上背了一个文化人的"包袱"。因此，文艺工作者下乡，更要特别注意，把"包袱"放下来！一时不能全放，也得慢慢地放下来。因此，必须注意：

第一，与当地干部的关系弄好。他们可能在文化知识方面不够，但是应当承认，他们在工作上是有本事的，他们对当地情形熟悉，与群众有联系，对工作有办法。因此，文艺工作者下去应当抱的态度，第一是向他们学习，学习他们的工作经验，第二才是帮助他们不够的地方。不要一去就是取帮助他们的态度。他们有许多长处，确实需要学习！至于他们文化不足，当然应该帮助他们。

第二，对乡下的看法，这个问题也得说一下。他们的工作虽然是好的，但缺点一定会很多。有工作的地方一定会有缺点，问题就是我们对缺点怎样看法。经过整风以后，大家对这个问题的认识进步了，但也还得注意。要先调查研究，不要下车伊始，就夸夸其谈，要从整个工作过程发展历史去看问题。

这里还须提起写光明写黑暗的问题。这个问题本来在文艺座谈会上毛主席的结论中，已经是完全解决了的问题。毛主席曾经指出：文艺工作的内容，历来都是赞扬光明和暴露黑暗，只有阶级标准的不同。我们为工农兵的文艺，是赞扬民族抗战和人民大众的光明，暴露侵略者压迫者的黑暗的。对于黑暗势力在长期历史中所加在人民身上的坏东西，例如愚昧、落后、怯懦、自私等等，则不是什么"暴露人民"的问题，仍然是一个暴露侵略者压迫者的问题；对于人民只是一个教育问题。抗战的中国，基本上是处在一个光明的时代，我们的抗日根据地，更是处在一个光明的时代。所以对于斗争中的群众，当然是写光明！只有对于敌人才是暴露黑暗。毛主席这个指示，已经把这个问题清楚地解决了，但是对于这个问题的了解，并不是已经完全一致。有的人，他以为写光明就会变成公式主义，或者以为从正面写光明，就会变成公式主义，从反面写光明才不会是公式主义。例如，从工人罢工胜利来写工人团结，就会变成公式主义。这种了解，就是对于写光明写黑暗问题还没有好好地认识。公式主义不仅从写光明可以产生，而且写黑暗也一定可以产生；不仅从正面写光明才可以产生，从反面写光明也一定可以产生。公式主义不是与光明相联系的，公式主义是由于没有生活，不能真实地反映客观而产生的。假定依照那种逻辑，写光明一定要从反面写起，这还不是公式主义？譬如有人来写延安的文艺界，你们赞成他写光明，还是写黑暗？写光明合乎事实，还是写黑暗合乎事实？假定有一个人说延安的文艺界一点用处也没有，吃了小米一点事也不会做，我们赞不赞成？当然不赞成！因为不合乎事实，因为延安的文艺界是革命的文艺界，它是光明。至于在整个为着革命事业奋斗中还有某些缺点，那是另一回事情，那正是毛主席所说的教育问题，而不是写黑暗的问题。因此对下乡的看法，应当首先看到我们的干部，我们的群众——工农兵，他们是在为什么工作和奋斗。他们是在为抗战胜利为革命胜利而奋斗，这就是光明。在工作和奋斗过程中，当然会有缺点，这就需要教育、纠正、克服，以便工作弄得更好。

这里也还须提一下自我批评的问题。既然工作中还有缺点，是否允许自我批评？当然允许自我批评，而且需要自我批评。这次边区高干会就是充满了自我批评的。有的人以为写光明就是不要自我批评，或者是怕自我批评，这是曲解，这是不对的。有的人说既然不怕自我批评，那就一切都写好了，这又是对自我批评的曲解。我们所需要的自我批评，是与敌对的攻击相区别的。我们的自我批评，是有立场观点的，是要合乎民族抗战和革命的利益的，是要合乎无产阶级的利益的。我们的自我批评是有政策的，是要合乎党的政策的。我们的自我批评是要有光明前途的，而不是丧失前途的。我们的自我批评，是要为着改善工作和巩固我们的队伍的，而不是为着破坏工作和瓦解队伍。自我批评是要从整个工作、从发展历史、从全面来看问题的。我们的自我批评是要有阶级斗争的立场和唯物史观的观点的。因此对下乡的看法，在使用自我批评时，应当站在党的立场上来使用自我批评。

四、对下乡文艺工作者的希望

下乡的也好，不下乡的也好，党的文艺工作者，基本上是党的好干部。我们这次帮助大家下乡，也就是为着新文艺运动的发展，实现毛主席在座谈会上的指示，实现党的文艺运动的新方针。因此对大家的希望是：（一）把毛主席上次座谈会的结论，在工作中真正实现起来！新文艺运动发展的方针已经有了，而且大家的努力也在向新的方向走，所以中国新文艺运动一定是有前途的。（二）上面说了许多下去要参加工作，为着什么要去参加工作，不是为着别的，而是为着文艺运动。因此，还是希望大家要写作品，大的、小的、长的、短的都好。经过实际生活后，经过与工农兵的结合后，希望产生真正有内容的作品，反映八路军，反映边区，反映群众生活的作品。过去没有好好地来反映这些东西，中央文委自己也觉得领导不够，希望你们下乡以后，真正拿出有内容的作品来。

总之,我们的希望就是这次真正能够解决以前还没有解决的问题,使文艺工作者与实际结合,文艺与工农兵结合,把我们已经开始的新文艺运动方针推向前进!

(《晋察冀日报》1943年4月7日)

工农干部要学文化

彭真

工农干部应该学习文化,现在是似乎不成问题的问题了。因为毛泽东同志在二月一日的整风报告中明确地指示了这个问题;同月二十八日中央在其关于在职干部教育决定中又一再着重地强调了这个问题。同时,无数缺乏文化工具的干部在实际工作中,则天天身受着不能写报告、看报告、写指示、看指示和不能科学地总结工作经验的痛苦;在学习中则眼睁睁地面对着二十二个文件无法领会,面对着马列主义理论——丰富的世界革命遗产无法承受,自己的反省、自己的心得,则因不能用笔记起来,以致随想随忘不能系统地整理……总之,是天天都遭受着缺乏文化的苦处,因而在实际的工作和学习生活中也应该感到学习文化的重要了,还有谁会反对工农干部学习文化呢?

可是,这并不是说一切文化程度较低的干部都已真正重视文化并已开始认真学习文化了。相反地,现在,口头上重视文化实际行动上却仍旧轻视文化,甚至公开轻视文化的还大有人在。

有的同志尚以没有文化为光荣,甚至公开说"打敌人又不要笔杆子!""我没有文化也一样打仗!一样工作!""我又不想当毛主席,学文化干什么?"这种情形,现在还有得是。迄今他们还不了解:打敌人要用枪杆子,也要用笔杆子,不仅对敌人政治攻势要用笔杆子,写作战命令和战报等也都要用笔杆子,不仅毛主席要有较高的文化,一切党员干部都需要有相□的文化,否则,就不是全才。

有的同志因为深中了教条主义的遗毒,缺乏实事求是的精神,总以为学习理论比文化重要些、高尚些,迄今还没有了解"工农干部要学理论,必须首先学文化,没有文化,马列主义就学不进去"。因为把学习次序倒置，抛开文化课去学理论，结果理论既没有学到，文化又没有认真学习，弄得两头耽误，徒劳无功，甚或碰□消极悲观。

有的同志只机械认为工作和学习政治都比学习文化重要，而他不知文化又是工作和学习政治的必要武器，因此在其每日两小时的学习时间内他从不学习文化，幻想把工作做完把政治学好之后再学文化。但工作永远是做不完的，而文化学不好，则政治不易甚至不可能学好，工作也难完全做好，故其结果，不仅把文化学习根本放弃，工作和政治学习亦均事倍功半，这是最不合算的。

有的同志不去上文化课，毫无别的理由，只是臭架子难以放下。他衣袋上挂着漂亮的自来水笔和日记本子，神气十足，看起来满□饱学的博士，实际他的笔杆子他却不能使用，或不能如意地使用。可是他却死活怕上文化课，以为"我这样干部也去学文化，岂不丢脸"。其实，响应毛泽东同志的号召认真学习文化，本是很光荣的事，丢什么脸呢？只有既无文化，又摆臭架子不愿学习，才有点丢脸呢！

其次有的同志满心想学习文化，但或因决心不够只空喊而没有着手学，或因恒心不够学几天又半途而废，又或者缺乏信心，望而生畏，不是说我年岁太大了哪里还学得成，就是说我的记性太坏了学也白费气力。其实，经验证明，只要抽出足够的时间，专心致志地学，成年人的记忆力并不一定坏，相反地，理解力是极强的，它可以大大帮助记忆。年岁大记忆力坏等等并不能成为不能学习文化的理由！今天有的能写文章的同志，就是年四十或年五十才学文化的，他们学习的时间也并不很长，现在居然可以写出像样的文章了。问题是必须有学习的决心和恒心。

根据中央党校许多老干部学习文化的经验证明：老干部学文化并没有了不起的困难，如果有的话，也只是"起头难"和决心难下，而恒心难以保持，只要下了决心，并且坚持地按部就班地学起来，一般地都进步很快。因为他们有相当的社会和政治经验，而理解又较幼年和青年人为强，成为他们学习文化的有利条件。同时工农干部文化程度的提高还如影随形一般把其政治理论水平及学习与工作能力都连带提高了，思想更易开展了。因此许多老干部在文化课学得入了门之后，特别是学得能勉强看书、写笔记、写提纲之后，对于文化的学习便"欲罢不能"了，不是怕学文化，而是悔恨过去不先学文化是何等的愚蠢了。

一切文化程度太低或不高的同志们，应该立即积极学习文化，应该把提高文化水平当作是自己"全部学习的中心一环"。须知有着长期斗争历史和丰富斗争经验的工农干部，若能很好地用文化武装起来，便能随时学习马列主义理论，便有可能把理论与实际结合起来，把自己的工作经验条理化，其发展的前途和速度将不可限量。反之，就会一切都感到困难。同时，文化的学习也没有什么了不起的困难，请看几位发表文章的同志（编者按——这是指在《解放日报》上发表文章的中央党校的几位学员），有些不是已在较短期间学得可以看文件写文章了吗？同时，我还附带声明，他们的文章我们并未加以很大的修改，都还保留着它本来的面目。而发表这些文章的目的，则是为了提倡工农干部学文化写文章并供给大家以学习的经验。

（《晋察冀日报》1943年4月11日）

展开新的大众文化的启蒙运动

五四运动是中国民众第一次反帝反封建的民族觉醒和思想解放的运动，同时又是一个文化上的启蒙运动。它摧毁了中国几千年来束缚人民思想的旧的封建的教条，提出了新的思想立场，科学和民主，而且提倡了文学的革命，摆脱旧的八股的束缚，倡导写实的平民文学。这个文化运动因为是在第一次世界大战和俄国十月革命的国际条件下产生的，所以它是属于新民主主义的性质，更由于当时把马克思主义接受到中国来，并且产生了中国共产党，因此这一新的文化运动也就在中国无产阶级及其政党的领导下开展起来了。

但是五四虽然曾经彻底摧毁了中国历史上的旧教条，而后来却在中国思想界发生了新的教条主义的偏向；它虽然打破了旧的八股，但后来却又出现了新的八股。这些给予了中国思想界的进步与文化的工作以若干不必要的阻碍与损失。近年来，中国无产阶级的政党——中国共产党中央号召整顿三风的运动就是为着打破新的教条主义的束缚，打破新的八股，这也可以说是一个思想的解放运动，一个新的文化启蒙运动，它是发扬光大了五四的革命精神的，二十四年前的五四运动到今天更取得了它的新的伟大的历史意义了。

五四革命的文化思想的启蒙运动的特点是民族的、科学的、大众的。这在今天，就要反对日本法西斯强盗侵略者的奴化思想，反对封建思想迷信观念，发展民主教育，反对脱离群众脱离实际的至上主义的文化艺术观点，提倡为工农兵服务的文化艺术。这就是要在先进的革命的阶级及其政党的政治领导之下，展开新的革命大众文化的启蒙运动。

日本法西斯及其走狗汉奸在华北沦陷区正在加紧进行其对中国人民的思想的奴役，所谓"大亚洲主义""大东亚战争""新国民运动"

无非是企图从思想上欺骗敌占区的人民，达到他的奴役掠夺统治的目的。所有敌伪进行的所谓"思想战"的一切反动武断宣传，都是我们当前民族文化斗争的阵线上片刻不容放松的打击的目标。我们要解救敌占区被压迫的同胞，首先要从思想上救助他们，使他们有力量摆脱与反抗敌伪的奴役统治，这是我们当前文化运动的一个严重任务，而且是比任何时候都更加重要了。

在根据地的人民，由于几年来政治经济生活的改善与提高，使他们认识了许多过去所不知道的新鲜的事物，他们获得了许多新的知识，但是今天，他们却更加迫切地需要科学的民主的教育，他们需要各种科学的生活知识、生产知识和社会知识、政治知识，以继续改造与提高他们的社会经济的与政治的生活。我们有责任要给予人民大众以必要的科学的民主的知识，把广大的人民从几千年封建的迷信的落后思想的束缚下彻底地解放出来，真正成为新民主主义社会的进步的公民，这又是我们当前文化运动的一个重大任务。

但是，要实现新文化运动的任务，不仅要靠着正确的文化运动的指导方针，而且要靠着真正为大众服务的文化工作者的队伍和他们的文化活动。这一方面，我们今天还存在着许多严重的缺点，这个缺点就表现在，我们的文化工作者，特别是文艺工作者中相当普遍的脱离实际斗争、脱离群众的错误倾向，这种倾向是与文艺大众化和文艺为工农兵服务的方针相违背的，它妨碍着我们的文艺运动以及一般的文化运动的开展与深入。

几年来，边区的文艺运动，在正确的方针之下，由于文艺工作者的努力，曾经得到了许多光辉的成绩，如一九四一年冬的军民誓约运动中的宣传活动，一九四二年对敌政治攻势中深入游击区的宣传活动，就是最显著的例子；至于部队文艺工作与乡村艺术运动，培养了大批的文艺工作者，也都有着相当的成绩。但就整个文艺工作成绩来看，还是远落后于客观的需要之后，比起其他的各种斗争，仍是最薄弱的一环，而且发展极不平衡、不全面、不深入，以致我们的文艺工作没有发展到应有的高度。这个原因就在于，我们的文艺与工农兵结合还不够，文艺工作者对实际情况了解得差，领导上缺乏严肃的作风，不及时，不具体，不深入，致使我们许多艺术工作者过于强调艺术的特殊性与能动性，以至于发出"艺术指导政治"的谬误理论，造成了许多严重缺点与倾向，将有陷于非常狭隘的孤立的艺术至上主义的泥沼中的危险。这种艺术至上主义的倾向是很严重的，而且是相当普遍的，但在各时期，各部门、各个人的表现程度是不同的。今天在文学部门，尤其是诗的艺术至上主义倾向是比较更严重些。所谓"人性论""艺术价值论""政治落后于艺术论""化大众论"等思想在某些文艺工作者中仍然存在着，他们以艺术至上的观点，厌恶政治。这些文艺工作者虽然不是标本的为艺术而艺术的艺术至上主义者，但他们由于阶级的出身，历史的原因，革命斗争锻炼得不够，受到外界的影响，仍然保有这种思想倾向，则不但是可能的而且是事实。这种艺术至上主义的思想倾向，是主观主义的一种表现。要完全克服这种倾向，必须实行彻底的整风，而且我们相信一定能够整得好的，能够使文艺的斗争力发挥到应有的高度，而为当前的政治服务，为工农兵大众服务。

我们要求全边区的文艺工作者与文化工作者共同深刻地检查我们文艺运动以及整个文化运动中的思想倾向，工作方法与工作态度，创作方法与创作态度，对新民主主义现实主义的把握，与现实斗争及与工农兵大众结合的程度，进行全面反省，积极地发现过去的与现存的各种倾向，发扬我们的优点与成绩，以担负当前新的大众文化启蒙运动的重大任务。

（《晋察冀日报》1943年5月4日）

从春节的宣传看文艺的新方向

去年五月，党中央召集了文艺座谈会后，文艺界开始向新的方向转变。毛泽东同志的结论为这运动指示了明确的方针。十个月来，经过了一些反省、讨论和实践尝试的过程，文艺界在思想上和行动上的步调渐渐归于一致，许多脱离实际、脱离群众的小资产阶级自由主义的倾向逐渐受到清算，而毛泽东同志所指出的为工农大众服务的方向，成为众所归趋的道路；尤其是今年春节前后关于庆祝废除不平等条约，庆祝红军胜利，拥军、拥政、爱民运动和发展生产运动的宣传活动及创作表现，可以说是新的运动发展成绩的一个检阅式。这一个检阅的结果，证明我们的文艺界已经得了第一步的成功，在文学、音乐、美术、戏剧、舞蹈等五部门都以新的面目鼓舞了群众的斗争热情，收到了很大的教育的效果。单就延安来说，鲁艺、西北文工团、青年剧院以及各学校的秧歌舞及街头歌舞、短剧，古元的木刻和许多美术工作者的街头画，孔厥的小说《一个女人翻身的故事》，艾青的《吴满有》，都是值得特别提倡的一些收获。延安以外，如晋西北的战斗剧社和警备区的民众剧社的许多新的活动，也有很多的成绩。就中鲁艺的秧歌舞，因为形式更宜于直接接触群众，在延安市、延安县的群众与干部中，在南泥湾、金盆湾的部队中，尤其受到了空前的欢迎赞叹。那里面唱的歌曲，至今还在人们的口里流传着。

春节文艺活动前后所表现出来的新方向有哪些特点呢？

第一，是文艺与政治的密切结合。文艺与政治的结合本来是党所领导的革命文艺运动的光荣传统，从来进步的文艺活动，如过去红军时代的文艺活动，八路军、新四军中的文艺活动，都是革命运动的一个战斗部门。但由于文艺工作者中很多是小资产阶级知识分子出身，他们的自由主义的思想，他们对于外国的和旧时代的文艺作品的偏爱,他们的强调文艺特殊性的成见,他们的片面地提高技术的错误主张,影响了文艺运动。以至于在抗战以来,特别是在延安这样后方地区,在许多文艺工作者中发生了脱离实际政治斗争的偏向,许多文艺工作者用主要的精力去学习外国的、旧时代的作品的技巧,音乐台上、舞台上原封不动地搬上外国音乐、外国戏和中国的旧戏。至于怎样使我们的文艺工作充满着革命斗争的内容,怎样根据现实的政治任务来创造新的文艺作品,怎样在作品里把我们的抗战、生产、教育的具体运动反映出来,在这些问题上来注意的人,却不算多。很多的文学作品,是用来表现小资产阶级个人主义的思想和情调,对于政治的这种麻木态度,甚至为反共特务分子所利用,使他们能够戴着文艺工作者的假面具,来在我们中间散布危害革命的思想毒素。春节前后的宣传活动和创作活动,表明这种脱离实际政治斗争的偏向是在开始被克服着,我们的文艺工作者,开始抛弃了那些小资产阶级的艺术趣味,努力使自己的工作中表现出革命的战斗的内容,把抗战、生产、教育的问题作为创作的主题了。

其次,是文艺工作者的面向群众。文艺走向工农大众,本来也是党所领导的文艺运动的传统,红军、八路军、新四军的部队文艺工作,陕甘宁边区的民众剧团,以及其他各根据地的地方文艺工作团体的活动,是这个传统的具体表现;抗战前的大众文艺问题的讨论,也反映着这样的要求。但我们有许多文艺工作者,他们本身既是属于小资产阶级知识分子的阶层,他们的作品也表现着同一阶层的思想和感情,并且也在同一阶层中找到自己的读者。他们在理论上可以抽象地承认文艺要和大众结合,而在创作的实际行动上却是脱离群众的。他们幻想着万世不朽的伟大艺术,而不肯用力来创作能为老百姓所喜闻乐见的作品。他们空谈要为工农兵服务,而对于当前的工农兵的需要却漠不关心。春节前后的创作表现,表明这种错误的思想开始被纠正,文艺工作开始从知识分子的小圈子走向工农群众,街头上和群众中的文艺活动成为这时期的重要工作方式。在内容上，力求反映群众的生活和要求；在形式上，力求能为群众所接受。许多文艺工作者开始下乡参加工作访问和开会欢迎劳动英雄，文艺工作者已经在实际行动上开始表现他们的群众观点，他们认识到文艺工作的正确道路，是要为群众服务，并向群众学习。

再次，文艺的普及和提高的问题，在春节前后的创作表现里也看出了解决的方向。毛泽东同志在文艺座谈会上的指示是"在普及基础上的提高，在提高指导下的普及"。这个指示的正确性，在这次是得到了新的证明。春节中的文艺活动，虽然在提高与普及两方面，一般都远没有达到应有的程度，但是它却打破了那种把两者完全对立的错误观点，显示了提高与普及的正确途径。就提高方面说，春节文艺活动在艺术上所以获得许多可以满意的成绩，产生了许多新鲜活泼有生命力有感召力的作品，不但不是什么关门提高的结果，而且正是开始与群众结合的结果。它们的成功，首先是反映了群众的现实生活、实际斗争，反映了群众的思想感情。其次是因为它们的表现形式，符合于群众的实际，语汇语法是群众的语汇语法，容貌服饰是群众的容貌服饰，腔调姿势是群众的腔调姿势，离开了这些，则内容的真实性就无法表达。第三是适当地采取了并提炼了群众旧有的某些艺术传统，譬如歌谣、年画、戏装、秧歌舞、秦腔、郿鄠等等，利用了其中可以利用的东西，而舍弃了其中应该舍弃的东西。前两个条件，是真正"提高""产生真正高级的优秀的艺术品"的必要条件；后一个条件，则是艺术与广大群众真正结合所需要的补充条件。春节的文艺活动证明，离开了群众生活的内容与形式，任何高级艺术的产生都是不可能的。套用非群众的旧时代的与外国的内容与形式，嵌入群众的口号、现代的人物与中国的姓名，不但在群众中要失败，在艺术上也是失败的、庸俗的、低级的。春节的文艺活动，又证明适当地采取群众的艺术习惯，并不会因此降低了艺术品的身份；相反地，真正伟大的作家，一样可以从秧歌剧产生伟大的作品，"古希腊的'拟曲'和'牧歌'"就是一个最相近的榜样。我们现在的秧歌剧虽然还不能说是伟大，但是有些也确已达到了一定水平的艺术性。因为这种形式，在今天中国的农村环境中还大有发展的余地，因为广大的农民群众还很需要这些熔冶音乐、诗歌、戏剧、跳舞和装饰美术于一炉，富有伸缩性，且不受舞台限制的综合艺术。文艺工作者在这个方向上作更大的努力是必要的。再就普及方面说，春节文艺活动也证明了艺术的普及不但迫切需要，而且充分可能。边区的工农兵群众，不但热烈欢迎我们的文艺工作者的活动，而且只要他们的作品真正正确地反映了群众的思想感情，群众也是能接受的。鲁艺的秧歌虽然题材与旧秧歌完全两样，在形式上也有了不少的加工和改造，但是群众却更加喜闻乐见。艾青的《吴满有》，从艺术体裁上说完全是新的，既不同于历史上的诗歌词曲，也不同于今天民间的唱本小调。但是因为他写了群众的生活，用了群众的语言，吴满有和其他劳动群众就都能够加以理解和欣赏。可见那种以为群众不能接受艺术，或不能接受新的高级的艺术，以为群众的艺术必然要迁就落后等等偏见，都是没有真实根据的。在这种方向的诱导之下，我们不但看到了"在提高指导下的普及"的可能前途，也开始看到了群众自己中间的实际尝试。延安机关学校杂务人员和鲁艺附近（桥儿沟川口等）老百姓所表演的秧歌舞，就显然是传播了鲁艺等处秧歌舞的影响。

以上三点，表明我们的文艺工作者已开始走上毛泽东同志所指出的正确的道路。但同时还应该说，我们的方向仅只是开始，我们只是开始努力，使文艺从知识分子的小圈子里走向工农兵群众，就整个文艺界来说，正如凯丰同志在党的文艺工作者会议上所指出的，文艺与实际的结合、文艺与工农兵的结合的问题，还没有得到真正的解决。因此，我们的文艺工作中还有着许多缺点，而最主要的是：第一，我们的文艺工作者，对于群众的语言、生活以及民间艺术等等，还是不熟悉的，对于他们的思想意识，还是不够理解的；因此在工作上就受到很多限制。许多作品，特别是有些戏剧，还不能正确地反映真正群众的面目和群众的感情。第二，我们的新的作品，都还只是初级的，还有大大提高的余地。例如鲁艺秧歌舞中的《兄妹开荒》是很好的新型歌舞短剧，但同时也是比较简短的作品，表现还不够深刻，不从各方面加以发展，是不可能表现更丰富、更真实的生活内容的。第三，特别需要指出的，是我们的文艺活动本身，还是很狭小很肤浅，还是主要限于延安附近的活动，还是少数知识分子文艺工作者的活动，我们还需要把运动扩大、深入，使它普及到全边区，使它成为在工农兵群众自己内部生根和繁荣起来的东西。

为着解决这些问题，首先就需要我们的文艺工作者下更大的决心，深入到实际工作中和工农兵群众中去，去熟悉他们的生活、情感和语言，去帮助他们中间的艺术活动的普遍发展，并在这个基础上去进一步提高自己的创作质量。为着达到这样的目的，文艺界同志们的下乡工作，是有重大意义的。三月十日，党中央文委为着下乡问题所召开的党的文艺工作者会议上，凯丰同志指出下乡的任务，就是为着要解决文艺与实际结合、文艺与工农兵结合的问题，这就是使文艺运动照着毛泽东同志的方向更进一步发展的必要步骤。我们相信，文艺工作者在这个方针的指导之下，一定能够在不久的将来，得到比这一次春节宣传更为美满的成就。(《解放日报》)

(《晋察冀日报》1943 年 5 月 5 日)

加强文艺工作整风运动为克服艺术至上主义的倾向而斗争

——胡锡奎同志在中共北岳区党委四月党的文艺工作者会议上的结论

根据中央文委和组织部召开党的文艺工作者会议的指示和精神，区党委于四月二十四日召开了党的文艺工作者会议，初步地检查了党的文艺工作者的思想、文艺活动和文艺作品，并决定根据讨论结果，确定今后文艺运动的发展方向。大会经过了四天的热烈讨论，发挥了布尔什维克的诚恳的坦白的严正的自我批评精神，在文艺政策上进行了两种不同的原则上的尖锐的斗争：一种是马列主义的原则，即文艺是政治经济的上层建筑，政治是主导的，文艺是从属的，文艺是为政治服务，但不能否认它的能动性与特殊性。另一种是非马列主义的原则，从艺术至上的观点出发，过分地强调艺术的能动性和特殊性，因而在文艺活动和文艺作品中产生了"艺术指导政治"的理论，形成艺术至上主义的倾向。在会议进行的过程中，由两种不同思想上的原则上的斗争，进到在马列主义的原则上的统一。这是证明党的原则上的问题，不能采取马虎拖延的态度，而且只有坚持了正确的无产阶级的艺术观点，去克服小资产阶级的超政治、超阶级、超党派的观点，才能引导我们的文艺工作走向正确的发展方向上去。

这次会议，不仅对于党的文艺工作者具有伟大的历史的教育意义，而且对于全党来说，对于党的领导机关来说，也是有极其重大的教育意义的。在这次会议上，暴露了我们党的文艺工作者，在文艺活动、文艺理论、文艺创作、文艺批评各方面的严重的缺点和艺术至上主义的倾向；同时，也暴露了党在领导上的不及时、不具体、不深入，也提起了我们高度的警惕，这是非常必要的。我们不应该以小资产阶级的观点，认为这种暴露是不光荣的。我们布尔什维克从来不隐瞒自己的错误，相反地，要在发现和揭露错误的当中去寻求发生错误的根源与纠正办法，这就是我们党所以能够成为无产阶级的先锋队，成为人民的救星和不可战胜的力量的源泉。虽然在今天我们文艺的阵线上所发生的艺术至上主义的倾向，还不是岌岌不可终日的倾向，但如果不加以彻底揭露，将两种原则上不同的思想混淆起来，前途是很危险的。许多同志在讨论过程中，不但克服了自己的错误的见解，而且从本质上揭发了艺术至上主义的倾向，就使党在思想上、政治上、组织上、领导上获得了进一步的统一健全和团结。这是今后党的文艺工作转变的一个重大的关键，我们对这次会议应有足够的认识。

在四天的讨论中，基本上已取得一致的意见，这里我只是提出几个问题来谈一下：

一、我们怎样认识和估计党的文艺工作

（一）文艺工作是党的重要工作的一部分，像列宁说的，文艺工作是党的工作的齿轮或螺丝钉，但在其表现形式和技巧上来说，又有不同于党的一般工作的特殊性。党历来就重视这一工作，二十年来，党对文艺工作的一贯方针就是主张文艺要为政治服务。去年毛泽东同志在延安文艺座谈会上明确提出文艺要为工农兵服务的口号，最近陈云同志、凯丰同志、刘少奇同志所发表的意见，更具体地指出如何去实现文艺为工农兵服务的这一正确口号。我们许多同志都很兴奋，一般地讲，都是愿意为这一口号而斗争，但在这一问题的了解上是不一致的和不深入的。有的就以为这一口号完全是一个新的东西，把党历来对这一问题的主张都采取割断历史的态度去认识，这是不对的。就拿边区来讲，分局和区党委对党的文艺工作的方针历来就是主张文艺

要和大众结合，文艺工作者要与实际斗争相结合，聂荣臻同志几次关于文艺工作的讲话和指示，就是这样的。去年夏季分局召开会议讨论文艺工作问题，也曾经和"文艺指导政治"的错误倾向开展斗争。许多人对深入群众去进行文艺工作是没兴趣的，认为群众是落后的，甚至说边区是"文化的沙漠"，我们曾号召党员与群众对这一错误认识进行坚决斗争。

（二）正因为党一贯的有正确的方针，并不断地克服了不正确的倾向（当然，有时由于领导上存在的缺点，某种错误和倾向未能及时纠正，这是有的，但总的方面是有党的一贯的正确的方针的），这就是说明我们党的文艺工作是有它的重大成就的。拿对敌斗争、配合中心工作、完成党的政治任务来讲，如一九四一年冬军民誓约运动中创造了大批文艺作品，出版了歌集二，剧本十六，誓词彩色木刻一套，墙头小说、街头诗、誓约诗、短篇小说各一集，各剧社组织了许多军民誓约晚会，在恢复一九四一年大"扫荡"后军民情绪上起了很大的作用；在一九四二年政治攻势中，边区各大小剧团几乎曾全部到游击区以至沟线外，不怕一切艰难困苦进行文艺活动，将抗日民主的歌声传播于敌占区游击区，鼓励了人民，打击了敌伪汉奸。只就三分区为例，去年八月十五日至九月底一个半月中，文艺工作队在游击区沟线外共演出二十二次，到了八十三个村庄的观众，共八九千人，同期间创作了剧本十个、歌曲十四支、大鼓等小形式六个，而这是在文联领导机关直接领导组织下进行的。但是整个文艺工作的成绩还是远落于客观需要之后，比起党的其他的各种斗争来讲，仍然是最薄弱的一环，而且各时期各地区各部门是极不平衡的。在艺术水平上，党的文艺工作是在不断地提高，这从干部及群众对文艺的欣赏和批评来说，都是有进步的，培养了大批的文艺干部及文艺工作者（联大文艺学院文、音、美、剧四个系毕业生千余人，部队及西战团等，曾分别进行部队及乡村艺术干部的培养)。党的文艺政策规定之后,就要依靠干部去坚决执行,因此,就不能将党的文艺政策与党的文艺工作干部的艰苦奋斗分开,也不能因为文艺运动中发生倾向而把由于执行党的政策所获得的成绩一概抹杀,以致对立起来。

(三)我们的文艺工作发展是极不平衡的(在时间上、地区上、部门上是不平衡的),是不全面的、不深入的,这就是我们文艺工作上最严重的缺点。我们的文艺工作没有发展到应有的高度,更严重的是,最近一年多以来艺术至上主义倾向的发展,给了我们文艺工作上一个重大损失。首先是观念不清,过于强调艺术的特殊性与能动性,形成"艺术指导政治"的理论,以致在组织上发生某种局部的闹独立性的倾向。在政治上,对党的政策不大注意研究与掌握,对政治学习冷淡,文艺创造内容上思想上的贫乏,没有健康勇壮的感情,宣扬一种颓废悲哀的意志,浮浅地描写敌寇的黑暗,缺少对于伟大的边区民主建设的光明的描写,表现形式和技巧生硬、粗糙、洋化和不真实。在文艺批评上,没有很好地使用这一武器针对敌寇奴化的文艺政策彻底揭露;就是对某些违反人民利益的反动文艺也没有研究,更说不上批评。在自我批评上则保持着小资产阶级的温情主义、宗派主义、虚伪的和平共处,不能坚决地站在拥护党的利益与政策上去纠正在文艺运动中发生的倾向,甚至互相捧场,自视为高贵事业,拒绝群众的善意的批评,陷于非常狭隘的孤立的文艺至上的观点。所有这些缺点和倾向发生的原因,首先文艺与工农兵结合得不够,文艺工作者对实际情况了解很差,领导上缺乏严肃的作风,也就是不及时、不具体、不深入。

(四)目前存在的主要倾向是什么?不是什么"政治主义"与"功利主义",而是艺术至上主义的倾向。这表现在对文艺与政治关系的认识上,认为文艺为政治服务,不是无条件的,而是说艺术的反

作用就能指导政治,因而产生了各种"艺术人生观",把艺术的政治性阶级性党派性模糊不清,因而产生下面的几种糊涂观念:

(1) 人性论:

(a) 人性论是把人性抽象化,把它曲解成为超时空、超阶级的绝对概念。王实味是最标本的代表。他认为每一个人有两种毫不相联系的本质,"一种是当作人的人性,另一种是当作政治上的人"。

(b) "人性"是一个抽象的超阶级、超时空的名词,实际上是不存在的——或者是这一阶级的人性,或者是那一阶级的人性。在历史上,当资产阶级还是革命的时候,他提出人性的解放是曾起过进步作用的,但他是企图掩饰阶级实质的。我们揭开这个反动的实质,并指明:在无产阶级看来,在今天的社会情况下,只有无产阶级的阶级性和他的先锋队共产党的党性(二者是一致的),才是人类社会的最高尚的美德的集中体现者。"共产党员应该具有人类最伟大最高尚的一切美德,同时具有严格而清楚的党的无产阶级的立场(即党性与阶级性)。"(刘少奇同志语)而我们有些同志,幻想有抽象的崇高的人性安慰自己。

(c) 有的同志说:"人性比党性大,党性包括不了人性。"是一种反动的、超阶级的观点,是小资产阶级出身的党员对党性厌恶与敌视的观点,是资产阶级反动人性论的俘虏,所以他们坚持"与其说高尔基是一个好党员,不如说是一个好的人"。这一切都说明他们是超时空、超阶级的反动人性论者。

(2) 艺术价值论:有的同志单纯地从艺术作品的"艺术价值"上去追求作品的价值,而忘记了文艺发展历史上的一个通常的规律——最初艺术是从劳动中产生和发展起来的,没有劳动就没有艺术,而艺术是服务于劳动者的。自从社会产生了阶级,艺术领域里也紧跟着发生了一个巨大的变化,就是劳动者成为被统治阶级,失去了高度发展自己的文化艺术的物质条件，妨害了在劳动过程中产生的艺术作品的水平的继续提高，但他们自己创作出来的东西（如许多优秀的民间传说与美术、音乐），在内容上是真实的、健康的；而统治阶级的艺术脱离了劳动过程，成为内容贫乏，只在形式上去发展的东西。在文艺史上许多事情指明：每当统治阶级的艺术有新的改造和发展，表现生气勃勃的气象时，那总是向劳动群众取来的，从人民大众的艺术中吸取力量的，正像他们在革命时吸收劳动群众参加一样。由此可知，文艺如果脱离了劳动过程和各种实际斗争，它就是无生气的、没有用处的、形式主义的。因此，现实主义的文艺创作方法要求内容与形式的一致，而且认为内容决定形式，我们应当从作品的艺术价值与政治价值的统一去把握，从内容与形式的统一去把握，从艺术作品与工农兵的结合去把握。因此，某些人单纯地从艺术形式，从脱离实际内容的技术上去把握所谓艺术，脱离群众、脱离实际斗争去创造所谓艺术价值，是一定要走到形式主义的道路上去，是创造不出什么单纯的艺术价值的，只是反映出他们小资产阶级的空想与对文艺史上这一规律的无知。这种人老是想着成为艺术家，而他们又首先确定自己是一个什么家，他们不下决心长期学习，从政治上提高自己，丰富自己的生活和斗争经验，而急于成家，单纯追逐于艺术技巧，忘记了鲁迅曾怎样地长期地锻炼自己，使自己不仅成为一个有极高的艺术修养的作家，而且是一个伟大的思想家和革命家；他们也忘记了高尔基的《母亲》不仅有高度的艺术价值，而首先是他及时地正确地反映了当时俄国的革命运动，列宁称他为"适当其时的"作品和作家。有这种观点的同志应当记着："家"，只有到实际斗争中去，到广大群众中去，使自己在长期的向群众学习，在斗争中锻炼，打下坚强的基础，才有成为艺术家的可能，否则将不仅是"头重脚轻根底浅"的人，而且将是无"家"可归的可怜虫！而且有走向为反动政治服务的危险。

（3）政治落后于艺术论：有的人认为，在旧社会里，文艺是走在政治的前面的，而在新社会里，即马列主义政治的社会里，政治落后于文艺的现象不存在了。"艺术家一方面不必希望走在政治的前面，单独作为先知的预言者，但另一方面绝不应落在先进的政治之后，而且绝不应该减少艺术的相当的独立性、自动性和创造性。"这是充分表现了论者的思想上的混乱：首先他没有看清在旧社会里的新的艺术是代表着新的阶级的政治立场，与旧社会的政治是对立的，而认为是艺术与政治的对立，这是艺术与政治脱节的观点的具体表现。论者还没有了解文艺服务于政治的这一基本规律，而认为政治落后于艺术，而在新社会里又似乎艺术与政治可以并驾齐驱，实际上仍是政治落后于艺术的论点，这也是错误的。同时看出论者是把历史割裂了的，把具体的历史条件抽去，成为超时空的超阶级的分析，也是不对的。而同一论者又认为艺术家不做一般的宣传写作，也是不对的。鲁迅早已指出：一切艺术作品都是在宣传，虽然并不是任何宣传品都是艺术作品，正如任何一朵花都是有颜色，但不是一切颜色都是花一样的道理。

（4）"化"大众论：党的文艺工作应为工农兵服务（这就是具体地为政治服务）。正像列宁所说："重大的事，并不是将艺术给予以百万的住民总数中的几百乃至几千人，艺术是人民的东西，这应该将自己的深根伸进广大的劳动大众的下层里去。"因此，列宁指出党的文艺：

（a）应该被广大人民大众所理解；

（b）应该为大众所爱；

（c）应该与大众的感情思想和意志相结合，应将他们提高；

（d）应该在大众之中使艺术家觉醒，使他们发达起来。

同时，毛泽东同志早已在《新民主主义论》里指出，"一切进步的文化工作者，在抗日战争中应有自己的文化军队，这个军队就是人民大众，文化人与文化思想而不接近民众，就是'空军司令'或'无兵司令'，他的火力就打不倒敌人"。

而在边区文艺工作中，过去曾有过"化大众"的论调，强调大众化是为了"化大众"，实际上是认为大众没有文化艺术，认为大众是落后无知的，《诗建设》第七十一期社论《加强诗的宣传》，就是这种观点的具体表现。他们不以自我批评的态度进行自我反省，而责备读者文化水平低，不去提高文化而喊叫"看不懂"是"舍本求末"；他们自以为自己的诗是多么高明，唯心地解释诗是"入乎内"（而散文是"现于外"），把诗神秘化起来，好像自己有多么高尚的思想感情，只是群众看不懂，这是艺术至上主义思想倾向的具体表现之一，实际上是以脱离群众的东西愚弄群众。他们又看不到自己的诗与读者的思想感情距离多么远，如××同志的《夏娃与亚当》，把冀中妇女为掩护我区干部在敌人威迫下与区长接吻，这样庄严的民族友爱与对敌的深刻的仇恨的场面与伊甸乐园里夏娃与亚当的第一吻联系起来，做了许多浪漫的渲染，就是一个最标本的例子。这不仅不是真实地反映现实的群众斗争，而是在作者的小资产阶级的不健康的感情下歪曲了现实；不仅没有赞扬了群众的光明的斗争，而且侮辱了群众的光荣。他们用这种东西去"化大众"，那将成为什么样子呢？不但不会提高大众，而且将要给群众以极坏的教育，这是艺术至上主义倾向的严重的恶果。

（五）对艺术至上主义倾向的估计：

（1）党的文艺工作者中的艺术至上主义的倾向，是严重的且是相当普遍的，绝不是像某些同志所了解的只是残余；但在各个时期，各个部门或个别同志表现的程度不同。按今天的情形看，文学部门，尤其是诗的艺术至上主义是比较更严重些，与党的政策距离很远，而且许多作品是违反党的文艺政策的。"人性论""艺术价值论""政治落后于艺术论""化大众论"等思想在某些同志中仍然存在着。"政治主义"与"功利主义"的说法还是流行的，他们以艺术至上主义的观点，厌恶政治，把党或政治机关对文艺工作的要求，或者是某些地区执行文艺政策上的偏差（如演旧剧问题等），都称为"政治主义"与"功利主义"。

（2）这种艺术至上主义倾向，有的同志强调它是文艺思潮史上固定的名词，含有特定的意义，即高呼为艺术而艺术，而实际服务于资产阶级政治，而觉得这个名称不合适。我们党的文艺工作者，自然没有这样标本的艺术至上主义，但，我们党的文艺工作者由于历史的原因，阶级出身，革命斗争锻炼得不够，受到外界的影响，仍然保有这种思想倾向，则不但是可能的而且是事实。因此，不应被这一名称吓倒，应当冷静地反省和检查自己，认识这种思想倾向的本质，就是为艺术而艺术的观点在党内的反映，对一个党员来说，这是严重的必须克服的。

因此，也不应认为这种思想倾向已不存在或只是残余，或者以为自己的思想就已经是马列主义的了，是无产阶级的了，把自己麻痹起来，以致让这种思想倾向继续发展，像某些同志在政治上违反党的政策与在组织上闹独立性的倾向，都是值得我们严重注意的，否则将造成更严重的思想上的、政治上的、组织上的错误。

（3）艺术至上主义思想只是主观主义的一种表现，而艺术至上主义不能包括主观主义，个别同志想用主观主义代替艺术至上主义，或以艺术至上主义包括一切缺点错误，这都是不对的。

（4）我们承认艺术至上主义倾向是很严重的且是相当普遍地存在着，并不否认党的文艺工作者的许多艰苦奋斗的成绩，而且区党委坚决相信,在党的正确领导下,依靠每个同志的积极和刻苦的努力,同志们是可以克服这种非无产阶级的非马列主义的思想的,是可以进一步布尔什维克化的,是可以使边区文艺运动大踏步前进的。(中略)

二、关于文艺批评

(一)文艺批评是文艺理论战线上的重大工作,过去我党领导的文艺运动,批评家做了不少的工作,鲁迅就是最勇敢的代表。如一九二七年以来,左翼文艺理论工作,曾打击了当时的反动文艺运动,如"国民文学""民族主义文学"(实质上是反共反苏的文艺)与复古文艺运动,又反对了小资产阶级的反动的"第三种人"文艺,其后围绕着"大众语论战"反对了当时的文言文运动与读经运动,在斗争中建设了左翼文学。

(二)但目前边区的文艺理论战线则异常薄弱,表现在:

(1)对敌对思想,首先是敌伪的文艺活动是很少作揭发与打击的。几年来,边区的文艺出版物上,几乎极少见这方面的文章,反映出对敌的调查研究非常薄弱,或者说没有。

(2)大后方的文艺活动是很少研究的,更谈不到在统一战线中与复古文艺思想作斗争。

(3)对自己本身的批评也异常薄弱,缺乏自我批评精神,或者是有话不说,或者是说好的不说缺点,更多的是夸大自己的成绩,动不动就把某些作品与世界文豪们相比,甚至把某些作品的意义夸大为"世界的",而实际上这种作品还不是怎样成熟的。而对缺点则轻轻放过,而有的同志还感到"批评多于鼓励"甚至采取打击与攻击的办法,创作上的倾向(作家的思想倾向)是很少或者说没有文艺理论的指导的。

(三)产生这些缺点的原因是:

（1）不注意收集敌伪文艺材料，不注意敌我文艺战线上的斗争是文艺工作中的一个重要环节。

（2）文艺理论工作者少，没有专门从事这方面工作的人，而一般同志马列主义的文艺理论修养是不高的。

（3）宗派主义的观点作怪，总觉得别人的意见不对，有人批评则竭力辩护，自我批评的风气未能养成，许多同志缺乏斗争的坚决性与勇敢性，而采取自由主义温情主义的态度。

（四）最近一个时期，由于读者对文艺工作的不满，而文艺界同志则不积极地进行自我批评（虽然他们口头上也说作者负主要责任），而提出《加强诗的宣传》那样的文章（那绝不是个人的意见，它是《诗建设》上的社论），则不仅是文艺批评的薄弱问题，而是把方向弄错了。

三、怎样下乡

现在有许多做文艺工作的同志，看到了中央文委与组织部召开的党的文艺工作者会议发表的文件以后，都很兴奋，他们都表示愿意到下面去。这证明这个会议的整风精神在我们边区讲来也是有其实际指导意义的，但对于这个问题的了解是不一致和不深刻的：有的同志认为我们这里与延安不同，那里是后方，文艺工作者可以钻窑洞，我们这里是前方，似乎没有这么一回事；还有的是愿意下乡了，但不愿下去担任负责的工作和宣传工作，恐怕这些工作耽误了写作的时间；还有的同志感觉，到游击区去工作要注意敌情听狗咬，还怕区干部离开了自己，每天花费百分之六十的时间在这些上面，写作就没有工夫了；有的说到军队里去可能单纯一些，地方上生活丰富宽广复杂，不知道党要分配他们如何难做的工作；还有的一看文件就高呼欢腾，要急于马上走出写作的房间到乡下去。从这些简单的反应里面就可以看到我们这里党的文艺工作者在思想上是有许多矛盾的，对于中央指示在敌后抗日根据地的运用了解是不够的，一方面要下乡，另一方面又不是以党的文艺工作者负责的精神到下面去，所谓"体验生活"和做客的味道还是十足的。在今天，运用整风的精神清算一下这些同志的思想是我们执行中央指示最有效的办法，也是这些同志是否能够真正下乡，取消文艺人的架子，去把文艺工作看成党的工作的一个先决条件。那么，今天许多人也在嚷着下乡，但下乡干什么，怎么下乡，在思想上还是不一致，仍有许多问题的。过去在城市的时候，人们嚷着到乡村里，目的是要去了解农村的实际，要接近群众，但是现在住在农村里，周围的群众是很多的，几年来大家究竟接近多少群众了解了多少实际问题呢？如果说今天以前是如此，那么是否看了中央的文件或参加一次会议就可以一下改变了自己的面貌呢？这是不行的，困难还是很多的。自然，如果把握了正确的思想方法和立场，是可以打破困难达到下乡目的的。因此，下乡的办法应当首先是从清算自己的思想着手：第一，必须把党的文艺工作看成是党的整个工作之一部，它和其他的实际工作是密切关联着的，愈加深入到实际工作中去，文艺写作的内容会愈加丰富生动，能够写成有血有肉的东西，而不是山呀、水呀等缺乏内容的抽象的东西，才是真正的具体的形象化的东西。这里首先要肃清怕担任实际工作的观点，否则依然免不了是要去做客，去捕风捉影地搜集材料，这种下乡的办法是没有什么好处的。第二，党的文艺工作者，必须根据整风的精神进行全面的反省，看自己是以一般文艺工作者的态度进行党的文艺工作呢，还是以党的分工的态度去进行党的文艺工作，这两点是有差别的，是小资产阶级思想与无产阶级思想的一个分水岭。能否真正下乡，这是一个重大的关键，有了这个反省，对自己的工作有了正确的认识，那么一切特殊与自高自大的倾向，也就可以克服了，下乡才能走得通。第三，下乡以前把党的各种政策，特别是当前对敌斗争与根据地民主建设应进行深入的研究，如能把政策中的许多基本概念、抽象的东西大体上弄清楚了，那么再在实践的过程中，把这些东西用形象化的方法去进行文艺创作，有谁会反对呢？否则空喊形象化或背诵文艺工作者"是人类灵魂的工程师"，而把文艺与政治割裂起来，这有什么好处呢？结果是内容思想贫乏，把文艺工作最主要的方面——提高干部与群众的思想水平完全丢掉了，失去了真正的灵魂，只是在单纯的表现形式或技巧上用功夫，只剩下了躯壳，这如何能得到读者的同情？如何不叫人难懂？如果我们是辩证唯物论的马克思主义者，而不是唯心论者空想家，就应当认识文艺的主要的方向是思想运动，而不是什么单纯的表现形式或技巧，是思想的内容决定形式和技巧，而不是形式和技巧决定思想的内容，这是关系文艺创作最基本的一环，必须把它弄清楚。

第四，文艺活动与各种中心工作的结合，一定会使文艺创作的内容特别丰富特别生动，这是为千百万劳动群众服务最有效的办法。每一个党的文艺工作者，下乡以后就应当直接参加一点一滴的实际工作，如能抓住每一个中心工作去进行文艺活动，收效必大。第五，要具有长期深入群众进行工作的决心、计划和毅力，要把它看成是一个长期艰苦的斗争，做必要的思想上政治上的准备工作，不要为一时外面刺激所冲动。过去光嚷着没有时间创作，指望坐在屋子里写东西或走马看花旅行式的访问固然是错误的，今天毫无准备大家闹起下乡的急性病，这又有什么好处呢？应当防止小资产阶级的寒热症，应当估计下乡后的困难，积极设法克服才好。最后，就是要认识文艺是革命战争与革命运动总力战的一部分，必须强调文艺的斗争性，强调领导的统一性，积极去把文艺的战斗力发挥到应有的高度，这是当前为政治服务的具体表现，也是值得大家特别注意研究的。

四、今后党的文艺工作者应注意的几个问题

（一）应有明确的阶级立场。一切艺术作品，不管用什么题材和材料，都是表达一定的思想感情意志，因之有一定的阶级立场。抗日民族统一战线的立场，就是我们在现阶段的阶级立场。我们今天站在民族解放的前线，成为民族文化的先锋军，而且也是为了准备将来社会主义革命的思想基础，这是我们的立场与一切非无产阶级立场不同之点。

（二）党的文艺应服从党的监督：

（1）每个文艺工作者都有自由写和说一切他们愿意的，没有丝毫限制。

（2）党不容许利用党的形式宣扬反党的观点，所以党要给党的文艺工作者以监督。因为，假如党不能清洗那些宣传反党观点的党员，他不可免地将瓦解，党的和反党的观点之间的界限的决定，乃是党纲、党的策略决议及章程。

（3）党的文艺工作者，不仅应研究党的政策，而且应熟悉党的政策特别是宣传政策，更应成为党的文艺工作者的政治学习与业务学习的重要内容。

（三）加强政治及艺术的学习：

（1）注意学习的宽度、速度、深度。

（2）学习就是增加肥料和耕耘。

（3）防止倾向，不要忽视政治学习，也不应因强调政治学习而忽视了艺术学习。

（四）党的生活的健全。反对轻视小组生活和自由主义的态度。

（五）下乡问题的解决：

（1）一般地要照顾到工作与个人志愿，但主要的是根据工作

需要。

(2) 接近下层,深入群众。

(3) 按照各部门情形分散或保持一定的集中,按照各部门工作性质采取不同的下乡办法,一律重新分配工作是不妥当的。

(六) 努力方向:坚决执行为工农兵服务的方针,培养大批新作家、作者。(下略)

(《晋察冀日报》1943年5月21日)

成仿吾同志在北岳区党的文艺工作者会议上的发言

我们边区的文艺工作,成绩还是很大的,并且进步很快,无论是音乐、戏剧、美术、文学都有了进步,但不平衡,文学部门中诗是最差的。抗战后,各地来的知识分子,对边区的文艺运动的促进作用是很大的。

不过从前年以来,从晚会中看出:许多节目,脱离现实太远,而且感到节目缺少的恐慌,演"大鼻□"戏,会有一个高潮时期。前些时,我因某种机会,曾调查了边区的戏剧,据说较好的、最受欢迎的只有一个独幕剧。今天,许多同志在发言中已提到文艺工作脱离现实的问题,其他"化大众"的问题,我今天才听到,如果有这种思想存在,则作品的恐慌,不能克服。

文艺工作中的许多缺点,其主要原因是脱离实际。许多文艺工作者都是小资产阶级出身,初到外面来,有丰富的热情,有较熟练的技巧,故初期的成绩很好。但由于脱离现实,内容便不免于抽象,以后,就没有产生很好的作品,一九四一年便发生了作品的恐慌。下面有许多富有实际经验的人,但技巧不好,所以从四一年到现在,形成一个过渡时期。这次中央提出当前文艺工作的方针来,对克服这种现象是最好的办法,这是当前文艺工作者唯一的出路。所以我们应认真地参加实际工作,则文艺工作者的前途还是有希望的。

关于文艺与政治的问题,文艺为政治服务的"政治"还是抽象的说法,法西斯也是"政治",应该更具体些:文艺为一定阶级的阶级斗争服务。这样可以避免许多误会,如"功利主义"之类的不妥当的看法。

我们边区的许多艺术工作中,歌咏比较大众化,其次是戏剧与美术,其次是文学,诗最差。《诗建设》出这许多期,同志们的努力很好,但成绩不大。报纸上登长诗,许多人因看不懂,感到可惜,我们应检讨自己。我感到我们有些同志写诗太随便,有些诗简直就是散文,不过分成长短行来写而已,有些诗句子太欧化。

很多同志提出的批评意见,我很同意。不过有人提到文艺团体成为业余组织的问题,我感到专门的文艺家仍然是可以存在的,如果不脱离现实,能站稳一定的阶级立场,拿文艺工具做斗争武器,这种文艺家是可以存在而且是需要的。

(《晋察冀日报》1943 年 5 月 21 日)

朱良才同志对边区文艺工作检讨上的意见

此次北岳区党委召开之党的文艺工作者会议，朱良才同志曾亲自参加，听取了会议上许多同志对边区文艺工作的各方面的意见，因时间关系，未及在当时会上发表自己的意见。会后，记者曾往访，叩询其意见，承发表如下：

首先，我谈一谈对过去文艺工作的意见。过去我们的文艺工作是收到了不少的成绩，显著地表现在边区的文艺运动推动起来、开展起来了——虽然，我们边区的文艺运动是开展得不平衡的，是落后于其他各种斗争与客观环境的需要的。它的成绩，还表现在培养了一批文艺文化干部，除部队与联大培养之外，西战团亲自下乡，也培养了一些干部。又表现在艺术水平的提高，文艺工作者与观众读者都在一年年地提高起来，拿今天的东西和以前的一比，就很明显地看出来。

但我们的文艺工作，依然还存在着许多缺点，甚至是严重的错误。我觉得重要的有以下两点：

一、文艺与政治关系上发生偏向，这就是艺术至上主义的倾向——这是主观主义的一种表现。我们说它是艺术至上主义倾向，是因为它不是有系统地形成一种"主义"，但这种倾向却是严重存在着的。当然这种倾向的存在，不是到处都一样，也不是每个时期都一样。如过去在文艺工作者中曾提"狭隘的政治主义"（最近四分区还有人提出），就是艺术至上主义倾向的一种表现。对于这种倾向，过去我们没有抓紧来进行思想教育，加以克服。自然，并不是某些同志主观上要成为艺术至上主义者，正如像谁也不愿意犯主观主义一样。这种偏向影响了我们的工作，思想上的不一致，就影响到创作活动上的不一致，影响到对党的政策的执行与贯彻。在过去，这种倾向虽不是一贯的，在整风中已克服了一些，但深刻的检查，这个会还是第一次。

二、文艺工作与工农兵的实际斗争、实际生活结合得不够。这是因为我们的文艺工作受到艺术至上主义倾向的妨害。固然我们有些作品是好的，但我们有不少的作品是脱离实际的。自然，各个单位、各个作品，以及在各个时期的情形都是不相同的。

上面我说了我们文艺工作有成绩也有缺点。我们取得成绩的原因，是由于党的正确方针与领导。党的文艺工作干部，是忠实于党的事业的，工作的积极性是很高的。在紧张的斗争环境里，他们表现了高度紧张的工作热情，并且成为一种骨干，团结了广大的文艺工作者在党的领导下进行工作，开展了边区的文艺运动。这些干部是我党的宝贵财产，没有他们，文艺工作是无法很好推动的，"干部决定一切"，在这里是适用的。

产生缺点的原因，首先是我们党的文艺工作者受到资产阶级思想的遗毒和影响，具体的表现有以下几点：

文艺工作者在过去工作的严肃性是不够的。有许多毛病，或者曾被发现过，但未作严格的检查与纠正。有些作品有毛病，缺乏严格的审查，就发表出来了（自然，这里是和言论出版自由不相违背的）。如《子弟兵三日刊》，稿子详细审查，校对五次，若出版后有毛病，也要作废。审查不一定一次就能发现错误的，必须严格地加以审查，整个工作中也应严格贯彻严肃的精神，不致使某些问题得不到彻底的解决。

其次，文艺工作者政治的、思想的、组织的一致性上锻炼不够，有缺点大家总是客客气气的，不深刻地说，不能从政治上思想上的一致去求团结，而存在着多多少少的宗派主义。

其次，党的政治机关的领导上也有缺点：具体的领导与检查不够，以致不能及时地克服这些缺点。在这几年当中，我们的文艺工作中发生了严重的艺术至上主义倾向及脱离实际斗争的缺点，在领导上也应加以注意。

文艺的评价问题，不是从文艺的本身来评价，而是从其服务于政治方面去看，这如同战略与策略的关系一样。看一篇文章写□生动活泼很好，如果内容搞错了，那就没有价值了。

最后，关于这次党的文艺工作者会议，它的意义是□大的，不仅帮助了文艺工作者，而且我也得到了帮助，可以说这个会是一个今后开展文艺工作的关键。我们检查了缺点和错误，应改正，不应垂头丧气，必须认识，这并不是了不得的错误，是可以改正的，而且是容易改正的。有些同志在会议上所表现的进步，就是明显的例子，并且是值得学习的。我们的文艺工作者理解问题是很快的，有前途的，只要我们根据这次会议的整风精神发扬起来，一定将有一番新景象。在党的正确领导下，有广大干部做骨干，经过这次会议，文艺工作的前途是光明的。

（《晋察冀日报》1943 年 5 月 21 日）

略谈下乡

舒予

北岳区的文艺工作者下乡,这是大众文艺已经开始播了种,在晋察冀沃饶的土地□——共产党、子弟兵、千万人民六年来用血汗所灌溉施肥的土地——播□这些优秀的种子,将来的收获是一定很丰盛的。同时文艺工作者的下乡,说明文艺工作者已对于个人过去残余的偏爱,最后毅然决然舍弃了。他们进一步认识,与其将花木的枝子插在瓶里当瓶花鉴赏,不如到广阔的原野里去移植果木。

农田的事情,有一个要诀,就是深耕。要使文艺能得到丰收,也要遵守这个要诀。这就是说,下乡以后,要在新的工作岗位上,深入自己的工作,对于自己的业务,要求得胜任愉快,并且进一步地发挥创造性,使工作获得开展,只有这样,才能使自己获得丰富的材料来从事创作,也只有这样,才能真正实现文艺与工农兵结合的口号。然而要做到这一点,并非很容易的事,特别是初下乡者,容易抱着过于急切搜集材料的欲望,而新接触的环境,又每每使他迷眩,不知从何下手,反而把急切应当做的——摸熟自己的工作,深入自己的工作,□□能够培植大众文艺的工作——自己的业务工作,忽略了。这种可能发生的现象的根源在哪里呢?主要是还没有认识究竟为什么要下乡,把自己的工作岗位,与从事文艺工作两者对立起来了;换句话说,就是还不肯毅然决然放下自己的包袱,还没有认真地抛弃做客的观念。倘要就这样浮在地面上,那么丰收的滋□一定很少的,不可能有丰盛的收获。希望丰盛的收获,只有把根深深地扎到自己的工作里去。

举一个比方,倘使自己的工作岗位是在武装部,那么李勇的故事，将是一个很好的创作题材，但要使这个创作成功，就绝非简简单单的访问与所谓"搜集材料"的走马观花的态度所能做到的。必须在民兵工作中具体深入地对各方面观察了解：边区的抗日民主政权几年来给予群众的好处是些什么？敌后的战争形势的演变怎样？群众怎样从自己的经历中，体验了自己武装的重要？落后的群众对此作怎样的看法？经过怎样的努力才获得了今天的成就？为什么能产生李勇这类英雄？群众武装发展的方向如何……对于这些的深刻了解，成为从事创作的必备条件，而要具备这个条件，又是舍深入自己的工作而莫由的。

其次一个重要问题，就是团结问题。为什么要谈团结呢？因为倘使团结搞不好，就会影响自己的工作情绪，阻碍了自己在工作中深深扎根。自己到的新的工作岗位，那里的负责同志和一般工作同志，文化程度不一定高，文艺的素养更不一定好，但是这些同志对于自己范围内的工作，有着比较丰富的经验和掌握这一工作的才干，而自己所急需学习的，又正是这些；假若不看到别人这种长处——也正是自己所缺欠的实际知识，那么就会纵使自高自大的毛病作祟，不团结的现象就会乘隙萌芽了。同时必须警惕，有些部门里的同志对自己这样一个文艺工作者来参加同他们一道工作，会非常高兴，他们会很谦逊地真诚地客气地来欢迎接待，在这时候自己倘居之不疑，认为别人理应如此相待，就相当危险了，因为做客的心理必将油然而生。日久天长，同志间恢复了正常的工作关系、上下级关系，自己就会感到感伤、不安或甚至不满。不团结的现象，也常常容易在这样的场合下发生。怎样才能达到团结呢？怎样才能从团结中使工作的和自己的收获更多呢？说起来也很简单，就是毅然地抛弃文艺工作者的特殊地位观念，从而把由这观念所保留的不易与人团结的习惯去掉，而把自己看成一个踏踏实实的普通工作者，尊重各种工作关系，在一定的工作岗位上忠于自己的职守。

谁对于下乡的精神了解得最多,谁能认真地照着下乡的精神去做,谁将来的收获就更多。

文艺工作者下乡以后,文坛可能有暂时的沉寂,然而种子绝不会长久埋在土里,丰收迟早会出现在晋察冀的土地上,因为晋察冀的土地是沃饶的。

(《晋察冀日报》1943年6月11日)

开始第一步

——关于"下乡"问题的几点零碎意见

沙可夫

文联二次代表大会以后已经有并将继续有许多文艺工作同志实行"下乡"或"入伍"。他们都以热烈愉快的心情走上新的工作岗位，深入到乡村与部队的工农兵群众中。这一事实说明着边区文艺工作者为了执行文联二次代表大会的决议，为了改造自己的思想与工作作风，也就是为了进一步开展边区文艺运动，开始走了切实的郑重的第一步。

显然地，当前的问题是紧接着这第一步以后如何踏稳着结实的脚步继续勇猛地向前迈进。为了达到这个目的，除了这次文联代表大会的报告与讨论中所指出的以外，我还有几点零碎意见，写出来供大家参考。

有些同志以为"下乡"或"入伍"以后，将会发现多少"不平常的"什么"奇迹"，这些"奇迹"将是他们创作的"最宝贵的"题材，可是既下去以后一看，又觉得什么都是"平凡的"，既无"生活"可以体验，也无"材料"可以采取。这些同志不知道，或者忘记了，从天上掉下来的所谓"奇迹"是根本不存在的，"奇迹"就只在"平凡的"生活中可以找得到，我们要发掘这些"奇迹"，必须一直钻到"平凡的"生活底层才行。中国有句俗语说"不入虎穴，焉得虎子"，就是这个道理。这里问题不仅是"下乡"应抱什么态度，而且是"下乡"以后应如何观察与分析所接触到的及亲身参加的生活与斗争。我们如果还是抱着旁观的，所谓"我来搜集材料"的态度，站在生活与斗争的门外边，没有"登堂入室"，那么结果什么"材料"也不能搜集到，什么"生活"也不能体验到。同时，如果我们对于周围种种事物与现象不善于观察与分析，只看表面现象，不究实质，甚至熟视无睹、漠不关心的话，那么结果，在写作上不仅一样是毫无所得，而且连本身所担负的实际工作也做不好，以至发生"生活多么平凡呵"的苦闷呼声。这种现象与观念如不及时防止与克服，反而发展起来的话，对生活不但感觉"平凡"，而且会发生厌恶，以至远离生活；不但艺术至上主义倾向不能克服，而且会走到更危险的歧途上去的。

在许多会议与文件上都一再指出，今天我们要文艺工作者"下乡"，老老实实去参加到其他实际工作与斗争中去，这绝不是取消了文艺工作，不要文艺创作了；恰恰相反，而是要加强文艺工作，帮助真正能反映现实、反映这伟大时代的文艺作品的产生。可是我们有些"下乡"的文艺工作者不是这样认识的。他们有意无意地说"好吧，把笔束置高阁吧，不用再想写作了，不用再搞文艺了"。这种说法与对问题的看法显然是不对的，这是片面的、绝对的，没有真正了解"下乡"的意义并离开实际需要的一种错误观念。或者有的说，"我的笔得到机会休息了，准备着，准备着，再准备着，一直到我能够写出'伟大的'作品□时再动笔吧"，这也是不对的。要知道，伟大作品不是"休息"着，等待着，空喊准备所能产生的，也不是离开日常写作的实践来准备的，而是在一点一滴的坚持不断的努力写作中来准备以至成功的。当然，"下乡"以后不能像原来专门从事于文艺工作时那样来写作，一定要适合于当前所处的环境及工作条件与需要来写作。今天"下乡"同志首要的课题是如何把当前他所担负的实际工作做好。这样，也许会有同志发生这样的问题："又要把当前本身工作搞好，又要写作，哪儿来这么多时间与精力呵？"的确，一个人的时间与精力是有限的，我们不能作过分的要求，那是不成问题的，但如果我们能真正把自己的时间与精力作合理的支配，如果我们能高度发扬"挤时间"与埋头苦干的精神，那么"下乡"后可以找到时间与精力来进行适当的写作，也是不成问题的吧。无论如何，把笔"休息"起来准备"伟大"的作品，那是缘木求鱼的办法，而且违反实际工作需要的，这种可能发生的观念与现象是要不得的，也是应注意防止与克服的。

还有一点：我们检讨工作时曾说，过去边区文艺工作者是在一个小圈子里打转，必须打破。"下乡"的意义之一可以说就是要达到这个目的，因为这可以使我们文艺工作者深入到广大群众的生活与斗争的海洋里。但这里要注意的是，"下乡"同志必须具有充分的勇气与决心来从那个"小圈子"里跳出来，投入这浩瀚汹涌的"大海"里，否则，站到这"大海"的边沿上还是迷恋着过去那个"小圈子"，踯躅不前，甚至"望洋兴叹"起来，那是不行的。譬如，由于这种勇气与决心不够，"下乡"后觉得这也不好，那也不好，似乎还不如过去那样工作与生活得好，只看到局部，不顾及全面，结果身体或许已经下了海，颈项上却吊着一个小小的"救命圈"，于是就在这"大海"水面上漂浮着，永远也探不到海底深处。这种现象是完全可能发生的。过去早已"下乡""入伍"了的文艺工作者中间不是也有多少浮在"海面"上的吗？这是值得我们警惕的。

以上可能发生的现象与观念都足以成为我们前进路上的障碍物。

"下乡""入伍"的同志们，第一步已经开始了！可是路程还长着哩！扎稳脚步，铲除路上一切障碍，勇猛地向前进吧！最终的目的地一定可以达到的！

一九四三年五月下旬

（《晋察冀日报》1943年6月11日）

政治与技术

——党报工作中的一个重要问题

【新华社延安十日电】办报需要必要的技术修养，这是毫无疑问的；但技术——不管是写论文、通讯和消息的技术，或者是编排的技术，或者是校对的技术，其作用只在于表现报纸的政治内容。好的技术能把正确的政治内容最完善地表达出来，坏的技术则不能做到这点，甚至会起相反的作用。技术的作用、技术的可贵，就在这个意义上。因此，如果我们的记者有了正确的政治立场，他就有积极性。要求最完善地表达这个立场，就要看重技术，就要在技术上去力求进步。所以对于记者来说，对于报纸来说，如果政治立场坚定了，技术的进步是可以求得的，也是必须求得的。

但是我们队伍中有些同志把技术的作用过分夸大，有些记者同志把技术神秘化，造出种种名词，如"文艺性""趣味性"之类，作为对新闻事业的最高要求，并且以这些要求来与政治内容对立起来，走到"技术第一，政治第二"的错误结论。

"技术第一，政治第二"，这是反对党性的口号。把政治放在第二位，其直接的结果就是政治上的自由主义，这种自由主义发展到一定限度，就会被敌人所乘，这是不待言的。不仅如此，党报的党性表现在它是党的集体宣传者和集体组织者，而"技术第一，政治第二"就取消了动员全党来办报的可能性。党的工作者被认为"技术不够"，只敢看报，不敢写稿，不敢提意见，这样的党报就绝对不能名副其实地成为党的集体宣传者与集体组织者，而只能成为报馆编辑部几个人的报纸。

"技术第一，政治第二"，这又是反对群众性的口号。照着这个口号，那么具有新闻技术的人就应该是至高无上的，就应该是"无冕之王"，他以技术为标准，对于取舍稿件，对于取舍通讯员，对于报纸的一切就可以"生杀予夺"，不仅如此，甚至对于什么是报纸，什么是新闻，也可以随心所欲，作出自己的定义，对于报纸的方向，也可以随心所欲，作出自己的主张。这种"无冕之王"的思想，既是主观主义的又是宗派主义的，说得更坏一点，是一种"报阀"的思想，这种思想与新民主主义不能相容。新民主主义的报纸应当是为新民主主义服务的，新民主主义社会的主人是人民，首先是工农兵，报纸应当是他们的公仆，而不是他们的"皇帝"。

"技术第一，政治第二"，这又是反对战斗性的口号。革命报纸的战斗性是为了改造社会而必须具有的品质，战斗性的实义就在于从实际政治情况出发，提倡为了改造社会而必需的东西，批评阻碍社会发展的东西，这种提倡与批评越是切合实际，就越有价值。而"技术第一"论则不然，它的技术标准，或者是所谓"文艺性"，或者是所谓"趣味性"等等，引导别人远远地离开现实，离开战斗。

由此就不难看到"技术第一，政治第二"会引导到什么结果。

不仅如此，在"技术第一"的口号之下，技术本身不会进步，而会退步。越是主张"技术第一"，就越会脱离政治，越是脱离政治，就越不关心如何完满地表现政治内容，久而在技术上就没有真正上进之心，就不会有真正的技术的进步。这样不但在政治上会犯错误，而且在技术上也一定走上绝路。

因此我们必须反对"技术第一"的观念，采取"政治第一"的口号。这条正确道路的彻底实行，还有待于我们每一部门每一党报工作者的长期的奋斗，有待于党报工作人员本身的思想改造。

我们的党报工作人员，应当认识自己在新闻事业中责任的重大。我国社会上有些名记者，他们的名字在某些阶层中很响亮，但是直到现在，在工农兵中名字很响亮的名记者还待努力。这种新型的记者，比之以前任何的名记者更伟大得多，因为他的名字是与占人口最大多数的工农兵联系在一起的。我们的记者应当不要把自己限于模仿，而要立定志向做一个工农兵的记者，一个新型的记者。

我们的新型记者要对于抗日和民主的事业，对于中国人民的解放事业，抱有伟大的献身精神，表示忠诚，而且是无限的忠诚。

我们的新型记者对于工农兵应有热爱，要有当他们小学生的态度，要有当他们理发员的志愿，我们相信真理，这个真理即是：世界上的一切都是劳动者创造出来的。我们相信劳动者的创造力，并且相信在新民主主义政权之下，劳动者对于自己的报纸、自己的记者，也有这种创造力。让我们更密切地与工农兵结合，更诚恳地倾听他们的意见，更真切地表达他们的意见，更耐心更友好地帮助他们掌握新闻事业，掌握这一战斗的武器。新型的新闻记者，他们技术修养是和政治修养分离不开的，是和为群众服务和群众结合的精神分离不开的。只有这样的新型记者，才能不为旧的新闻理论所束缚，而创造真正为群众服务的新闻理论。

我们要有成千成百的这种新型的新闻工作者，来担任这一艰巨工作，有了他们，我国报学史上新的光荣的一页将被创造出来。（《解放日报》）

（《晋察冀日报》1943年6月15日）

加强报纸的战斗力

李大章

编者按：李大章同志这篇文章是为《新华日报》太行版新年特刊写的，现在特转载出来，供我们好好研究，来改造我们的报纸。

一九四三年，在我们党报——《新华日报》的建设事业上，是在逐渐进一步走上了健全的道路。最显著的是党报与党的关系一天比一天密切，报纸的地方化、实际化已经获得了进一步的改善。报纸对于实际工作的指导和批判性，也已经大大地加强起来。最近根据毛泽东同志在文艺座谈会上报告的精神，更明确地确定了报纸为工农兵及其干部服务的方针，并正在努力朝着这个方向前进，这是完全正确的。

一九四四年，是国际反法西斯战争进入决定性的胜利的一年。一方面是国际形势于我们空前有利，一方面是我们的困难也大大增加。我们党报在今年所负担的任务——即为着指导克服目前困难，巩固与深入工作，积极准备反攻力量的宣传任务，是更加复杂而繁重了。因此我们今年党报所应该努力的方向，是应围绕着下列几个方面去进行：

第一，继续加强与提高报纸的指导性与批判性。

最近报纸的指导性与批判性虽然已大有改进，但仍很不够，还需继续加强与提高。所谓报纸的是否有坚强的指导性与批判性，不仅首先应表现于报纸是否能经常站在每一工作、每一运动前面，及时正确地宣传党对于每一工作、每一运动的决定与指示，或者是代表党的意旨的社论、专论和各种带有指导性文章的宣传。这些虽然是必要的，但这不能说明我们报纸是否有坚强的指导性和批判性的全部。因此，其次一方面，还要看它是否能从每一工作和每一运动的发展与变化中，细心加以研究和分析，以便及时发现问题，并根据问题及工作情况发展的需要进行有组织的反映消息，有计划的组织通讯，以及进行各种各样的小言论的指导与批评，使得我们报纸上的每一消息和通讯、每一批评和言论，都不是为消息而消息，为通讯而通讯，而是必须结合我们指导任务，从每一消息和通讯、每一批评和言论的反映中，都带有严肃而正确的指导性与批判性，对于工作进行中的优缺点，则及时给予迅速与适当的纠正，这是第二。第三，当每一工作或每一运动发展到一定结束阶段的时候，即应迅速总结经验，组织比较全面的工作的交流，以推动其他工作的进展，这在加强报纸的指导性上，也是十分必要的。

　　根据以上三方面来检查我们的报纸，关于第一方面是比较做得好些，关于第二、第三方面则做得较差。为着要把报纸的指导性和批评性更进一步地提高，必须还要向着以上三个方向努力。

　　第二，坚决贯彻报纸通俗化、地方化的方针。

　　为着要把毛泽东同志《在延安文艺座谈会报告》的精神，贯彻与运用到我们的报纸中去，使得我们的报纸通俗化、地方化，能确切为工农兵服务，首先一个问题，即必须打破我们一切从事党的新闻事业的同志认为"党报是带有很浓厚政治性质的报纸，无法通俗化"的旧观念；必须要叫我们的同志能眼睛向下，虚心学习与体会工农兵的情感和语言，将我们的政治宣传任务，通过他们的日常用语和习惯，密切地将它们结合起来。其次是必须培养与改造我们的通讯员，使他们能深入工农兵，了解与学习工农兵，使得每一消息和每一通讯的反映，都必须以工农兵的身份、工农兵的立场出现，老老实实地说工农兵的话，讲工农兵的事，少描写、少形容。这样来自工农兵又回到工农兵的指导，一定就比较易为工农兵所接受。再次，这样还不够。这除了我们在文字方面应力求通俗外，再在形式上，还应在不断的实践中去大胆创造许多生动活泼的新花样、新形式，这对于推动报纸的通俗化也有帮助。总之，我们的报纸越能通俗化、地方化，即越能接近群众，越能使党给予党报的任务更好地完成。

第三，为要达到以上加强报纸的指导性、批判性及通俗化的目的，光依靠报馆少数从事新闻事业者的同志，是十分不够的，而是首先必须依赖我们全党同志的更加关心与帮助。报纸的直接领导机关，必须将党的新闻事业真正当成党的宣传工作的主要部分，更进一步地与党的工作密切结合起来，运用这一武器去推动工作。各级党部，除应很好地执行党有关党报的各种决定，更加重视党报对于实际工作的指导外，各级党委负责人，应亲自动手为党报经常撰稿，以便使报纸的内容更加充实。此外，帮助党报组织和培养通讯员，特别是注意帮助培养工农通讯员，使我们的党报在通俗化、群众化上能够获得更多保证，这也是非常必要的。其次，在报馆本身，应更力求与现实结合，所有工作同志，必须加强自己的群众观念，密切联系群众，研究群众，了解群众，多多倾听群众的意见与呼声，这对于改造自己，改造报纸，也是有帮助的。

我们报纸的改进，将随一九四四年的到来而加强它的指导性与通俗化。

（《晋察冀日报》1944年4月6日）

贯彻全党办报的方针

我们共产党人办的报纸，应该是"集体的宣传者与集体的组织者"，这是马列主义新闻政策的基本观点。今年二月间我们提出全党办报的方针，正是为了贯彻这一基本精神的。在整风运动当中，要更好地克服主观主义的毛病，真正做到"从群众中来，到群众中去"，就必须依靠全党进一步的深入工作，密切与群众的联系，经常把各地群众斗争与工作经验有系统地反映与报道，并不断从群众的创造中发掘出来大量宝贵的东西，把它总结提高到理论的水平，再拿来指导各地的群众斗争与实际工作。只有这样，理论与实际才不至脱节，只有这样，党与群众才可以保持密切的联系，也只有这样，党才能做群众的学生，又做群众的先生。而所有这一切，如果没有全党办报方针的实现，那是很难通过其他的办法来达到的。

《晋察冀日报》从创办以来，是逐渐朝着这个方向前进的。通讯工作由报社移交党委领导，曾经初步奠定了党报的群众基础。在组织发行与读报方面，我们都曾尽过很大的努力。早在一九四二年秋，我们就提出日报要成为党的有力的武器，应该加强日报对各种工作的指导性。然而直到今年二月，我们明确提出全党办报的方针之后，全党在思想上才有了进一步正确的认识。有些党委真正开始把党报工作列入议事日程上，部分负责同志开始真正注意组织通讯工作，或亲自动手给党报写稿。有些地区掌握了不少骨干通讯员，初步着手培养工农通讯员，并已积累了一些经验。而各地战斗英雄、劳动英雄的广泛介绍，也说明了在写作方面进一步走向群众路线。根据这些情况来说，全党办报的方针已经在政治上、组织上打下了初步的基础。这就是说，党报已经进入了一个发展的新时期。

我们应该指出：由于过去全党对党报工作的忽视，《晋察冀日报》存在着一些严重的缺点，直到今天，还未能彻底克服。这是党的损失，也是广大人民的损失。它的严重的缺点都是哪些呢？

第一，党对武装斗争的宣传，做得非常不够。如果说对民兵斗争多少还有些生动的介绍，那么对主力军可歌可泣的英勇战绩，除了照例发表一些枯燥的战斗统计数字之外，几乎是没有或者极少有任何活泼而有系统的描述的。这正如总政所指出："我们的军事实际，是无愧于国人的，但是我们的军事宣传，却是愧对我们的军事实际的，它远落后于我们的军事实际。"

第二，党报与各种斗争的密切结合是非常不够的。我们的实际斗争是极其复杂的，在不同时期不同地区，各种斗争围绕着一定的中心互相配合着。然而翻党报来看，却看不到全面的多样性的反映。过去只有一条条新闻的罗列，而看不到显明的斗争中心，近来如对大生产运动有了中心，而又忽视了各种斗争的如何配合以保证生产任务的胜利完成。总之，党报还未能把全面斗争有重点地反映出来。

第三，如果说，在一定意义上，党报是自我教育与自我批评的武器，那么在这一点我们做得也非常不够。许多英雄模范的涌现，许多斗争胜利的经验，我们应该引为光荣，应该进行广泛的宣传与介绍，然而如果仅止这一方面，那就会麻痹了自己。难道我们没有懒汉和二流子需要改造吗？没有工作中的困难需要克服吗？没有失败中的教训需要检讨吗？一句话，在我们进行各种工作的全部过程中，难道都是一帆风顺，绝无缺点与错误吗？由此可见，我们利用党报进行正确的自我批评，以教育全党教育群众，做得太差了。

第四，党报许多通讯稿件，表现了脱离群众的现象，表现了艺术至上主义的倾向，如描写英雄，多侧重其超群出众，而忽视其与群众的联系，报告减租运动，多强调政府的"恩赐"作用，而忽视群众的斗争力量。甚至有些稿件字里行间充满小资产阶级的自我反映，而缺乏群众的思想感情。许多同志不肯把通讯改写成新闻，而往往把新闻拉长为通讯。所有这一切都是缺乏群众观点的结果。

上述党报严重缺点存在的原因何在呢？我们可以说，基本上是由于未能贯彻全党办报的方针，也就是说，未能经常动员全党，参加这一集体宣传鼓动与集体组织的事业。今后如何贯彻全党办报的方针呢？

第一，必须从思想上动员全党，使其深刻认识，党报是全党教育与组织群众的集体事业，任何对党报不关心不帮助的观念都是错误的，都是对党不负责任的。各级党委不仅要把党报工作列入议事日程上，而且要善于利用党报来指导工作。因此，把本地区的各种斗争有重点地，有组织有系统地报道，必须是各级党委的经常工作。

第二，各级党委必须亲自下手，抓紧本地区的中心任务，联系到各种斗争，有计划地组织通讯工作。负责同志并应亲自参加写作或协同搜集材料。在部队方面，无论军事政治干部，都应负责给党报写稿，必须克服"军事干部只管拿枪打仗，不管拿笔宣传"的错误观念。各级政治机关对每次战斗都应抓紧时机，组织深入的采访写作工作。

第三，各级党委必须加强通讯工作干部的思想领导与工作中的具体领导。中心通讯小组必须建立与健全起来。关于培养工农通讯员问题，各级党委应根据已有的经验，有重点有步骤地进行，认为工农分子不适宜于通讯工作，这种错误观点必须彻底肃清。只有培养出来大批的工农通讯员与为工农兵服务的知识分子通讯员，才能使党报进一步与广大群众结合起来。

第四，我们的党报所以不同于资产阶级报纸的基本特点，就是我们不仅有专业记者，而且更加万分重要的，就是我们还有广大的与群众血肉相连的非专业的记者,这两者必须是互相结合着的。这就是说,非专业记者除了亲自给党报写稿之外,还必须供给专业记者以实际斗争的材料,来充实他的通讯内容,而专业记者除了虚心向非专业记者采访之外,还必须热情帮助他们不断提高写作的技术。经过这种结合,党报的内容就会日益充实而生动,就会成为反映广大群众斗争的一面镜子。

第五,党报有了充实而生动的内容,还必须依靠全党的努力,帮助发行推销,广泛组织读报工作,并随时倾听党内外的意见与批评,汇报上来,以便党报不断地改进。总之,我党已成为广大群众性的政党,我们有了公开的党报,它应为全党所珍重与爱护,我们一定要把群众的意见集中到这里,然后经过它的宣传鼓动,拿到群众中坚持下去。

最近分局宣传部召开的通讯工作会议,不仅检讨了两个月来各地对全党办报方针执行的情形,而且对贯彻全党办报方针作了进一步具体的决定。现在会议业已结束,各地参加会议的同志,业已返回工作岗位。我们殷切地希望,各级党委及社会热心关怀本报的读者,迅速地根据这次会议的基本精神与具体决定,进行深入动员与切实布置。党报的发展前途正有待于全党的共同努力!

(《晋察冀日报》1944年4月22日)

进一步加强党报通讯工作

——胡锡奎同志在中共中央晋察冀分局宣传部通讯工作会议上的结论摘要（一九四四年四月五日）

这样大规模的通讯工作会议，在边区还是第一次，对于进一步加强党报通讯工作，贯彻全党办报方针，把党报办得更好，有重大的政治意义。

首先，在四五天的讨论中，大家本着整风精神，展开了批评与自我批评，从思想上检查了我们的成绩和缺点，使我们对全党办报的方针有了进一步的了解，认识了通讯工作的重要性。如果没有健全的通讯工作，党报为工农兵服务与地方化是不可能的。只有党报的通讯工作健全了，党报才能真正成为指导各种斗争的生动有力的武器，真正成为集体的宣传者与集体的组织者。因此，每个共产党员应当认识，没有全党的努力，没有每个党报记者与通讯员对于党的事业的绝对忠诚，对于人民利益的极度尊重，对于工作的非常认真，党报是不可能办好，是不可能有完全的党性的。因此，给党报写新闻通讯，做党报的记者与通讯员是一个极光荣的应尽的义务。由于对党报认识不足，有的通讯干事不安心工作，也是不对的。那种认为写新闻通讯是"可有可无"，是"额外负担"的观点是错误的，应提到党性上来认识。只有我们在思想上搞通了，党报通讯工作才能进一步加强，全党办报方针才能贯彻。

其次，我们总结了几年来党报通讯工作的许多宝贵经验：（一）党报通讯工作与各种斗争特别是与军事斗争结合的程度，是提高通讯质量和对实际斗争的指导性的关键。（二）党报的新闻通讯必须在党的政策的指导下，才能进行正确的宣传，不犯错误。（三）要保证全面反映现实斗争，必须建立广大群众性的通讯网，而培养骨干、培养工农通讯员，使知识分子通讯员与实际工作者结合，使文武两条战线结合起来，是通讯网健全起来的必要条件。（四）更重要地，是必须加强党的领导，发挥党的组织力量，使通讯工作不是自流的，而是与全党的各种斗争脉搏一致的，那种强调单独建立一套组织的办法是不适合今天的需要的。（五）最好的报道方法，是抓住典型，采取不同形式和不同方法，进行连续的系统的及时的报道。而一切报道都必须真实，这是我们党的与其他阶级党派的新闻政策的基本区别。报道的指导性又要求把批判缺点与表扬优点相结合，像同志们指出的，所谓"模范化"倾向，是应当纠正的。

其次，同志们指出的过去编辑工作与通讯工作有些脱节，审查稿件应力求统一迅速，加强对通讯员的指导教育等，都是正确的。

虽然由于时间较短，论战没能很好展开，因而存在着有些思想问题还没有深入检查，以及会议的准备工作不够充分等缺点，但从总的方面说，我们的会议是成功的，是有很大收获的。

一、对通讯工作的估计

党报通讯工作的发展可分三个时期：（一）日报初创时无通讯组织，以后晋察冀通讯社成立，多是专业记者的采访，与非专业记者通讯员的结合很差，通讯社与报社合并后，通讯组织虽有新的发展，但仍常闹稿荒，其主要缺点是与党的各种工作没有很好的直接联系。（二）一九四二年秋，党提出统一宣传与党报地方化的方针，县以上党委宣传部设通讯干事，通讯工作开始与党的各种工作有了直接联系，稿荒现象基本上克服了，质量有显著提高。主要缺点是仍停留在少数同志写作，全党的注意不够。（三）今年一月，分局宣传部将"全党办报"方针列为一九四四年党的宣传工作方针与任务之一，二月，分局发出加强党报工作指示，通讯工作有了新的转变与进步，表现在：

甲、全党在思想上开始了转变。从来不把党报工作看作自己的工作与各级党委的业务，认为只是通讯干事或个别通讯员的事，个别同志甚至认为通讯写作是妨害工作的观点开始改变了，通讯工作开始突破狭小的圈子向广大群众性方向发展了，许多党政军民的主要负责干部亲自组织亲自执笔了。一分区地委做得较好，曾专门召集常委会讨论分局加强党报工作指示，检查过去工作，决定具体执行办法。会后，地委书记经常找通讯工作者谈话供给材料，并亲自组织某些问题的材料；副书记立即组织了三篇通讯，专员抗联主任合写了一篇。此外，易县县委书记、正副宣传部长、县长、抗联主任，满城县委书记、县长，徐定县委副书记，路东分委书记均先后分别写稿，徐定县委副书记到分局党校学习仍抓紧时间写稿两篇，值得表扬。二分区地委曾将分局指示在扩干会上传达，河南分委书记、宣传部长、忻县县委宣传部长、山阴县长各从敌后之敌后寄稿二篇。三分区地委讨论情形不清楚，但各县执行较普遍，地委曾表扬了三篇通讯。完县县长、定唐县委宣传部长、县长、曲阳县委书记、宣传部长、抗联主任、联社主任，都已有来稿，云□县委宣传部长一个月内接连写了七件有系统的通讯。特别值得表扬的是阜平县委，差不多大部分委员都参加了中心小组，县委书记不断写新闻通讯，宣传部长一月之内自写及改写者近十件，组织部长文化水平很低，也亲自写稿，并且宣传部长要帮助他成为一个好的农民出身的通讯员。此外，副宣传部长、副组织部长、抗联主任、武装部长也有来稿。他们不仅个人写，而且开始集体创作，重要稿件经县委讨论后寄发，又按工作地区分工及有重点地帮助战斗英雄劳动英雄的分工决定各人采访写作的内容。四分区地委曾根据分局指示发出加强通讯工作指示。灵寿井陉县长已开始写稿，行唐县委对通讯工作的注意也是值得表扬的，中心小组已开过三次会，并利用各种工作、布置、检查、总结的时机组织新闻通讯写作，县委会进行一次集体写作，宣传部长短期内写稿四篇，雁北情形不清楚，但知地委书记、副书记、灵邱县委书记已有来稿，平西地委曾在党报委员会上传达，涞水县委宣传部长已写稿。部队首长写稿也在增加，已见《子弟兵报》。以上事实说明全党在思想上已开始转变，这是一个划时期的大进步，但极不平衡，不能作过高估计。

乙、新闻通讯的内容，开始有了方向上的转变。（1）领导干部亲自写作及专业记者与非专业记者的结合，使稿件内容较前充实，加强了指导性。（2）歌颂群众英雄主义与新民主主义的光明建设的稿件比重增多，改变了过去认为根据地生活"单纯"而不愿意描写与宣扬的观点。

丙、培养骨干通讯员有相当成绩。一、二、三、四、平西五个分区统计，现有通讯员一一四五人（三分区三〇九人），其中骨干一〇六人，依靠这些骨干的经常写作及不断组织推动别人，保证了党报不致闹稿荒，且质量亦逐步提高。（去年二月至七月北岳区六个分区共来稿三七六一件，刊出一〇〇二件，占来稿百分之二五点八一，三分区占来稿百分之三〇点六一，质量较高，今年一、二两月各地来稿共九九〇件，刊出三九二件，占百分之三九点六。）

丁、平西阜平开始有计划地培养工农通讯员的工作，获得初步成效，有了一些初步经验。

目前通讯工作中仍然存在着严重的缺点：

甲、全党办报的方针还没有贯彻下去，不少党员干部甚至高级领导干部思想上还没搞通，许多地方还存在着党委、宣传部、通干互不连接的"三部曲"，还没有完全突破狭小圈子，使通讯工作成为广大群众性的运动。干部党员中，存在着下述不良倾向：

（1）自由主义倾向：如对通讯工作不负责任，不把写新闻通讯当作指导工作的有力武器，对轻视党报工作者不进行严肃的批评，而是"小广播"。

（2）官僚主义倾向：如有的对上级指示不研究，不具体化，照样往下搬，只布置不检查，不研究具体指导办法，下级请示拿不出办法来。

（3）艺术至上主义倾向：如站不稳立场（表现在采访、写作、报社选稿各方面），强调"纯客观"的报道；语言贫乏，又不向工农兵学习，抱着知识分子的"美丽"的旧语言不放，以致把女劳动英雄写成"佳人"，某女战斗英雄长着一个"希腊式的鼻子"。不少同志觉得新闻通讯不算文艺作品，有的不愿放下"架子"，愿当"随军记者"，到处做"客人"，不想老老实实深入采访写作，思想上没有下乡入伍。

（4）个人主义与本位主义倾向：如强调个人"才能"，不相信党与群众的力量，一有成绩归功个人，又如，本单位优点唯恐党报表扬不好，缺点则一字不提，别人的稿子唯恐不短，自己的稿子唯恐不长。有的同志将自己报上不用的稿件送给别人，也是本位主义的。

乙、新闻通讯内容及报道方法上存在着许多缺点，如：

（1）军事报道数量质量都很差，正如总政宣传部指出的，我党我军的英勇斗争无愧于人民与世界，而我们的军事宣传则有愧于我们的斗争。（略，参看苏联的军事宣传与我们的军事宣传。）

（2）报道方法上，有许多不善于抓住典型，形成无组织无计划的报道。我们应经常抓紧战斗英雄、劳动英雄及模范的单位或个人进行有组织有系统的报道。其次，有头无尾，有号召有计划有布置，而没有工作运动的过程的连续报道，最后来个数目字的总结完了，这是最坏的报道方法。其次，将系统性与连续性对立，不了解系统的通讯固然好，及时的连续的短小生动的新闻，对现实斗争指导意义更大。

（3）有的新闻通讯缺乏真实性，其原因，有的是没有认真调查研究，有的是有意夸大，甚至为了"生动"，添枝加叶"小说化"一番。若登出去，损害党报威信。不了解一切新闻报道（包括军事报道在内）都要一是一二是二真实地报道出来，正是我们布尔什维克的本色。

二、目前通讯工作方针上的几个问题

甲、加强军事宣传的比重：（1）从思想上来一个彻底的转变，认识军事宣传是提高我军战斗力削弱敌军战斗力的有力武器，是我军军事力量的一部分，不容任何忽视。（2）学习苏联军事宣传的方法，改善战报的报道方法，要求内容真实、生动，改变过去单纯报道枯燥数目字的方法，真正反映出敌后游击战争的活生生的特点，武装斗争与各种斗争的实例。（3）建立与加强战斗通讯，各连队团队及各级人民武装部门要很好组织材料，进行报道，并要力求及时，离军区较近的地区尽量争取与战报同时发表。（4）分区军区应特别注意组织有系统的军事报道及敌伪军事动态，重要战役、战斗应作连续的（从开始、发展过程到总结）适时的报道。（5）首长负责，亲自下手。（6）文艺工作者不但要"下乡"，而且要"入伍"，认为军队生活"单纯"，不愿"入伍"，是错误的。

乙、通讯工作与各种斗争进一步密切结合起来：（1）反映一定时期和各种情况下的中心工作，"做什么，写什么；写什么，像什么"。这样也就不易感到是"额外负担"，且易反映深刻。（2）报道要有坚强的群众观点，歌颂群众英雄主义；要抓住典型，连续报道。（3）群众形式，群众语言。记者与通讯员要深入群众斗争，与非专业通讯员结合，与工农兵结合，向群众学习，创造更加适合群众对象的表现形式。

丙、认真地有重点地培养工农通讯员：（1）从思想上认识培养工农通讯员是彻底改造党报并使党报真正与广大群众相联系的必需的步骤，是全党办报的标志之一。（2）由于主客观条件的限制，今天只能是有重点地培养，吸取经验，逐步发展。（3）反对轻视工农，也反对轻视知识分子，应使二者结合起来。工农干部要打破只有知识分子才能写文章的观念，知识分子要放下架子，要向工农干部学习丰富的实际经验，虚心地热情地诚恳地帮助工农干部。对工农干部的态度是测量小资产阶级知识分子出身的党员的党性的尺度之一。（4）日报社应注意加强对工农通讯员的教育，采登其作品，总结经验，指导各地。

丁、通讯工作和编辑工作相结合：（1）使通讯工作和编辑工作相适应，定期不定期地制发通讯采访要点，记者与通讯员要积极改造文风，要把可以写通讯的材料写成新闻，不把只能写新闻的材料拉成通讯。同时，日报应扩大边区新闻的篇幅。（2）编辑部门也就是通讯员写作指导部门，恢复逐级回信制度，出版指导刊物（各分区通讯刊物取消，以便集中力量）。（3）各分区特别重大的工作，地委可组织有系统的新闻、通讯、论文，可作为日报对一定地区指导工作的重点。同时，县委地委于发稿时可提出意见，供编辑部门参考。（4）各地委应经常供给报社敌伪情况，干部及群众对时局认识上的偏差、疑问，各方对日报的批评建议，供日报研究。

戊、加强战时通讯工作和游击区的通讯工作：（1）要从思想上打破战时及游击区通讯工作不能坚持的想法和做法。游击区干部要打破"怕暴露秘密"及"事情平凡"的看法。（2）要适应战时及游击区干部分散下乡的规律，要善于抓紧空隙，以高度的对党报负责的态度积极写作。（3）战时要把通讯干事放在恰当的位置，并保持一定的机动性，与宣传站靠近，保持密切接触。

三、通讯工作的组织问题

甲、发展方向：（1）总的是在已有基础上巩固地向前发展。（2）建立与健全分区、县中心小组。（3）一、三、四、平西分区应巩固县区已有组织，向区级发展。（4）个别县（如阜平）可有重点地向村发展（主要对象是小学教员、不脱离生产的区干部）。（5）二、五分区及四分区建屏正定应建立和健全县级小组，首先是中心小组。（6）边区级通讯小组应迅速建立健全起来。（7）五月底以前应将通讯组织作一次普遍整理，通讯员名单报分局宣传部。

乙、各级通干缺额应下决心补充，兼学委会秘书者将工作重心转向通干。在必要及可能条件下地委可增设通干一人。通干任务是在宣传部领导下组织通讯网，教育通讯员，采访写作。各地在使用时应注意使他有充分时间进行本职工作，并给他参加党内外一定会议阅读一定文件的机会。

丙、建立与健全会议汇报制度：（1）分局宣传部半年召开通干会议一次，地委宣传部三个月召开一次，通讯小组会一月一次（通干可参加该级中心通讯小组会议）。（2）地委宣传部每月向分局宣传部作通讯工作情况报告一次，三个月总结报告一次。

四、通讯工作的领导问题

甲、继续进行贯彻全党办报方针的思想动员。各级领导干部应特别认识我党在秘密的地下环境时没有公开党报的痛苦，认真地彻底地打破地下党的作风，贯彻分局指示，动员全党的力量为党报写稿，监督党报，把党报办好。

乙、思想动员和行政动员很好地结合起来，并注意：（1）一般号召与具体领导相结合。（2）强调首长负责，亲自下手组织和推动，并能亲自写作。（3）在布置、检查、总结各种工作时把通讯工作列入议事日程，使通讯工作相适应。（4）把总的采访方针根据当时当地的情况加以具体化。（5）通讯干事通讯员不应因强调首长负责而放松自己的责任心，而应加倍努力。

丙、加强通讯工作干部的整风学习，积极克服上述通讯工作中不正确的思想倾向，党委宣传部应加强领导，兹规定下列文件为学习材料：

（1）毛泽东同志《在延安文艺座谈会上的讲话》。

（2）中央宣传部《关于执行党的文艺政策的决定》。

（3）总政宣传部《论苏联的军事宣传与我们的军事宣传》。

（4）分局《关于加强党报工作的指示》。

（5）《通讯工作会议结论》。

（《晋察冀日报》1944 年 4 月 22 日）

贯彻文化为工农兵服务的方针

二十五年前的五四运动,把中国革命推上了新民主主义的革命的新的历史时期,同时也正是中国新文化的新民主主义历史时期的开始。这种新民主主义的新文化,就是无产阶级领导的人民大众的反帝反封建的文化,是为新民主主义政治为工农兵大众服务的文化。这种文化,彻底地不妥协地反对日本帝国主义的法西斯主义文化和为它服务的奴隶文化,反对中国大地主大资产阶级封建买办的新专制主义文化。我们晋察冀边区的文化建设就是沿着这一条道路前进的。

几年来,在敌后残酷的战争环境中,我们的文化建设是有成绩的。比如,我们的国民教育,虽然战争环境给了我们许多限制,但并没有因为打仗而停顿,正相反,却得到了很大的发展,成为提高群众政治文化水平的有力武器,在提高群众对敌斗争的坚定信心和斗争艺术上起了不可泯灭的作用。这一点,在游击区更是明显。冀中区在一九四二年五一反"扫荡"后,在那样残酷的环境中,我们的思想阵地却那样巩固,群众的英雄主义那样高涨,国民教育的成功是原因之一。同时,我们的国民教育,又是为群众的生产服务的,像今天本报登载的模范女教师李翠珍的事迹就是一个范例。她善于使教育与生产结合,又善于掌握教、学、做合一的原则,不但教育了学生,还推动了村里的生产运动。在今年大生产运动中,有些拨工队实行了一面生产一面学习的办法;可以预料到,在今年秋收时,我们将不但有物质财富的收获,还将有文化财富的收获。不可否认的,我们也存在着不少的甚至是严重的缺点:首先是轻视国民教育。有些同志不了解,群众不仅需要物质财富,而且需要文化财富,一个好的党和干部当然要善于组织群众的经济生活,同时要善于组织群众的文化生活。其次是对国民教育的目的还没有统一的明确的认识。不少同志还存在着"为教育而教育"的观点，不了解国民教育在今天的中心任务就是使群众懂得如何参加游击战争和组织劳动力，如何取得最必要的文化知识，群众的干部则需要懂得如何加以指导；他们不了解群众的需要是什么，空想"正规化"，而"正规化"则又是抗战前的老一套。这些缺乏群众观点的思想，严重地障碍着边区国民教育为战争与生产更好地服务。这些问题，都是值得我们很好研究求得解决的，但还没有引起各方面足够的注意。

　　边区的文艺运动，去年四月，北岳区党委召集的党的文艺工作者会议和去年五四举行的文联二次代表大会，清算了边区文艺工作者中相当普遍和严重的艺术至上主义思想倾向，经过一年的整风运动，一个时期的思想混乱现象基本上停止了，而开始转到为工农兵服务的方向。因此，我们看到了一些新的气象。比如，在历次的政治攻势中，特别是去年秋季北岳区反"扫荡"战役的政治攻势中，许多剧社在沟线外作了出色的活动：西战团在雁北演出了《枪毙王家祥》，是直接取材于当地，直接配合了当地的反抢粮斗争的；冲锋剧社在东线的演出，一直挺到炮楼跟前；战线剧社在连队中的分散活动，成为政治工作的有力助手。由于他们对民族解放事业的忠诚和虚心地向群众学习，他们不再是武装斗争的累□，而成为提高我党我军战斗力量的□□。特别□□□的是新闻报道剧《李殿冰》，从写作到演出，都可以做敌后新文艺的范例。这个剧本不是作者的空想，而是经过几次的实地采访，不是凭着小资产阶级的偏爱，而是由李殿冰和他的伙伴们来参加剧本的修改和实际的导演。一句话：群众内容，群众参加写作，群众参加导演，这就是文艺工作者应具备的群众观点与群众路线。同样，抗敌剧社的《王老三减租小唱》和西战团与阜平城厢剧团合搞的拥军生产大秧歌舞，也都具有这种特色。冀中火线剧社的话剧《我们的母亲》，真实地反映了在五一反"扫荡"后冀中人民、"我们的母亲"的崇高的革命母爱和高涨的斗争意志。在文学工作方面，在党中央指出发展新闻通讯工作的方向以后，是有了明显的进步的，抒发小资产阶级的不健康感情的东西大量减少，而群众英雄、群众斗争上升到作品的主人公地位了。若干同志向群众（或者就是作品的主人公）宣读自己的作品，以群众意见做修改作品的根据，这是很好的。

这些成绩是可喜的，但数量是太少了。并且这些作品，从艺术科学的水平来估计，从现实斗争的要求来估计，我们还只能说它是新的萌芽或幼苗，在内容和形式上都还是较粗糙的、不完整的，工农兵的语言也还没有用得熟练。我们绝不能自满。恰恰相反，我们应当认识，在贯彻文化艺术为工农兵服务的方针的道路上，还有许多思想障碍亟须克服，许多迫切的工作等待我们去做。

第一，文艺工作要突破专业剧社的狭小圈子，变为广大群众性的运动。五四运动虽然提出了"平民文学"的口号，但当时还没有民主政治，文艺是不可能成为群众性运动的。今天在我们根据地，在我们新民主主义的社会里，却存在着充分的条件。在边区，我们也曾有过一个时期，发展了一些乡村、机关、学校的业余剧团和部队的文艺组织，但大都是不巩固的，或已停顿了的。在今年春节拥政爱民运动中，有些地区闹得也挺烘火，比如阜平是相当普遍的，曲阳县区干部当地驻军以及杂务人员大家都参加了排戏，定唐曾在四万人的集上出演有数千观众的大秧歌舞，唐县各区有六千人参加文艺活动大比赛，定唐有七十一个村参加比赛，离敌人据点很近的某村，群众文艺大会竟有两千多观众，唐县中迷城村剧团并自编了真实反映反对非法租斗贯彻减租的话剧《大斗》，云彪某村自编的《快板秧歌扭》带着大规模秧歌舞剧之风，这些都充分地表现了群众的饱满的政治情绪和伟大的创造能力。可是，这种活动在各地还是很不普遍的。我们的任务就在于把群众的创造力组织起来。一方面，每个剧社应把这种普及工作认真地担任起来，在执行分局宣传部"大部时间分散帮助工作"的方针下，有重点地帮助各机关、连队、工厂、乡村、学校建立各种文艺组织，首先是戏剧歌咏和通讯组织，给以必要的艺术指导与材料供给的帮助。另方面，各个单位的首长、党的支部和俱乐部应认真注意这一工作。当前的大生产运动中，在拨工队中，在各种劳动组织中，如果加上文艺活动，对我们军民的生产热情和政治情绪的提高将起极大的作用。只有这样，我们才能贯彻毛泽东同志所指示的文艺为工农兵服务的方针，使党的文艺政策不是教条而是行动的指南。

第二，使文艺工作与战争生产更紧密地结合起来。首先，应更有组织地把文艺的力量使用□□□□□□中去。其次，把战争与生产和群众的英雄主义当作文艺创作（首先是新闻通讯与戏剧创作）的头等的内容。其次，研究与总结在大生产运动中进行群众文艺工作的办法和经验。应指出，我们虽然派了部分同志到战斗英雄、劳动英雄家中去长期学习了，但从总的方面说，我们反映他们的史诗般的事迹的作品是太少了，报道剧《李殿冰》的经验应迅速推广。应当认识，这些人物就是新民主主义社会的典型，给以形象的艺术的加工，真实地反映他们的思想和感情，是我们迫切需要的。

第三，进一步贯彻文艺整风运动。应承认党的文艺工作者中虽然没有人公然喊叫艺术至上主义了，但存在的思想问题还是很多的，如口头上为工农兵服务，实际上厌恶工农兵，更谈不到"甘为孺子牛"（鲁迅语），口头上承认生活的优位，实际上强调技巧的高超，身在根据地，心在大城市，今天学习工农兵是为了将来吓唬"洋包子"。这种自由主义的思想，是当前文艺整风最大的障碍，应用大力去克服。在纪念五四的时候，每个文艺工作者，每个知识分子都应当记着毛泽东同志的这段话："知识分子如果不与工农民众相结合，则将一事无成。革命的或不革命的或反革命的知识分子之最后的分界，看其是否愿意并且实行结合工农民众，他们的最后分界仅仅在这一点而不在乎口讲（仅仅口讲）什么三民主义、马克思主义等等东西，真正的三民主义与马克思主义者必定是愿意并且实行结合工农兵的。"

最后，文化艺术工作的领导必须加强。应承认现在各地文化运动不够十分活跃，领导上的薄弱是主要原因。我们不但要打仗，要生产，要建设新民主主义的政治和经济，但没有很好的文化建设，就不能把战争与生产给以应有的反映和提高。轻视和忽视文化工作的观点是一种严重的错误。我们希望党政军民各级领导机关都来一次检查，把文化运动活跃起来。

(《晋察冀日报》1944年5月4日)

《李殿冰》是怎样演出的

陈陇

在边区群英大会上,最惹人注目的民兵英雄,除去爆炸英雄李勇,就是神枪手李殿冰了。当他讲起去年秋季反"扫荡"中怎样和敌人打仗,掩护群众转移的种种经过时,全场的听众,没有一个人不被他的勇敢和热爱乡亲们的伟大精神所感动。散会以后,所有到会的新闻记者、摄影记者、戏剧工作者、作曲家、画家……都□拥在他的周围,画的画,写的写,每个人都想运用自己的才能,摄取下这位英雄的形象。于是不久,李殿冰的画像流传起来了,李殿冰的歌曲也流传起来了,又不久,新闻报道剧《李殿冰》也由冲锋剧社编出而且上演了。

《李殿冰》的演出,第一次是在三分区×村。演出的消息很快就传到了曲阳尖地角(李殿冰的家乡),老乡们都高兴地传说着:"殿冰他们编成戏啦!看看去吧!"有的说:"这可不是小事,上了戏,殿冰可成了人物唠!"演出的那天,尖地角一带的老乡们很多人都放下手里的活计,老远地赶去看这一出新鲜的戏剧,殿冰的老伙伴董长庆也于百忙中抽空去看了看自己在剧里的生活。第二次演出是在李殿冰的家乡,附近几十里以内的老乡都轰动了,看戏的人数之多打破了过去任何一次晚会的纪录。演出以前,李殿冰和他的伙伴们(董长庆、董四、董墨莲),都跑到后台去看那扮演自己的同志,看他们化装。演员们,借着这个机会,也就更加地仔细模拟他们的脸型,学习他们的动作。全部演员差不多全都找到了他所扮演的本人,于是后台也就格外热闹了。演员的化装不是导演来修正了,而是由被扮演者说"行唠!"才行了的。演员和群众这一次是真正地打成一片了。

李殿冰是尖地角一带的老乡们所熟悉的,人们天天看见他在烧酒,下地,在山上打野兔,平平凡凡没有什么可注意的,可是舞台上的李殿冰却没有一个人不感到新鲜。开幕的时候,人们一面注视着台上,一面低声和自己身边的人说"殿冰殿冰",有的情不自禁,就大声喊出了"董四,吓长庆上来了"。看戏的人们,不但看到了李殿冰,而且□听到了自己在紧急情况下呼叫和惊慌。有些人发现了自己的家属在舞台上行动很逼真,便报以热烈的掌声。"从群众中来,到群众中去",新闻报道剧《李殿冰》是确乎做到这种要求了。全剧共分七场,第一场的标题是"当战争卷起在家乡,我们组织起上战场"(《边区子弟兵进行曲》中的一句),幕还没启的时候,先响起了几声稀疏的枪声,宁静的村中立即掀起了骚乱,等人声渐远幕才徐徐拉起,舞台上出现了一个山坡(尖地角村外的一个山坡),小凹里一个茅棚,茅棚后就是险峻的高山,山上屹立着一个中年男子,高高的个儿,端着一支三八式大枪,目不转睛地向远方监视着敌人,这就是李殿冰,他第一句话就是说"长庆,不要再打啦,村里人们都出来了"——写出了他始终为着群众的特点。第二场"每一个子弹消灭一个仇敌",描写了李殿冰的神枪和他在战争中的机智沉着。第三场"在密密的树林里,到处安排着同志们的宿营地",景致极闲静,刚刚打仗完了,他们坐在树荫里哼着《李勇对口曲》,擦着枪。渐渐地天黑了,几颗明亮的星星在天空里闪烁着愉快的光芒。第四场"如今□□出骨头硬和骨头软",描写两个脓包货的投敌和敌寇"恐雷"的丑态。第五场、第六场是说明一个□□英雄如何以实际的例证去教育群众□英雄的妻小也正如英雄一样如何的英勇坚定。第七场"斗争的精神一直挺向前",全剧在红旗招展冲锋号急吹中结束。

为了编写这个剧本,刘肖芜同志曾几次跑到李殿冰的家乡去搜集材料,把初稿的台词、歌调都一一地读给李殿冰他们听,征求他们的意见。排演之前全体演员又都到李殿冰家里作了十天左右的实地访问与观察，用这样的精神编剧和演剧在边区是不多见的，艺术与群众结合，这次做得也比以往彻底，因此收到的效果也比过去的任何一次为大。

(《晋察冀日报》1944年5月4日)

我们从高涅楚克的《前线》里可以学到些什么

几天以前，本报连载了苏联高涅楚克（注一）的剧本《前线》（注二）。这个剧本在苏联发表于一九四二年九月，即正当德寇攻到斯大林格勒门前的时候。这个剧本得到了苏联"斯大林文艺奖金"的第一奖。苏联的三个最大的报纸——《真理报》《消息报》《少共真理报》同时发表论文来介绍它。这篇论文我们也转载了。

我们知道，当时苏联前线的状况还是非常紧急的，在那种紧急的状况之下，为什么要发表这样尖锐的自我批评的文艺作品呢？我们看一看斯大林在那年的"五一命令"就可以明白。那时德寇虽然还在前进，可是他的力量已经削弱了，苏联的力量已经更强大了，苏联的国际关系已更巩固和发展了，红军已组织得更好而且实力已经更雄厚了；那时红军由防御转向进攻的客观条件已经完全具备，"只缺乏一样东西，即充分使用我们祖国供给红军的头等装备来对付敌人的能力"（斯大林一九四二年"五一命令"）。使用头等军备的能力，这是当时红军胜败的关键问题。红军中有大大小小的戈尔洛夫们（注三），他们有功劳、有忠心、有勇敢，但是没有使用头等军备的能力；他们可以力求进步，学到这种能力，但是他们摆老资格，不学习。他们没有能力又摆老资格，就势必至于与一些"笨虫"——糊涂种、拍马屁、会钻营的卑鄙的家伙，"结成一起来打击与排挤有能力的人，像欧格厄夫（注四）与科罗斯（注五）那样的人"。这批戈尔洛夫们不管他怎样有功劳、怎样忠心、怎样勇敢，到了这个时候变成了红军掌握头等军备的障碍，给国家和人民带来了很大的危险；只有把他们教育过来，如果教育不过来，就撤换了去，战争才能胜利。《前线》的发表，显然是为了这个教育的目的，它以直接的尖锐的批评来指导实际，它成为转换战局的因素之一；因而，它的价值无可比拟。大家知道，就在那年冬季，苏联红军从斯大林格勒开始了战略反攻。

我们把《前线》全部发表，不只因为这是苏联爱国战争中的最杰出的作品之一，而且因为它对于今天的我们，也有很大的意义。为了在目前这个情况下使我们的工作能有更进一步的改进，我们实在有从这个剧本里学到一点东西的必要。

我们现在所处的情况是怎样的情况呢？拿陕甘宁边区来说，是全党经过了整风以后的情况，是生产运动大大发展，我们脱离了受冻挨饿的危险而达成丰衣足食，我们由几乎没有家务而变成已经有了相当家务的情况。在前方，则是残酷战争的情况，是一面作战一面又要生产的情况。不论前方和后方，都是抗战的反攻阶段将要到来的情况。在这些情况之下，我们主要缺乏的是什么东西？我们主要缺乏的不是别的什么，而是能力，在已经到来的新情况下和在将要到来的新情况（反攻阶段）下，胜利愉快地运用新条件来工作的能力。正因为如此，所以我们一定要从《前线》这个剧本里，好好学些东西。我们早点警惕一些，早点学会一些，我们可以少走很多冤枉路，少犯很多错误。

比如以生产来说，我们开始生产的时候，是肚里带着饥饿来生产的。我们那时几乎没有什么家务，也没有什么经验，在那种情形之下进行生产，目的只在求得有得吃、有得穿，就不可避免地要靠热情与力气办事，而生产知识、管理方法、经营方法以及金融贸易等，就势必放在次要位置。在这种情形下，就不可避免地要发生一些今天看来是显然的偏向，例如为了开荒把树林砍尽，布织得不耐穿，为了数量、不求质量，只顾眼前、不顾将来，只顾自己、不顾别人，甚至为了赚钱破坏法令，为了生产损害群众利益等等。但是今天，我们的情况不同了，今天我们有了生产基础，有了相当家务，有了相当经验，新的问题就来了，新的知识就需要了；没有知识与热情的结合，光靠热情和气力办事，就无法把生产再向前推进，甚而至于会把已有的基础弄坍。为了使一片土地出产得最多，并且久远地保持高度的出产量，为了出同样的劳动得更多的收获，为了使工厂的出品经久耐用，为了成本的节省等等，就不能满足于光有普通农民或普通工人的生产知识，而且要求提高一步，懂得技术，懂得科学，懂得怎样投资、怎样计划、怎样管理、怎样发展金融贸易、怎样发展文化事业等等。生产发展了，光凭热情、光凭忠心、光凭勇敢就不够了，而知识和能力、技术和科学，就越发需要，看轻知识和看轻能力就越发危险。特别是领导工作的干部，必须智、勇兼备。生产方面如此，其他党政军民各种工作也莫不如此。至于将来对日寇的反攻，需要许许多多新知识，更是不待言的。

时代是在急速奔流，以边区来说，不过一二年，面目已经完全改观。我们必须要×时代，所以我们必须努力学习，必须把学习的任务提得很高，必须提高文化，必须学习毛主席的思想方法，必须放开眼界，必须打开脑筋思索问题，必须"借箭"，必须进行自我批评，其目的就是增加我们的知识和能力，以便更好地、实事求是地解决问题，改进工作，使我们进步得更快、更好。

在目前的内外环境下，自我批评有放手展开的必要，因为我们的力量是更强大了，我们的队伍是更加团结了。放手展开自我批评，就可以集思广益，来迅速改进我们的工作。关于自我批评的好处和原则，以及批评必须是实事求是的、善意的原则，整风文件上已经讲了，我们不再重复，我们要说一说的，是为了开展自我批评，要纠正两种情形：

一种是惧怕批评自己。只许别人说自己好，不许别人指出自己的缺点；只许赞扬，不许批评；多赞扬了受之无愧，但批评一句就面红耳赤。这种现象很多，这是很不好的。这种精神是戈尔洛夫的精神，或者叫作"阿Q精神"，阿Q最恨别人说他癞痢头。须知我们的工作，不管做得怎样好，总是有缺点的，总还有改造的余地的，因此，拒绝批评是没有理由的。

一种是惧怕批评别人。当然，批评必须实事求是，必须是善意的批评，不是《野百合花》那种"批评"。《野百合花》那种"批评"乃是恶意的污蔑，乃是离心离德，绝不应该再有，而且须引以为戒；但只要合乎实事求是和善意这两个条件，批评就是正确的。批评比赞扬难得多，须要更多郑重，更多调查研究，还要讲求分寸与形式。但是有价值的批评，像《前线》这样的批评，乃是很有益于工作，有益于团结的。进行这样的批评，乃是每个革命者应有的责任，乃是高度的责任心的表现。学会赞扬好的，这是很重要的，学会批评不好的，这也同样重要。像《前线》中的新闻记者客里空（注六）那样，倒是不好的。

正确的批评与自我批评之开展，乃是我们力量增长的标志。苏联三个大报关于《前线》的论文中有几句很值得我们注意的话："高涅楚克的剧本《前线》的刊行，是我国红军伟大力量和重要性的表征。因为唯有相信未来、相信胜利的军队，才能这样直接地、辛辣地揭露自己的弱点，找出它们的原因，采取迅速肃清它们的方法。这种自我批评是一个认真而有力的政党的标志。害怕承认缺点，不愿改正缺点，害怕自我批评，这都是懦弱和对自己的事业的正义性缺乏信心的标志。"

我们要从《前线》里学习到会紧紧地同着时代一起走。这就是说，不做超时代的梦，也不落后于时代的发展。这两种情形的任何一种，都是对于革命事业有妨害的。在我们的队伍里，近几年来，曾着重批评了教条主义。犯这种错误的同志，大多是做着超时代的梦；也有一小部分做着旧时代的梦。他们脱离现实，因而给了革命事业以损害。我们曾经批评了这种情形，要他们改正过来，一经改正之后，他们对于革命事业是会有贡献的。《前线》中的戈尔洛夫则是另外一种人，落后于时代的人，他是脱离现实的人，他有功劳、有忠心、有勇敢，这都是很宝贵的品质，如果再加以力求进步，努力学习，那么他是不可限量的。但是只要他自己满足不求进步，那么这些好东西就立即反转过来成为负担、成为包袱、成为绊脚石，就不能不同样对革命有害，就不能不被时代所淘汰。《前线》把这种人批评得淋漓尽致。我们所处的环境，是长期农村分割的游击战争环境，在这种客观环境中，容易产生戈尔洛夫这样的人。但只要有了主观上的警惕、主观上的努力，我们是可以减少这种现象到最低限度的。《前线》这个剧本对于我们的很大意义，就在于它将帮助我们教育出很多才德兼备、智勇双全的干部，和提高人民与军队的文化水平，打倒日本帝国主义，实现抗战建国的胜利。（《解放日报》社论）

（注一）亚历山大·高涅楚克——著名的乌克兰剧作家，乌克兰科学院会员，曾任苏联人民外交副委员长，现任苏维埃乌克兰共和国外交人民委员长。

（注二）《前线》全剧共三幕，五场，描写苏联的某一前线，由于总指挥戈尔洛夫的无能和错误的作战计划发生了极大的危险。但作战部队得到莫斯科军委会的批准，没有执行戈尔洛夫的错误计划，而是按照青年军长欧格厄夫的计划作战，使前线转危为安，并且获得了胜利。戈尔洛夫最后被撤职，由欧格厄夫任总指挥。苏联三大报纸介绍这一剧本时说："在剧本中的老布尔什维克——有才干的工程师米郎说：ّ人民喜欢和要求懂事的和聪明的领导者。'这就是剧本的内容。在这些简明的然而非常富于表现力的和意义深重的画面中,展示了在战争中的人民,展示了懂事的和聪明的领导者、不懂事和不聪明的领导者。战争考验了所有的人,谁经不起这种严酷的考验,谁就被剔除出去。现实的教训就是这样子,任何东西,无论个人的勇敢也好,无论旧时的功勋也好,在苏维埃国家里,不能够拯救不内行和不聪明的领导者。"

(注三)戈尔洛夫是一位有功劳、有忠心、有勇敢的老干部,但他却摆老资格,虚伪地自尊自大,表现无知、落后、拘泥,不愿意学习和掌握近代化的军事技术,不愿意随着时代的发展而发展。他的思想是:战争不是研究院,战争不是学校,在战争的时候,就是打仗,不要学习。轻视新的军事科学。他的格言是"打败任何敌人,不是靠无线电通信联络,而是凭英勇果敢""战争就是冒险,而不是算术"。和他结成一片的是一些笨虫——糊涂种、拍马屁的、会钻营的卑鄙的家伙。

(注四)欧格厄夫是一个乡村教员的儿子。在内战期间,照戈尔洛夫的说法,"他还在桌子底下爬哩"。但是他当一个红军并不比戈尔洛夫来得坏。他在他的整个青春期间学习着军事科学,他是紧密地同红军相联系着长大的。他珍重内战的传统,但这些传统对于他不是妨碍学习新事物的教条。他站在时代前面,并随着时代的进步而进步。他很年轻,"开始打仗的时候,是个上校,三个月之后,升为少将,而现在当军长了"。在剧本的最后一场,他被任为总指挥。

(注五)科罗斯是一位骑兵集团军司令,在内战时与戈尔洛夫同事,但他与戈尔洛夫不同,由于努力学习,他成了像欧格厄夫一样的有才干的指挥官。

(注六)客里空是前线特派记者,是个大胆的谎言家与阿谀者，拼命赞扬"老英雄"戈尔洛夫，不愿意看见苏联爱国战争中真正的英雄们的生活。他自己说："假如我只写我所看见的，那我就不能每天写文章了。"

(《晋察冀日报》1944年6月6日)

当我写《李殿冰》的时候

萧无

一

去年反"扫荡",我和几个同伴在曲阳游击区活动,在那里,反"扫荡"还没有结束的时候,我已经不止一次地听到了李殿冰的名字。

反"扫荡"结束了,我和我的同伴又回到了巩固区,这时已是十二月上旬,为了写《李殿冰》,我跑到李殿冰的家里。我不认识他,我没有和他在一起生活过,只是听到同志们讲述他的故事,看到报道他的事迹的文章。当我去访问他的时候,他正在烧酒,烧不出来,一井二十斤,再一井还是二十斤,算计起来要赔本,你想,这关系着他全家和他的伙伴们的生活的事业,他怎么能够不关心?他着急,他盘算,他没法挽救;但在他的脸上,我却无法看到以后当我每一次再看到他的时候那种爽朗的、愉快的神情。当时我就把对李殿冰的这个印象写出了剧本,你说这应该是多么大的错误。因为下雪没能在英雄大会上演出,我应该衷心地感谢这场雪,它使我更多地接触了李殿冰之后,发现了我的错误,赶紧把剧本改写了一遍;虽然改写了,但剧本里的李殿冰,始终是有一种不够爽快的感情存在着。

在李殿冰的事件里,我知道有叫彭荣的区干部,我很理智地分析,李殿冰之所以成为英雄,之所以能够创造这史诗的斗战,彭同志是起着很大的作用,因此在这个剧本里,彭同志也应该起很大的作用。分析,是这样分析的,等到写的时候就碰了钉子,因为我没见过彭荣。有人说没有怀孕就养孩子是不可能的,这不可能的事我却经历了一回。彭荣上场了，天呀！你叫我怎么写他呢？……左右也是为难，最后在我的脑子里作出这样一个结论：与其写歪曲了，不如写模糊了。于是就产生了这样一个概念的人物。

类似这样的事情还有。不过这已经足够证明了这样一个问题：做一个文艺工作者，应该时时刻刻置身于斗争最复杂、生活最困难的环境中去，而不应该有任何躲避或求得安闲的行动与想法。因为今天一个文艺工作者已不单是写你所熟习的事件、所熟习的人物的时候了，而应该是去熟习你应该熟习的事件，去熟习你应该熟习的人物。

二

我想写《李殿冰》，但应该怎样写李殿冰，怎样正确地反映李殿冰，确是一个问题。

我不熟习这次反"扫荡"，我感到没法把它写好，我后悔为什么没有留在巩固区来体验这个伟大的斗争；尤其当我看到了几个同志所写的剧本之后，使我这个观念更加明确。因为这几个剧本都是写这次反"扫荡"的，可是，说它是写去年的甚至前年的反"扫荡"似乎也可以，因为我在这些作品里看不见这次反"扫荡"显著的特点。

李殿冰是怎样一个人呢？他怎样才能成为英雄呢？有些同志跟我说李殿冰打枪打得好，也有人说李殿冰胆子大敢于接近敌人。这些是不是就能够代表李殿冰的基本精神，是不是就可以作为这个剧本的主题呢？我总想，在这些问题之上我们还需要探求一个问题，就是李殿冰的思想问题。只有把这个问题明确展开，才能够表现出一个英雄的伟大，于是我跑到地委机关去找负责同志谈这些问题，于是我确定了如何反映这次反"扫荡"的特点，确定了这个剧本的主题：李殿冰之所以成为英雄是和群众利益密切结合着的。

找负责同志谈话，是件容易做到的事，但这也需要解决一个思想问题之后才能行。过去，在我们还受着艺术至上主义思想倾向支配着的时候，常常感觉政治机关限定创作主题是件最苦恼的事；在今天，我却深深地感觉到，当你有一个具体的题材，就应该先和负责同志讨论这个问题的重点，它的思想内容，以最后确定它的主题。这是这个剧作得到一些成就的关键。

三

在写《李殿冰》之前，我在曲阳游击区，三个月中间始终和区村干部在一起。这是我初次下乡，我初次真切地看见了群众的力量。在这时，我曾经反对过个别同志对群众干部不够重视的观点，我认为我们嘴里常常喊：要歌颂英雄呀！要描写英雄呀！但当英雄——他虽然没有英雄名誉，他却做了不少英雄的事业——站在我们前面的时候，我们却没看见，甚至于看见了而也看不起他，这是什么观点呢？

事情似乎与写《李殿冰》无关，但这是我思想转变的一点痕迹，而这也直接作用于这次创作的整个过程。

四

在技巧上，《李殿冰》写得很粗糙，更谈不到什么创作经验。

对于报告剧这种形式，也仅仅是一次尝试，要求得它的发展，还有待于今后更多的尝试，更多的研究。

最后，我想起了一件事，用它来结束这篇短文。

当我到尖地角去访问李殿冰的时候，天下着大雪，走到行营沟，天黑了，我只好找一家熟悉的老乡家里去住下。恰恰这个老乡是一个懦怯而懒惰的人，在黑暗里，他向我述说在反"扫荡"中他遇到的危险和狼狈情形。

因此，我想到当我去访问英雄的前夜，却有这样一个穿插，这不正是创作技巧上所谓"对比""陪衬"的手法吗?

因此,这也解决了我们曾经谈论过的"在生活中能不能学得到技巧"的问题。

(《晋察冀日报》1944年6月7日)

把新闻报道工作提高一步

——纪念九一记者节

今天本报发表的新华社关于边区新闻报道工作的检查，对今后边区新闻报道工作，有着极重要的指导意义。

从提出全党办报方针和分局宣传部通讯会议到现在，已经半年了。由于各级党开始重视这一工作，和全党的努力，特别是一些骨干通讯员的努力，保证了党报每月收到千篇以上的稿件。这些稿件是从边区各个地区各个工作岗位寄来的，其中有一些相当生动深刻地反映着边区人民各种斗争的面貌，而对于各种斗争起了一定的指导作用，使党与广大群众的联系更为加强了。

然而这一些成绩，还远远落后于现实的需要，新闻报道工作存在着的缺点，还是相当严重的。半年来，边区的对敌斗争、民主建设获得了不小的胜利和成就，边区军民发挥着空前未有的积极性与创造性，用血汗创造了无数英雄主义的业绩，以这样的情况来衡量新闻报道工作，那我们既没有能深刻地系统地有计划地反映各种斗争的全貌，与群众斗争的脉搏相吻合，更缺乏抓住典型的研究，把群众流血流汗所创造的经验提高一步，来指导各种斗争。

要把新闻报道工作提高一步，必须首先搞通一个思想问题，就是党应当把新闻报道工作真正看成指导工作的一个不可缺少的部分。党指导工作的方法，是从群众中来，回到群众中去，新闻报道工作，正是体现这种方法最有效的工具。张瑞合作社把人民的爱国心与他们的经济利益结合起来的宝贵经验，经过新闻报道，与《解放日报》社论把它提高一步，就成为不仅是边区合作社的方向，而且成为敌后合作社的方向。李勇爆炸运动，在去年五月反"扫荡"后，一经党报报道与党在党报上的公开号召，到去年冬季反"扫荡"后，便迅速地把李勇变成了千百万。但是党内还有不少的党员甚至负责干部，没有能深刻地认识到新闻报道工作的重大指导作用，或者由于长期处在分散的农村环境（抗战前地下党的作风，也或多或少地残留着），还不善于运用集体宣传与组织的武器——党报来指导工作，因而只是把一些斗争经验和遇到的问题在会议上，在指示信中，在总结中提出来，而不能经常地把它提到党报上跟全党讨论，跟党外人士和广大群众讨论，交流经验，指导工作。更有一些党的领导机关，至今还把新闻报道工作看成一种"负担"，把它与各种工作隔裂起来看，认为是通讯干事和通讯员的事情，形式地执行审稿制度，只起了"转运站"的作用，这需要从思想上彻底地转变。

其次要解决的一个问题，是怎样加强新闻报道本身的指导作用。新闻报道的指导作用，在于它的真实性、典型性和系统性。真实性是新闻最基本的条件，失去了真实性，不仅失去了指导工作的意义，甚至会起着相反的作用。从党委审稿制度执行后，一般地保证了这一点，但是道听途说、前后不符的稿件，在来稿中还经常发现，如：某县三篇来稿说该县三、六区蝗虫损害田禾万余亩者一，数千亩者一，地区不大者一；某县报道克复某敌据点的三篇稿件，日期各不相同。然而真实性只是对于新闻的指导意义起了保证作用，更重要的还在于抓住典型，突破一点，吸取经验，指导全盘。在边区人民各种烘火的斗争中，可以报道的事物是笔不胜书的，倘事事必录，则不仅报纸篇幅有限不能容纳，就是一一登载，也将使群众眼花缭乱，而不能起工作中的指导作用。今天的来稿中大多数仍犯了这个毛病，表现为零乱、一般化。比如报道按家计划，在一个地区，只需要选择一个特出的典型，吸取经验，加以研究报道就可以了，但是来稿中多半是千篇一律，只琐屑地报道计划的细节，不提出问题，不指出经验；比如压绿肥，也只有计划与完成数字的报道，看不出各地不同的特点，与不同地区和英雄人物组织压绿肥的经验。系统性，一方面是要对典型的英雄人物和事件作经常的报道，另一方面要在一定时期关于对敌斗争、民主建设等各种斗争作总结性的报道，这对于把群众的斗争经验不断地向上提高，有着非常重大的意义。但是我们的新闻报道中，这一点是最缺乏的，此起彼落、有头无尾的自流现象严重存在，一般表扬多，工作中的缺点错误与批评提出得少，缺乏系统的总结性的报道。在对敌斗争方面尤其明显，敌寇的"新国民运动"在边区周围具体的设施如何，我们怎样组织了斗争，粉碎了敌寇这些阴谋，这类的稿件简直可以说是没有的。日报是敌后晋察冀的报纸，不能反映敌后斗争的残酷伟大的面貌，是多大的缺陷啊！

目前新闻报道工作中存在着的这些严重缺点，是党还存在着粗枝大叶作风，缺乏调查研究，不善于掌握领导方法的反映，满足于一知半解，不深入调查，不开动机器钻研问题，以致许多丰富的斗争经验不能集中起来，加以分析、提高，回到群众中去指导工作。这种作风在本报编辑部也严重地存在着（对于来稿缺乏深刻的研究，不能从中发现问题，提出问题）。因此要使新闻报道真实，抓住典型，系统全面，必须加强党的调查研究工作，调查研究不仅是党决定政策指导工作的先决条件，也正是全党加强新闻报道工作的先决条件，因为我们的采访工作，不是只建立在少数专业记者的采访活动上的，而是建立在广大群众的非专业记者（通讯员）投身于实际斗争中的调查研究活动上的。

专业记者与非专业记者的提高，也与新闻报道工作的质量提高有着极重要的关系。从这一时期的来稿中看，文风尚无大的转变，篇幅冗长，什么都讲，什么都讲不清楚，写人物必从无关的鼻子眼睛写起，写战斗必从战场风景写起，或者就是"大生产运动以来""第二战场开辟以来"（有时是必要的），很少把通讯写成新闻，而应写成新闻的却多写成通讯。因此有提倡朴素精练文风的必要，能写成新闻的绝不写成通讯，宁把通讯压缩成新闻。但是要使文风得到彻底转变，除了加强对于写作技术的学习外，还必须要求一切专业记者与非专业记者，深入各个工作岗位上自己的工作，加强与群众的联系，认真研究各种政策，把自己从政治上提高。（党更有责任来加强对他们的教育和培养，不通过这些具体的人，要加强新闻报道工作是不可能的。）只有写作技术与政治结合，才能真正肃清空话连篇言之无物的洋八股。

党政军民各系统，各级领导机关，必须把新闻报道工作，提到领导方法上来检查，把它与一切工作紧密地结合起来，成为指导工作中的不可缺少的部分，并把新闻报道工作，造成广大群众性的运动。特别强调首长亲自指导，定期检查，注意培养广大的非专业记者，使群众路线与首长负责很好结合起来，把新闻报道工作提高一步，发挥党报集体的宣传者与组织者的作用。这是今年纪念九一记者节时边区全党的任务。

(《晋察冀日报》1944年9月1日)

演出《血泪仇》的几点经验

《血泪仇》原来是秦腔。秦腔是一种陕西的梆子戏,它的特点是悲壮激昂,带一种西北高原高亢奔放的情调,而河北梆子或山西梆子也有那种特点。由于地区和我们不懂秦腔的原因,我们就用河北梆子演出《血泪仇》。

我们怎样开始排演这个剧本的呢?第一步,以全部的精力研究剧本,尽力使演员们了解剧本的特点和演出方法,特别重要的是,让每个演员们都能比较清楚深刻地了解他自己所演的角色及成分、思想、性格、感情等。这方面有了一些困难,因为我们的演员大都是边区生长的青年,对于民主自由丰衣足食的陕甘宁可能有些了解,因为和我们的生活比较接近,但乡土的风俗人情就知道得很少,对于国民党统治下的大后方,近年来老百姓饥寒交迫流离失所的痛苦生活,那就比较知道得少了,尤其对腐败的中央军内部情形,更是生疏。于是我们就从日报上□了一些材料来研究,并请了一些人来□,再加上一些事变前的生活经验,就开始创造角色。大家都觉得前几个月的反法西斯整风,对这次演出有很多帮助。这个研究剧本的过程是最重要的,我们有个别演员却并没有这样做,把全部精力都放在唱上了,结果观众对他的反映并不好,说他演得不像,不能打动人心。

在排演方法上,我们采用了新旧合用并使之融合的方法。因为《血泪仇》不□是旧形式的利用,它是经过改造和发展了的,它去掉了旧形式内一些不很合适的东西,如旧剧的道白改成了普通说话,台步改成了普通走道,不穿蟒袍玉带沙□而用老百姓平常的服装,不用旧戏里的动作而用现实的动作。因之,在排演方法上,一举一动,以及一切表情,都力求真实。□演员演到最悲惨□□□,如王仁厚离家别□、龙王庙遇难时,演员都泪流满面泣不成声了。但也有出毛病的地方，如个别反派角色演得过火以□失真，很像旧戏里的丑角□样引人发笑，又如演到中央军恶霸欺压百姓，该令人愤恨的地方，却引起了观众的大笑，又如演到龙王庙孩子哭叫不愿离去的时候，也引起个别观众的笑声。所有这些反效果的地方，我们都一再重新排练，严格检讨。在动作上，我们也采用了一些旧剧里的，如开门关门，场上走道，《击退》中的上下场打仗，在禁闭壮丁的监狱里用动作表示是一个阴沉恶臭的处所，在进龙王庙时使观众想象到是一个高门槛破门的冷□。但也有些地方我们舍弃了一些旧动作，如《二老碰》，开始是背对观众像□把戏似出场的，后来因不合现实而取消了。

在唱法上我们是外行，因此请了一位行家来当教师。开始有一个大困难，男同志唱不了那样高，用假嗓子很别扭，又听不清，表达感情也不直接，于是我们就改低了调子，让他们用真嗓子唱，倒也自然。在每个演员所唱的板眼上，我们都选择了比较合适的调子，因为一场一调二流板，就有好几种不同。唱法上我们力求唱得清楚、有感情，但有一个一时不能克服的缺点，有些同志初学唱梆子，唱得不像梆子而像唱歌。

在文武场乐器的使用上，我们也服从于□□剧感情的需要：在紧张热闹的地方，我们配上唢呐，如庆祝胜利时；在悲惨低沉的地方，我们配上二胡，如逃难时；在活泼轻快的地方，我们配上三弦，如纺棉花时。有□□我们为了帮助做戏和增加气氛配了一些□的过门，如龙王庙处，和□父□。锣鼓的使用尽量使用一些原有的梆子锣鼓点，有一些是很□的，如□□底、更□、□□等，但当不含感情或□□感情时，就把成□的锣鼓□去掉。旧戏中还有一个不太合理的地方就是叫板，不管需要与否，每唱必□□叫板，如走哇！唉！□嘿等，然后□□上一□鼓点□胡过门，然后再开口唱。□我们这□演出中，有些不自然的□□是取消了，而用动作表示或掌鼓的记下来。

在布景上，旧戏是很方便的，我们学习冀中火□剧社的办法，只在《纺棉花》《全家哭》中在二幕后面布上了一个长炕。为了表示地区的不同，有时我们用红二幕有时用灰二幕，并在桌子的中间□上两块桌□，一面是红的，一面是灰的，随时换用。在《刺父》中，只放上了一块石头、一个桌子，在《放毒》那场，只用一个长凳，铺上一块黑幕布当作水井，在《龙王庙》那场也用一个凳子当山，站在凳子上登高望远，在《追击》那场，用两个桌子当作山，民兵们登山作战，做起来也还自然、方便。在道具上，我们尽量使用真的，以加强它的□实性。

听说最近已有个别村剧团演出了，平山某村剧团是用二黄演出的，我们认为不如用梆子好，因为二黄限制很大，情调也不如梆子那样激昂悲壮。如果用本地秧歌演出也可以，只是较平板一些。还听说有个别村剧团演出时，把对白都用了旧戏的道白，并保留了台步，这样演出效果可能会减低，真实性也会减小的。至于有个别村剧团，为了演员人少只演一半，这也是美中不足，最好能够演出，这样教育意义会更大的。

《血泪仇》是一个好剧本，值得我们多多上演，并向它学习。它除了生动地真实地表达了人民大众感情之外，在发扬民间戏曲优良的传统上有了很大的贡献，并使之与现代的话剧熔于一炉。这里我们所谈的几点演出经验，都是很粗浅的，有些是初次尝试，有些只提出了问题，希望我们共同来研究，并纠正！

（《晋察冀日报》1944年11月29日）

此次文教大会的意义何在

【新华社延安廿五日电】陕甘宁边区今年十月至十一月的文化教育工作大会，表示了中国新民主主义文化的一个长足的进展，将来写中国文化史的人，对此不可不大书一笔。

中国新民主主义的文化运动，发生于一九一九年五四新文化运动时期。新文化运动不但在性质上比以前有了变化，在数量上比以前也是一个大发展——成为一个群众的运动。但是这个群众运动，和全体人民比起来，那规模就还是很小很小。这是因为没有人民的政权，没有民主的政治、经济作为基础和保障的缘故。一九二四年，国民党改组，新的政权第一次在广州出现，以后又在北伐的战争中得到大的发展。这中间，新文化运动在群众里面也更普及了，但因为政治斗争发展得太迅速了，文化方面还没有来得及作多少彻底的改革和从容的建树。人民群众建立自己的文化生活，既及于人口的大多数，又及于文化的各方面，是开始于土地革命时期。这时革命政权下的广大群众，才把文化教育的权力，拿在自己的手中，造成中国文化的新天地。这是一个新天地，因为：第一，它区别于以前统治着群众的旧封建文化。旧文化如果不是全盘被推翻（这不是一个早上的事，而是几十年的事），也是在要害的地方被推翻了。人民群众关于国家、社会和自己生活地位的旧观念，是被新观念所代替了。第二，它也区别于以前意图向群众散布影响的旧民主文化。例如，旧式的所谓平民教育、通俗文艺和通俗报纸、慈善机关的卫生事业等等。它们之间的根本差异，就是新民主文化是由人民群众自己自觉地做主人翁，服务于人民自己的利益的；而旧式的所谓通俗文化，却是纯粹站在资产阶级的立场上，想要以资产阶级一个阶级的社会理想，去"普及"于全民的。第三，它也区别于主要是少数先进分子的思想宣传之新民主文化的最初阶段。这个区别的所以发生，就如前面所说，决定于新民主政权之有无。

关于土地革命时期中国文化的新天地，毛泽东同志曾在《长冈乡调查》和《才溪乡调查》中文化教育项下，作了生动的记录（《长冈乡调查》除文化教育外，还有一项卫生运动）。凡是知道中国过去几千年在文化生活上的悲惨状况并对中国人民抱有起码同情心的人，都不能不承认这实在是一个翻天覆地的大变化。

但是，在土地革命时期，各个根据地大体相同，究竟因为紧张的战争条件，不可能把文化工作充分展开。一九三七年以后，陕甘宁边区转入后方环境，又从各地来了大批知识分子，因而边区的文化运动在规模上有了大的进步。但是即使这样，边区的真正大规模的群众文化运动，还是直到这次大会才真正进入成熟的境地。从消极方面来说，这一方面是由于边区的旧基础比土地革命时的江西还更落后，人民首先需要在经济上休养生息和向前发展，而这个生产运动直到去年才收到了显著的成效；另一方面是由于边区文教工作中的教条主义倾向在抗战以后曾经大大地跋扈，大大地减弱群众对于文教工作的支持，而克服教条主义的文风运动，也是直到去年才告一段落。从积极方面说，边区目前的文教运动，一方面是已经取得了各种规模的工厂和作坊，各种式样的合作社和变工队，丰衣足食的人民、战士和机关学校人员作为物质基础；另一方面则是已经取得了总结新文化运动历史经验的《新民主主义论》和《文艺座谈会讲话》作为精神基础。这样，今年的边区文教大会，才达到了它应有的成就。

边区文教大会的基本成就是什么呢？它的基本成就，就是总结了自生产运动与整风运动以来，群众文教工作的各种经验，提出了新的任务；并在各个阵地上，表扬了群众中成功的典型，指出这些典型的方向是完成新任务的保证。如果用传统的文化贵族的眼光来看，这一切也许都平淡得很。也许，所谓经验，不过是如何更有效地达到动员一群落后的农民去服务战争、加强生产和创造新生活这一功利主义目的而已；所谓任务，不过是扫除他们中间早该扫除的那些可笑的愚昧、不卫生和各种封建迷信的习惯而已；所谓典型事物，不过是暗室里的微光，离开现代科学和现代艺术的高度太远了，以至于使得那些自命高尚的贵族或者准贵族们不免要长叹几声，表示他们对于这些东西完全不屑一顾，才能显出他们的愈加高贵。但是，谁要是用中国人民的心来感觉世界，那么他的想法就会完全不同，他就会觉得世界实在又发生了一次动人的事变。在中国这样落后的国家和陕甘宁边区这样落后的地方，人民群众的队伍，自己给自己提出这样的问题，要在五年到十年里，消灭百分之九十的文盲，消灭大量的疾病死亡，拔掉保留于大多数人民中几千年来那些封建迷信的老根子，要在五年到十年里，使全部能活动的人口，都亲自参加这个改造和建设的巨大工程，从旧到新、从无到有建设起各个村的学校和识字读报通讯组，各个乡的医药卫生组织，各种形式的、成千的、新的艺术组织和报纸。如果说这些工作以前也曾做过，那么像文教大会所表现的这一次的做法，就比以前有更大的目的性，对运动的规律有更大的自觉性，更能够集中群众的意志和才能。因此，可以说人民群众现在不但懂得了怎样广泛地获得文化的权利，而且开始懂得怎样巧妙地使用文化的武器了。同在战争和生产中涌出无数英雄一样，"老百姓"里面涌出了充满自我牺牲精神和学习创造精神的医生，每天追求新方法的教员，用文字和艺术来教育自己和别人的通讯组和秧歌队，组织群众的舆论、推动群众不断向上的黑板报，以及完全不害传染病、男女老少完全参加学习并因而完全团结成为一个大家庭的村庄。可惜篇幅不能允许在这里举具体的例子，这些在报纸上已经介绍得很多了。简括地说，这些创造的特点是：第一，它们正确地反映了同时指导了边区人民的民主生活。我们在卫生、教育、报纸、文艺各方面的组织和活动，都以能实现群众需要和吸引群众自愿参加为原则。而事实证明，凡是这些组织和活动得到成功的地方，群众的政治经济生活也就比以前更活跃、更丰富，群众的民主团结也就更坚实，这在学校和报纸的作用上尤其明显。第二，它们灵活地适应了边区分散落后的农村环境，同时给以提高。不了解如何适应分散落后的农村环境，是边区过去文教工作失败的重要原因之一，现在这个问题，是大体上解决了。农村里的一切文教工作，都从照顾农村的现状出发，纠正了从城市来的教条主义和脱离群众的急性病。但是，工作的目的，仍是加速农村的前进和农民的觉悟，不因此而走到迁就封建迷信的路上去。第三，它们大胆地采取了人民传统中一切确实可用的部分，并灌注以新的内容，而使之获得新的生命，同时也同样大胆地采取和创造了为人民传统所没有而又为人民所需用的各种新形式。经过选择的中药与村学和新秧歌，属于前者，而西医、西药、话剧、电影、读报识字组和黑板报，则属于后者。这样，边区人民在文化发展上，获得到一个极为广阔自由的园地，既不受东方的，也不受西方的教条主义所限制，而只为人民的利益所限制——如果也叫作限制的话。一切这些成就，主要的都是边区人民和他们中间的先进分子的作品。这些先进分子都没有任何升官发财、损人利己的动机——他们唯一的动机，就是为人民的解放和幸福服务；他们唯一的报酬和安慰，就是人民的感谢。而且他们的绝大多数，在工作中都不曾能够得到现代高等教育甚至中等教育的帮助，譬如受到特等个人奖者的过半数，就只是一些略识文字的贫农罢了。因此我们说，这次文教大会，表示了一个破天荒的成功，表示了边区人民，在中国文化史上完成了比孔子所做的更伟大得多的事业，难道我们是说错了吗？

但是，与其来夸述这次大会作了伟大的文章，不如说是出了伟大的题目。毛泽东同志说得好，这是比打倒一个日本帝国主义更难的题目。我们所继承的遗产，是边区的人民对于新文化的要求不如对于新政治新经济那样热心（他们对旧文化，是没有对旧政治旧经济那样的仇恨,相反地,还留得有千丝万缕的联系),而我们的经验,也还不足。因此,这不但是一场艰难的而简直说得上一场"微妙"的战争,但是我们必须进行这场战争。就是在其他解放区,自然他们先要直接负起打倒日本帝国主义的责任,暂时不能用与陕甘宁边区同样的规模,但是也必须在情况所需要和许可的范围内来进行这个工作。并且应该指出,为了战争,必须就在战争中普及与提高人民的文化,正如为着战争必须进行大规模的生产运动一样。这也就是共产党中央为什么指出战争、生产、教育三者为各解放区所必须执行的中心任务的缘故。关于提高的事业,我们在这里不能多提,但是可以指出一点,就是当新解放区因为缺少新政权,还不能及于全人民而暂时集中于少数先进分子的时候,提高的工作倒是有一种"方便"。而在新政权之下,新文化完全成为广大人民日常生活中的节目,指导普及的提高工作,也就不仅是少数人写字台上的问题,也就增加了一种麻烦的"负担"(好吧,每个真诚的革命家,都热望更快地更多地增加这种"负担")。因此,虽然在某些时候和某些方面,这个工作会反而进行得慢些,它的任务却是更重大了。总之,无论在后方和前线,无论是普及和提高,我们的总目标都是要驱逐日本帝国主义出中国,在全中国发展新民主主义的文化,在全中国造成人民文化的新天地。沿着边区文教大会的基本方向前进着,我们是一定能达到这个目的的。(《解放日报》社论)

(《晋察冀日报》1944 年 11 月 29 日)

开展大规模的群众文教运动

——罗迈同志十一月十五日在陕甘宁边区文教大会上的总结提纲

一、边区群众文教工作的总任务

边区文化有其进步的和落后的两个方面：新民主主义文化是其进步方面，封建文化残余是其落后方面。边区人民，从政治上、经济上破坏了封建统治，反映政治经济的文化生活也应破坏这种统治。从领导方向与新文教工作的政治地位看，文化上的这种旧统治也已经破坏了；从边区的军队、工厂、公立学校和许多群众组织来说，这种旧文化的统治，也已经基本上结束了；从农民的观念形态的最主要方面看，封建的束缚也已经被打破了。但从多数农民的文化生活的广大领域看，则封建文化的残余还是存在着，并在某些领域，如卫生上与艺术上，暂时还占着优势，与边区的政治经济生活相反而不相称。因此，从旧到新，破坏封建文化残余，为新民主文化打开广阔发展的道路，使之正当地反映新的政治经济生活，仍是边区文教工作的重要历史任务，需要付以巨大的努力才能成功。

与破坏封建、半封建的政治和经济同时，边区人民即建立了新民主的政治和经济，这个建设在近几年来尤有长足的进步（抗日与民主、民选政府与三三制、合作社与变工队、工厂与作坊等等）。可是另一方面，由于封建文化的破坏不彻底与新民主文化的发展不足，在边区人民的前进道路上，还横着巨大的绊脚石。若干地区，成人百分之三与婴孩百分之六十的死亡率（还有在生产上居重要地位的牲畜的死亡率也是很大的），百分之九十的文盲与迷信，严重地妨害了他们政治经济生活的继续发展。因此，边区人民迫切需要生理上（卫生）与心理上（教育）的解放，也就是说，需要卫生运动与教育运动（报纸和文艺也都是教育的形式），从无到有，从极少数到大多数人，使文化生活适应于政治经济发展的需要，使政治经济的发展获得完全的解放。

因此，边区群众文教工作的当前任务是开展卫生、教育、报纸、文艺的大规模群众运动。在生产第一与继续发展生产的基础之上，五年至十年之内，消灭百分之三与百分之六十的死亡率，大大增加人口繁殖率，消灭男子四十岁与女子三十五岁以下的文盲，大家能读、能写、健康、愉快，享有新文化生活，从而有充分能力向前发展政治经济。

因此，应该重视文教工作与文教运动，过去不重视的，应该转到重视，动员一切可能动员的力量，一致奋斗。

二、新的时期开始了

边区文教工作的历史，大致可以分为三个时期，现在开始进入第三个时期。

内战暴风雨时期，人民把教育权夺到自己手里，为革命事业服务。文艺方面，除各种剧团外，革命歌曲普遍流行，报纸也能反映群众的战斗生活。这时的文教工作，虽是比较粗糙与简略的（受当时环境的限制），但由于密切联系了群众和实际，对革命事业起了鼓舞群众意志与动员群众行动的积极作用，新鲜活泼又健壮有力。

抗战后至一九四三年，边区因尚未遭敌人蹂躏，处在相对和平的环境，大批外来知识分子进入边区参加文教工作，数量上和规模上都有发展。但由于教条主义（内容上和方法上）与形式主义（作风上）作怪，日益同实际脱离，同群众需要违背。初期犹有一种活泼气象，一九三九年后，更转入沉闷与软弱无力。一方面，代表正确方向的因素被挤掉或退居于次要地位，又方面，客观上帮助了封建文化残余的活跃（教育方面特别是文艺方面）。

一九四三年以后，特别是今年，开始了一个新的局面，从沉闷转向活泼，并转向大规模发展（村学、识字组、读报识字组、黑板报、秧歌等）的局面。由于生产发展，群众的文化需要提高了，更重要的是，由于整风运动，文教工作从与实际脱离转向与之联系，知识分子从与工农隔绝转向与之结合，因而被群众所热烈欢迎。新时期与新局面，是第一时期优良作风与第二时期发展规模相结合的产物，其前途将是大规模群众文教运动的展开。

救命第一。我们大会特地把群众卫生运动放在群众文教工作的第一位，教育、报纸和文艺都要充分反映和指导这一运动。但它在第一、第二时期，是没有地位的，因为过去根本没有重视过它，这主要是官僚主义（也有一点教条主义）作怪。现在应该是这官僚主义彻头彻尾结束的时候了。

这一切工作，现在都还在开始，但已预示了灿烂的前途，群众创造能力的闸门被打开了，我们已经发现了不少的模范医生、模范医药组织、各卫生模范村、各模范小学与识字组、各模范黑板报、读报组、工农通讯员、模范秧歌队——只要我们善于坚持下去，一定能在数年之后使边区面目为之完全改观，边区将在各方面都成为全国的模范。

三、组织广泛的统一战线，团结为主

毛主席在大会上指示我们，要组织文教战线上广泛的统一战线，不要闹孤立主义，这是十分重要的。我们的敌人是百数十万群众脑子中的封建遗毒，我们的建设是百数十万人的识字与健康，而我们的干

部又如此缺乏，我们的物质力量也深感不足，如果没有广泛的统一战线，便不要幻想大规模群众文教运动的成功。

统一战线的实质有两方面：一方面是为要联合一切可以联合的中间力量，向封建文化的残余进军，是为要在文化上解放群众的旧脑子，从带有若干封建残余的脑子变为完全民主的脑子；又方面是为要动员一切可能动员的进步力量，大踏步开展新民主文化运动，是为要在文化上扩展群众的新脑子，让他们看得远一点，从今天出发又能照顾明天。由此，两条战线斗争会在各个问题上发生，也势必发生，要反对投降封建残余的倾向，又要反对打倒一切的倾向。一般说，以团结为主，从团结达到改造，达到消灭封建残余。暂时允许三字经是为要消灭三字经，团结中医是为改进中医，联合"改组派秧歌"是为要发展新秧歌。

何者应团结或争取，何者应改造或批评，要从各个问题的具体性质与具体情况出发。比如，中医的理论是缺乏科学的，而能治好病的药方则未必不正确；旧秧歌的内容是封建的调子，唱《兄妹开荒》则未必封建；报纸一般没有封建问题。所以不可一概而论，要加以具体分析。譬如，关于文艺形式问题，不是抽象争论所能解决的，要看它能否表现新的内容，或能表现至何程度。凡是能够表现新内容而又为人民喜欢接近的，就要让它们发展，给以帮助；凡绝不能表现新内容或只能部分表现的，则应给以批评和改造。在群众文化战线上，即使是应该反对的东西，也不是简单地打倒。巫神及各种封建迷信的敌人，不发生联合问题，但也不是用简单打倒方法所能解决问题的，要经过群众与本人的自觉，才能解决问题的，才会被消灭。勤勤恳恳地像改造二流子一样去改造巫神破除迷信，这就是我们的目的与方法。

四、发动群众，加强领导

四项文教工作，都要发动群众运动。群众运动必须群众路线。就群众文教运动说,必须是内容(目的)上为群众,形式(方法)上经过群众的路线。内容上应该具体实现(即根据边区当前情况的具体需要来实现)新民主主义的文教方针(即人民大众反日反封建的方针),这个问题已经明确地解决了,并且说过了。现在要说的,是形式上如何经过群众的问题,是何种方式最能为群众接受和最易普及的问题。这个问题的适当解决,同样要从边区今天的具体条件出发。今天边区还是农业为主的经济,还是地广人稀、村庄分散、劳动力不足的条件。在这种基础和这种条件之上,群众文教工作宜于分散经营,以村庄为单位,以村庄的形式(如村学、村的识字组、读报组、卫生组……)出现,才为群众乐于接受,才易于普及。过去由一个或两个乡办理集中的初级小学,与上述条件不适合,即使采用了强迫办法,实际上也办不通。所以一般说来,群众文教运动的推广与普及,需要采取分散的形式,主要靠群众自己觉悟与自己动手,主要靠村民自己主办。由此,提出了民办公助政策。

民办公助的目的,就是经过群众自己觉悟与自己动手,也即是毛主席所说需要与自愿这两个原则的具体实现。自然,民办公助不是任何工作非如此不可,也不是任何时候、任何地方非如此不可,而是群众文教工作,特别在边区今天具体条件下的原则。

我们的民办是群众公办,是小公办,与旧社会的私办不同;我们的公办是民选政府办,是大民办,与旧社会的官办更是根本不同。小公与大公是统一的,是可以互相转变的,是不可互相脱离的,反对脱离小公的大公,也反对脱离大公的小公,所以民办必须公助,所以民办不是不要公办。

今后一个时期里,边区群众文教工作,将是大量民办。大量民办需要大量公助,例如干部、课本,部分地还有经费,没有公助是不行的。特别重要的是要加强领导,绝不能减弱领导。领导的作用,首先在于使民办文教的内容能够符合于新民主主义的文教工作方针,既能密切联系劳动生产,联系卫生工作,并适当地适应家庭的需要,又能提高人民的政治觉悟,解放他们被封建文化残余束缚着的脑子,转向民主文化迈进。

领导的作用,又在于能够发动群众的创造性,照顾民办形式的多样性,既不机械地限制他们的手足,又善于选择最可靠、最能持久的形式,加以提倡。譬如经验告诉我们,在有热心积极分子为骨干,在有良好的变工队、唐将班子、合作社支持的民办文教工作,就特别可靠,特别能坚持,我们就要在群众文教战线上提倡变工与合作的方法。譬如经验又告诉我们,读报与识字结合的形式,是最能起作用的形式。因为识字开眼睛,读报开脑筋,两者又互相推动,我们就要在可能条件下,提倡读报识字相结合的形式。

领导民办比领导公办更要不容易,所以需要加强领导,注意更复杂、更细致的领导方法。

在今后边区的群众文教运动中,一方面要展开大量民办,以资普及,又方面需要小量公办,真正办好,作为民办的楷模与核心,以资提高。放弃或忽视小量公办是不对的,但现在某些脱离群众、脱离实际而为群众所不满的小学(包括所谓普通小学与中心小学),必须在短时期内彻底改造,成为群众所满意、所爱护的学校。确为群众所拥护的公立小学,不必转成民办,但不能因为要维持公办而限制民办(如限制学生转学等等)。

在民办公助的问题上,已发生了各种偏向与误解,以为民办只是解决经费(由群众出钱)问题,以为民办无须公助或不要过问,以为民办即是废止公办等等,这是一类。还有另一类,对于民办则采取命令主义办法,所谓"官逼民办",对于公办则强迫维持现状,不敢发动批评和实行彻底改造。前一类是放弃领导的倾向,后一类是恶劣的官僚作风，都是错误的。在今天情况之下，主要的危险还是强迫命令与惧怕批评，所以尤应努力纠正。

五、质与量并重，反对形式主义

文教工作要不要量，要不要急？要的。在五年至十年的时间内，要求消灭百多万文盲，百分之三与百分之六十的死亡率，消灭戏剧与秧歌中的封建内容，又要求成千的村学、读报识字组、黑板报、新秧歌队与医药卫生组织，这些要求都是应该的，并不是"左"倾空谈。全边区干部与人民，应有此决心，应作此努力，谁对此不抱着十分热心而继续着官僚主义的冷淡态度，是完全错误的。

但要切合我们要求，质量并重，而不要变了质的量，要求有步骤的急，而不要不成熟的急。要十分明白，群众文教工作的目的，是经过群众自己的觉悟，自愿地改造他们的脑筋，自愿地挤掉封建传统，自愿地接受新民主文化。毛主席指示我们，改造千百年的习惯，比打倒一个日本帝国主义还要困难些。这是一件非常需要说服的工作，命令主义毫无用处。这又是一件非常需要细致的工作，形式主义也同样毫无作用。

我们之间，有些同志求成心太切，任务一经提出，恨不得马上成功。这个热情是好的，但是缺乏实际的计算，于是采取了简单命令的办法布置下去，将领导上成熟了的东西当作下级干部和群众也已经成熟了，不加解释说服，不愿等候，因而下级干部和群众接受不了，瞒上不瞒下，数字很多，内容甚少，命令主义产生了形式主义，好心肠引起了坏结果。所谓欲速则不达，就是这个道理。

也有这样的官僚主义者，实际无知识，架子十足，不调查，不研究，贪便宜，怕苦干，爱好形式，轻视内容，追求数量，忽视质量。这样官僚主义就与形式主义结合在一起，成为更顽固的病症了。

这样或那样的形式主义，在许多工作中，或多或少地存在着，这是与实事求是完全相反的不良作风，大大妨碍我们对于现实的了解，大大妨碍我们工作的深入，必须随时随地警觉，展开批评与自我批评，认真肃清之，尤其在文教工作中。

这次大会之后，各位同志回去，千万不要重复命令主义与形式主义，必须在自己机关中、团体中和村庄中，进行思想酝酿，首先在干部中和积极分子中酝酿，然后在群众中酝酿，首先搞通思想，然后商议具体办法。只要干部和大多数群众的思想搞通了，酝酿成熟了，办法就会很快地产生出来，群众就会自愿地动作起来。新的人物、新的创造、新的成就，也会随之出现。这次大会上许多受特等奖励的同志、团体和村庄，不是这样产生出来的吗？向他们学习需要与自愿的原则、热情与计算的原则、艰苦细致的作风，凭着这来开展大规模的群众文教运动。

六、培养大批的边区知识分子，是开展文教运动的总关键

我们上面说的，主要是农民群众中的文教运动。但是，我们还有八路军战士、工厂工人和机关学校人员的文教运动。这些方面的群众，在量上比农民少得多，在质上却比农民更重要，只有把这些都组织发动起来，才是边区群众文教运动的全貌。但是，因为时间关系，我不来叙述这些方面，已有其他同志叙述过这问题了。现在我再谈一个总的、适用于各方面的根本问题，就是边区文教运动既然是仅次于生产运动的严重任务，既然是继续发展生产、提高边区一切工作的必要条件，那么这个工作要靠谁来做呢？

卫生也好，教育也好，以至生产也好，决定了方针，剩下的就是要干部。我们现在已经有很多干部，在群众运动中又涌现了许多干部，但是我们的干部够了没有呢？差得远。在文教工作方面，尤其差得远。我们要提高现任干部，要继续发现和培养群众中的干部。我们

还要在各级学校中训练干部，这就是干部教育问题。只有解决了干部和干部教育问题以后，我们大会的各项决议才能实现，才能达到提高边区、使群众文化落后的边区变为群众文化先进的边区之目的。

边区一级的领导机关，要负责把延大办好，分区一级的领导机关，要负责把中学和地干班办好，各县的领导机关，要负责把完小和区乡训练班办好，各级政府机关都要办干部文化夜校，在两三年内消灭干部中的全部文盲，这是极端重要的。我们一定要把现在的工农干部知识分子化，尤其要为边区培养大量的、足够的本地知识分子（外来知识分子是不会永远留在边区的）。这是边区今后一切工作的关键，当然更是开展文教工作的关键。

我们的干部教育，一定要有明确的实际目的和适合目的的方针、制度，应该彻底抛弃教条主义内容和教条主义方法，但也要防止和反对经验主义内容和经验主义方法。除必要的政治、文化、科学知识与专门技能外，应该着重学习边区建设，学习边区的经济政策和文教政策，尤其注意新的人生观的培养，使每个干部具有为人民大众服务的无限热情和向人民大众学习的真正决心。这是知识分子与工农兵结合的决定关键，又是业务成功的决定关键。这在我们这次大会上，也完全得到证明。只要回忆一下大会的讨论和发言，就可以明白，谁能弯腰向着群众，鞠躬尽瘁地为着群众，虚心从群众中学习，不骄傲、不浮夸，谁便获得群众的真心爱护，谁便有创造，有成绩，有真本领和大进步。我们应该奖励表扬这种人，我们应该教育出这种人。只要合于这种要求，无论工农分子或知识分子，我们都欢迎。我们应该充分重视和信任革命的知识分子，他们同样是边区宝贵的财富。

我们的群众文教工作和干部教育工作，是这样艰巨的任务，没有各级首长负责、亲自动手，没有党政军民学一切力量的动员，是不能完成，甚至不能进行的。我们要求各方面的负责同志，都能切实注意到这两项工作,共同来执行这次大会上毛主席的指示,共同来执行这次大会的各项决议。

政府和党要把群众文教工作和干部教育工作的干部看作政治上重要的干部,边区人民政府和党的重要干部。校长、教职员、医生、兽医、护士、助产士、编辑、记者、通讯员、读报识字组长、秧歌队长、作家、演员,总之一切文教工作者,只要在自己岗位上做出成绩,就是对抗战、民主和经济建设作了积极贡献,就是对革命事业尽了一定的政治责任,对他们应该给予政治上的指导、照顾和学习的机会(参加会议、听报告、读报纸和其他出版物、在职学习和学校学习等),并应关心其物质生活、家庭生活,解决其工作上的需要,鼓励他们努力前进。

同志们,我们应该以身作则,不疲倦不自满地完成边区人民所给予我们的光荣任务。(新华社延安二十□日电)

(《晋察冀日报》1944年11月30日)

关于部队的报纸工作

陶铸

【新华社延安十二月□□六日电】在毛主席提高部队文化的号召下,现在陕甘宁边区留守部队,业已做到各级都有报纸,通讯工作亦在热烈开展。最近联政召开的宣教工作会议,又总结了部队的报纸与通讯工作,解决了许多原则的和具体的问题,今后工作定有更大改进。这个,□将这次会议所反映的几个较重要的问题,说明一下,贡献□部队的、特别是前方部队的宣教工作同志,使我们的报纸办得更好。

一、为何提出"全军办报"?如何做到"全军办报"?

现在部队的报纸,虽都多少起了作用,但是所起的推动指导的作用不够,其最大的弱点就是由于没有执行"全军办报"的方针,或执行得不够。在多数的情形下,首长既不大负责,群众又不大过问,结果办报纸这个工作就落在宣教部门的少数人身上。而宣教部门对于办报,又往往采取"秀才不出门,能知天下事"的态度,坐在机关里,仅靠派出去也坐在机关里写通讯的几个通讯员来办报。至于连队墙报,有些甚至变成指导员或副指导员的"个人创作",从写到贴,都一手包办。这样办出来的报纸,至多只能反映现实中的某些片段,而不能成为群众自己的报纸,因此,当然不能起应有的作用。

要使报纸群众化,必须首先解决思想问题。有人以为办报是文字工作,"全军办报"是不可能的,有人以为没有群众参加也可以群众化。但是,"全军办报"的方针或报纸的群众路线并不否认文字工作的专门性,不是要所有指战员都来□参加编辑工作,而只是说编辑工作应该走出机关，打破知识分子能孤立地把报纸办好的才子式幻想，抛弃一切脱离群众的内容和形式，而与全体指战员和司政供卫各部门的生活和工作相结合，反映群众的感情，适合群众的口味，接受群众的意见。这就是说，编辑工作除了少数专门工作人员以外，并且大胆信任群众的能力，着重发动群众积极写稿，组织广大的群众通讯员，使报纸成为群众自己的言论机关。"全军办报"的一方面是群众路线，但另一方面就是"首长负责"，就是要使各级首长充分认识和利用报纸的重要效能，学会除了下命令、写指示信、开会、派巡视员或考察团以外，还可以依靠报纸，依靠新闻报道、典型介绍、通讯、社论等方式，来指导和推动工作，而且这种方式比下命令等等还更灵活、更便利、更有效，就是要使各级首长经常注意对报纸的指导与帮助，使它与各种工作的任务和方针具体结合。既有群众路线，又有首长负责，则我们部队报纸就一定成为群众最相信最需要的报纸，成为指导工作、推动工作的最有力的工具。这个真理，大的为《解放日报》的经验，小的为留守兵团去年以来连队墙报的经验，都可证明。

《解放日报》在没有执行"全党办报"这个方针以前，主要靠报馆的编辑人员与派出去的通讯员在办报，因此一方面报馆常闹稿荒，编辑人员要拼命苦干，而另一方面却仍然得不到干部与群众的足够重视，对工作的指导推动作用也比较小。在实行"全党办报"以后，情形两样了。报纸与党的、特别是西北局的各时期的工作任务密切结合起来了；通讯工作建立在广大群众通讯员上面了。群众深刻感觉到这个报纸是他们自己的，就格外爱护它了。它就充分反映与报道了群众所需要的东西，对工作起了伟大的指导推动作用，因为它已能成为真正群众性的报纸，其威信之高、作用之大，是空前的。联防军各留守部队，在执行"全军办报"这个方针后，去年生产练兵运动中，各种小报与连队墙报所起的作用，对我们是更亲切的经验。墙报过去是没有人看的，更不必说起什么作用了。现在墙报真正吸收了战士来参加，战士很愿意投稿，内容完全与生活联系，形式多样化，文字简短、通俗、生动，毫无八股气，大家很愿意看。真正群众性的墙报出现了，正确有效的舆论形成了，对工作起了很大作用。据有些连级干部讲："今后连队的管理指导，只要把墙报办好，就能省好多事，省好多话。"这种说法是有根据了。

从上述各方面看来，应该得出这样一个结论：我们部队的报纸，要真正成为群众性的，真正成为指导工作与推动工作的利器，就必须在办报同志中强调群众观点，在各级首长中强调重视报纸。不如此，群众路线与首长负责便不易办到，从而"全军办报"也就成为一句空话。

二、部队报纸反映什么？报道什么？

我们的报纸既以部队为对象，不成问题，就要反映部队现实、服从部队需要。然而问题也就正在这里，我们部队里哪些东西要反映呢？我们报道又应该注意些什么呢？

这里，首先必须弄清楚两个基本的观点：

□□，是面向群众，宣扬群众的英雄主义问题。现在我们报纸，还没有把这一方针很好贯彻到各方面去，事实上，有些办报同志总觉得报纸所登某人开荒多少亩，某人投弹达多少米，某人是劳动英雄，某人是学习模范等等，都太平凡，不过瘾，甚至根本不赞成宣扬群众的英雄主义。防止"英雄"二字用得太滥，防止发生忽视批评和害怕批评的倾向，当然是应该的，但不能因此而否定宣扬群众的革命英雄主义的方针，名副其实的"英雄"与"模范"，多多益善。今后在继续执行这个方针中，要注意不要使英雄个人突出、脱离群众，我们表扬英雄，为了指使大多数激励前进。至于群众中的落后分子或落后行动，也应该采取与人为善的批评教育态度，而不要采取轻蔑和攻讦的办法。

其次，是掌握思想，贯彻政策指导的问题，也就是毛主席所说的"宣传什么，斗争什么"的问题。过去的反映与报道，很多是浮光掠影，草率从事，或则是机械呆板，不能适应运动发展的阶段。今后要求掌握思想，贯彻政策指导，就必须使报纸与部队工作密切结合，部队在一定时期中的一定工作任务，应该成为报纸宣传的中心。关于这，《解放日报》是值得我们学习的。譬如它在贯彻"发展边区生产"这个政策上，就连续不断地以很大的篇幅，在好几个月内来宣传生产的进行及成绩，反对妨碍生产的各种不良现象。对文化教育运动，也是如此。在进行这种宣传时，要有步骤，有计划，要通过各种各样的方式来进行。这样就解决了某些同志所谓宣传效果与贯彻政策之间有矛盾的问题。这个所谓矛盾，乃是由于宣传的机械化、公式化，由于宣传者不能真正理解政策或宣传艺术。贯彻政策既不是一天说完就束之高阁，也不是每天翻来覆去只是那一套。它要求照顾各阶段的运动特点和群众觉悟，并从各个侧面，用各种方式来进行；要求非常耐心地细心地注视自己的宣传效果，并不断扩大各种效果。

当我们依据上述原则进行报道的时候，应该以什么为中心的对象呢？一般地说，最有价值的报道，乃是群众创造和群众运动中的典型事物。群众的创造才能是丰富的，从这里经常能出现"伟大的事物"，问题是我们如何去发现、选择那最有教育指导性的东西反映报道出来，做到"从群众中来，到群众中去"。这要求我们深入群众，熟悉群众，与群众心心相印，看出并重视群众的创造的萌芽，加以发扬光大，使它条理化、系统化，并散播到群众中去。当群众中的这些创造已为群众所接受而形成群众运动时，我们的反映与报道就要更进一步推进运动，继续发现新的典型，使之经过报纸的工作继续集中起来，坚持下去。我们的军队是建立在自觉的基础上的，要相信我们所有指战员都是好的革命战士，都有高度的自尊心与前进心，只要有好的榜样，大家都会向他学，而且一定学得好。这在联防军各留守部队在去年的生产、拥政爱民、练兵运动中，宣扬了张治国、李位、门善德、齐耀宗、李成功班、苗宝山连、七七零团第二连这些好的典型所起的作用，是完全证明了的。

所谓好的创造和典型，不应以表面的成绩来选择，而应着眼于长久的良好效果。仅就数字记录表面成绩来认识事物，是非常不够的。为了教育群众，贯彻政策，我们应用严肃负责的态度，把每一报道提到政策的高度，从各方面考虑其影响，使能指出正确方向，而不致发生坏作用。过去我们常常看到某一工作方式一时能取得表面成绩便以为很有价值，大大宣传，其实往往是不足为训的。譬如××旅某连，在练兵中设"苦练室"，"其实是一种变相禁闭"，我们的报纸也跟着为之提倡，其实这是违反练兵的基本精神的。在生产中，去年有个别部队，看见战士情绪很高，不断提出创造新纪录，报纸也就跟着鼓动，结果反因影响健康，发生很多的病号。在各种动员工作上，只要超过任务，□被登报表扬，其实有些超过任务的，是用了简单的强迫命令方式。反之，有些方式虽好，因离完成任务还差一点，就不及格、背乌龟。结果竟无异提倡坏作风，打击好的工作作风了。今后我们应该很好来注意这个问题。

报道的重点与范围，在各级报纸之间，还应有所分工。我以为，旅以下的报纸，特别是连队的墙报，主要应该报道本单位指战员的战斗、工作、生活各方面的要求与创造，表扬本单位的英雄与模范，要特别注意此时此地的鼓动性。旅以上的报纸，□除了上述任务外，还应□本地报道当前各种工作的执行情况，较多地解释政策任务和总结经验，所以比连队报纸就有更大的普遍性与教育性。

三、必须真正做到大众化通俗化

要使我们部队的报纸真正成为群众的报纸，不仅要给群众以需要的内容，并给群众以需要的形式，才能达到目的，完成职责。

所谓群众的形式，就是群众看得懂，并看得有味的形式。现在许多报纸的文字写得生硬难懂、抽象无味，使群众对于我们的报纸□生"望洋兴叹"之感。而有些人却借口文字总不是说话，不愿意尽量做到通俗，这是不对的。在这一点上，《边区群众报》的精神很值得提倡，他们不但在写作时努力学习老百姓的口气，减少术语，多用俗话，写后还念给本地同志听，遇有老百姓听不惯或听不懂的地方就修改。部队报纸的语言，虽不能用《边区群众报》的陕北方言，但仍应用部队中已在形成的一种普通话，使"战士腔"代替"学生腔"。为此，今后应多登战士的来稿，或使战士讲，而由能写者记录，从这中间来丰富报纸的语汇，使报纸的语言群众化。只在有了这个基本态度的改变以后，文字风格的朴素、结实、有力，才有可能做到。所谓朴素，还应包含文字的真实性，一般的通讯不是小说，不宜于夸张虚构，不要以辞藻求胜，而要以具体事实逼真的叙述、热烈的革命爱憎感情来打动人。所谓结实、有力，就是要做到文字的简要，富有紧张的战斗气味。太长的文章，战士不□看，也没工夫看，不紧张的不想看，这在前方更是如此。

关于报纸形式的艺术性、活泼性和多样性的问题，也要取决于群众。报纸的艺术性等等，究竟应该以大多数工农出身的读者的口味为标准，还是以编报的少数知识分子的口味为标准呢？回答是，既然在部队群众的菜馆当厨子，就绝不能弄只有少数编辑者所爱吃的那样做法的菜，强迫大家吃。反之，他应服从大家的口味。边区留守部队在墙报改革上，有一个很好的经验。过去通常是办的知识分子式的墙报，一张大布，前面贴张所谓象征画做报头，几千字一篇的大文章摆在一起，用针钉在布上，每篇文章封面也画上画，用很有"文艺性"的标题写在封面上，报□有时登些诗，文章也分论文、杂感、小说之类。这可算是有"艺术性""活泼性""多样性"了吧，其实战士认为很不"艺术"。现在许多墙报一反过去做法，完全按当时工作任务与群众具体情况来编，如在开荒时叫"导报"，突击时叫"冲锋"，锄草时叫"三光"（锄光细作之意）。同时，在形式上也采取多种多样，有旗报、灯笼报、黑板报、麻纸报、□□报、小册子报、消息传单等。如生□很忙，战士成天在地里，黑了回来，就累得不想再看什么，墙报就成为旗子的形式，插在地里，且可搬动，在生产休息中都能看到；或成为灯笼的形式，挂在路口和门上，一过□就能看到，内容简单明了，富有鼓动性。如赞扬有病不请假的：

　　□□□□呱呱，

　　身有病生产啦，

　　排长叫他休息去，

　　结果他还啼哭啦。

批评生产中不积极的则是：

　　二流子，

　　吃饭打冲锋，

　　干活顶稀松，

　　生产不紧张，

　　不是头痛就肚痛。

把问题说得很清楚□□□□□□□一看就懂得，能记住。

这样的墙报，确□是群众形式，非常生动、轻快、灵活，从固定的俱乐部走向了群众的日常生活中，能起很好的作用。过去战士讨厌墙报，说"墙报墙报，真正胡闹，上午出题，下午要稿"。这是很值得我们反省的。

部队报纸，战士读得最多的是连队墙报，我们必须按照连队群众的口味，用大力把它办好。

旅以上的报纸，虽说任务和形式与墙报不同，也必须更合群众口味，解释政策与总结性的文章也不宜过多，要多从部队作战、工作、生活各方面，报道生动具体的典型；国际国内消息应综合改写，以求通俗；每期中心不宜过多，战斗故事、科学小常识等，应有计划地搞些进去；应利用群众喜闻乐见的歌谣、说书、谜语、白话诗、连环画等形式来表现各种新的内容；编排不要使战士看了前段找不到后段；标题亦应简明有力，不要花样太多，美术字要战士能认得。总之，报纸形式的一切方面，都要充分为读者设想。

四、应切实培养部队的群众通讯员

要做到"全军办报"和报纸群众化，必须用大力培养广大的部队的群众通讯员，否则就不能反映部队各方面的真实情况，就不能宣扬群众的创造和解决群众的问题，就不能使群众相信这是他们自己的真正喉舌，而还是"机关报"（战士们这样来嘲笑那种由少数机关人员办的脱离群众的报纸）。我们须相信，通讯员不仅是广大读者的代表，同时又是报纸的代表。一个报纸是否有群众基础，首先就要看它是否拥有广大的群众通讯员。这个问题是《解放日报》、联政的《部队生活报》和各留守部队的报纸所大都解决了的。现在根据已有的经验，来说三个问题：

第一，要相信群众的能力，首先找出积极分子。尽管我们部队的战士和下级干部几乎完全是工农成分，文化程度一般很低，但只要耐心加上方法好，困难是可以克服的。我们部队有许多战士已有初步的读写能力，只要在一个连找出一两个积极分子，认真发动他们写，告诉他们方法，写好代改或先由他们讲我们代写，第一步在连队报上发表，好的送上面报纸登出，逐渐提高他们的积极性和写作水平，并号召其他的人也跟着来，这个连的通讯工作就一定可以开展起来。现在联防军各留守部队有不少这样的积极分子，如冯振贤、杜锦藩、张增福、贺有才、文飞、胡治戎、赵宽铭等同志，便起了很大的作用。

第二，这个工作的开展，主要要团以下的各级首长，特别是连长、指导员，能看成自己的职责，看成是推动工作的好方法。事实证明了，哪个连上通讯工作搞得好，总结经验、表扬模范、批评缺点也就做得好，民主空气、内部团结、工作情绪也就很高。

第三，要认真改稿和处理稿件。在大家动手写稿以后，稿子多了，不能用的也多了，这时千万不要怕麻烦、泼冷水，应将来稿尽量在连的墙报登出，好的按级送上，再多的一般也不必退，但应告诉写稿者稿子没登出里面仍有好的内容，勉励他能继续写稿。宣教部门，特别是报馆同志，则应告诉通讯员逐渐改进写稿的方法，尤其是要经常替基本通讯员批改稿子，和在团一级召集通讯员会议，研究写作，介绍模范，提高质量，防止"学生腔"的发展。譬如朱占国同志，在学习和写作上本是很优秀的同志，但文风上就受了这种华而不实的影响。

在一种正确的领导和帮助之下，我们的群众通讯员，应该学□□由运用□己丰富的生活经验和群众□□，那□□们的写作的成□，和我们□□纸的□□，就会更加可观。

（《晋察冀日报》1944年12月30日）

沿着《穷人乐》的方向发展群众文艺运动

今天本报发表了分局关于阜平高街村剧团创作和演出的《穷人乐》的决定。《穷人乐》一剧，真实地反映了高街村群众从苦难到快乐的翻身过程。看过这个戏的人们都说，它是边区劳动人民光荣斗争史的真实反映，认为是我们执行毛主席所指示文艺为工农兵服务的新成就，特别是我们从《穷人乐》中找到了一个发展群众文艺运动的新方向和新方法，就更加贵重。

《穷人乐》的产生绝不是偶然的。新民主主义政治的发展给人民艺术创造天才的生长开辟了一条光明大道，这是前提条件。但为什么一直到一九四四年秋收之后才出现了《穷人乐》呢？这是因为在一九四四年我们开展了大生产运动，高街村的群众，经济生活得到了改善，工作有了进一步的发展，出现了综合性合作社和群众英雄陈福全，因而高街村群众对文化生活的需要比往日都迫切，把自己的生活搬上艺术舞台的思想也就产生了。加上高街村剧团过去的底子就比较好（团员的成分都是劳动者，没有二流子，特别是村干部大部参加村剧团活动，过去常能配合村中心工作演戏），他们在思想感情上、生活上与本村群众有着密切的联系，他们能够根据群众的意见办事，同时，他们有很好的研究精神和创造精神，在这种条件下，产生了《穷人乐》。

从《穷人乐》创作和演出的过程中，可以看出下述的特点和优点：

充分发挥了群众的创造才能，从内容到形式都由群众自己讨论决定。在开头，讨论演什么的时候，意见是很分歧的，有的人主张演《挑大梁》，有的人主张演配合其他工作的戏，周富德想了很久，提出要演《穷人乐》。他说:"抗战前咱们受喇嘛的苛打,卖人口,掏佃钱……八路军一来,二五减租,佃户们有了使用权,种地保了险,一九四〇年教导团帮咱们修滩,咱们又有了滩地。去年鬼子大'扫荡',弄得咱们什么吃的也没有,今年春天,政府贷粮、贷款、贷籽种,救济咱们。要不,凭什么活到现在?今年除了稻子不强,什么也丰收。从前挨饿受冻,现在有吃有喝,这不叫'穷人乐'吗?"周富德这个提议,很强烈地表现出群众的意志、思想和感情,因而得到大家的一致赞同。根据这个提议,高街村群众自己亲身经历过的惊心动魄的斗争史,就搬上了舞台。演出本村的事,表现本村的英雄事业,歌颂自己的英雄陈福全,就产生了演员扮演本人总是演不像的毛病。像原来,陈福全是别人扮演的,不但没有陈的姿态、动作,连该说什么话也不知道,陈说一句,他学一句,再排时又忘了。经大家鼓励,陈亲自上演之后,排戏场里空气为之一变,动作自然亲切,鼓励了大家自己演自己。这一来,许多新的创作就出现了。比如,开头,演员的说话、动作表现不自然,常忘台词,戏剧里所需要表演的"过程",像演春天挨饿的情形,演员却愉快地说着这些事,忘记了当时的情形,但,排上一两回,帮助排戏的同志再一启发,群众重新回到自己所经历的生活中,丰富生动的语言就涌现了,劳动动作也很自然了。例如,排锄苗,开头很拥挤,没法动作,他们就想到实际劳动中是用"雁别翅"的行列的,这非常适合舞台条件。在排战斗与生产结合一场之前,大家已接受了用象征手法表现生活(儿童拨工组担土就只担一根高粱秸),这一场,他们就自动只拿一把镰刀表演收割,用动作表示扎麦个子,扛到场里,一个人割,两个人入麦个,一个人挑开,三个人扣起臂膀就拉起碾子了。之后是扬场。虽然全场完全是用象征手法,因为劳动动作太纯熟了,演来既真实,又美丽。"打蝗虫""捉稻□"两场的动作,也有同样的特色。

在排演中央军南退时，帮助排戏的同志想用话剧形式来演，群众却提出要唱他们刚刚学会的关于中央军退却的歌子，他们说，到吃紧的地方，说话没劲，非唱歌不行。这样演来，既省了许多麻烦，又非常动人。群众就是这样从生活的经验中来选择了适合于表现生活的各种艺术形式，使《穷人乐》一剧，成了话剧、舞蹈、唱歌、快板等的综合形式。

《穷人乐》的第二个特点和优点，就是高街村剧团把创作过程和演出过程结合起来了。一般地说，要演戏，总要先写出剧本来，由于历史的社会的原因和中国文字的难学，劳动人民现在还不能自己用笔写出自己的生活。高街村剧团打破了这个难关。他们最初只起草了一个简单的提纲，没有台词，没有动作，只有事件和人物的提要，但因为是真人真事，他们对剧中人物和事件无比地熟悉，又不受剧本的限制，每个演员可以充分发挥自己的创造才能，因此，每一次的排演和演出都有新的添加和补充，就把一个简单的提纲变成具有丰富内容的剧了。在二届群英会上演出时，儿童拨工组一场，小栓子因为找不到□，上场□了，演员□就很自然地说"小栓子来晚了，咱们斗争他吧"，他应声答道"我去拉屎啦，怎么拨工还不许拉屎呵"，极美满地补救了这个漏洞。刚一锄，锄头又□下来了，小栓子就往上□，孩子们马上加了一句预先没有的话："叫你来锄苗来啦，谁叫你来打铁哩！"生活的丰富，使他们把戏演活了。陈福全早来开会，没参加排演，但一上场，一点也不"生"。也说明这一种创作和演出结合的方法，不但可以解决"剧本荒"等常发生的问题，而且可以发挥演员的创造才能。

《穷人乐》创作和演出过程的第三个特点，就是它是两种艺术思想的斗争过程。首先就是关于主题的把握。本来，按高尔基的话，"主题是从作家经验中产生出来的思想"，"从穷人苦到穷人乐"——

这就是高街村群众从生活经验中产生出来的思想。但它对外来的同志，在这一点上是不容易深刻认识的，如果外来同志是没有受过残酷剥削的，甚至就不能理解。因此，第一次排演时，认为"太长、太麻烦""艺术形式不完整"，就把喇嘛逼租一场删掉了，演出后佃农反映，戏演的倒是真事，就是不该没有喇嘛逼租那段事，这才加上。但不久，帮助排戏同志想搞歌剧《穷人乐》时，又没有把握着主题，仍然删去这一段，直到看到本报的批评才纠正过来。其次，在艺术形式的选择上，前一个时期是尊重群众的意见的，后来，帮助排戏的同志却想搞一个歌剧，甚至想"如果村剧团演不了，咱们自己演"。在第三次排戏时，他们曾按专业剧社的一套排戏方法，要村剧团同志按照写成的剧本排，结果，演员话也不会说了，农民的动作没有了，甚至跟着撇起京腔来了。总之，对群众的创造能力，有时仍是认识不足的，甚至是盲目的。但是，群众实际的行动，给这些同志以很大的启示，并进行了反省，从而提高了他们帮助和指导群众艺术的效能，这是一个很实际的整风。这里还要指出：过去我们办村剧团的方法，是几乎和高街村剧团的做法完全相反的。我们演的常常是跟当地群众生活相距很远的事——巩固区村剧团喜欢演游击区、敌占区生活，甚至有的硬要演外国戏，平山某剧团就曾叫斯大林抹着红脸上场——处处依靠专业大剧团，不妥当地硬搬专业剧团比较复杂的一套办法。因此，总是闹剧本荒、干部荒，而在搬演外来剧本时，因为跟自己的生活距离太远，就不能不装腔作势。现在，是纠正这些偏向的时候了，而且也有了纠正的方法了，这就是《穷人乐》的方向和方法。

毛主席教导我们："人民生活中，本来存在着文学艺术的矿藏，这是自然形态的东西，是粗糙的东西，但也是最生动、最丰富、最基本的东西，它们使一切加工形态的文学艺术相形见绌，它们是一切加工形态文学艺术的取之不尽、用之不竭的唯一的源泉。"（毛主席在文艺座谈会讲话）而劳动人民是最熟悉自己的生活的，艺术是他们从劳动中创造出来的，只是社会出现了阶级之后，劳动者转为被剥削被压迫的阶级，他们的艺术创造才能被深深地埋没了。但，在我们新民主主义社会里，劳动人民翻了身，他们就有了可能以主人公的资格走上文学艺术的舞台，高街村的群众就是这样走上文艺舞台的。而由于他们对劳动生活的无比熟悉，当他们拿起艺术的武器来表现、认识和改造自己的生活时，便表现了相当高度的政治价值与艺术，同时也充分地说明，《穷人乐》产生的条件，别处也存在的。凡是有战斗、生产和工作的地方，各个村庄、各个连队、工厂、机关、学校，大家都可以走《穷人乐》的道路，把自己的生活搬上舞台，大家讨论创作的主题、内容和形式，大家来演（最好是自己"演"自己），大家批评、修改，这样，我们可以预期，我们的文艺运动将更广泛地开展起来。但应指出，发展《穷人乐》的方向，主要是学习高街村剧团发挥群众集体创造的方法，倒不一定都要像《穷人乐》一模一样来排演，都要来一个本村人民翻身史。因为《穷人乐》这只是代表群众文艺普及的方向，在构造上还有缺点，还比较粗糙，本身还需要提高，在方法上形式上还需要更多的创造，应当根据本单位本地区的具体条件来进行，多多创作像《高街做鞋组》那样的小形式，用的时间少、角色少、容易搞，也容易配合本单位的中心工作。

《穷人乐》的创作和演出的过程，不但给我们开辟了一条发展群众文艺运动的异常宽广的道路，也提供了专业剧团下乡入伍的道路。过去，我们专业剧社同志总以不能长期下乡为苦，分散下乡帮助乡村连队文艺工作也一直没找到好门路。《穷人乐》的创作告诉我们，只要肯走群众路线，善于倾听群众意见，发动群众共同创作，在今天的具体环境下，群众不但不因你是文艺工作者而厌恶，反而因为你能给他们帮助而表示欢迎。下乡者本人，也从群众的文艺活动中，逐渐体会了群众怎样创造自己的艺术，体会了他们的思想感情，学习了他们的语汇和姿态，就可以从普及文艺的基础上来进行提高文艺工作。应指出，抗敌剧社同志在帮助《穷人乐》的创造过程中，虽然曾发生过不少缺点，甚至发生过某些错误，但这种帮助基本上是成功的。如果不是得到这些同志的帮助，《穷人乐》的创造和演出的时间，就不一定来得这样早和村剧团进步这样的快。比如搜集材料，开头多找少数干部，后来为搜集喇嘛逼租的材料，他们就召集了许多受过剥削最深的人开会，从中找出典型人物李逢祥，从他的叙述中，不但剧社同志被感动了，连许多参加会的人都哭了。如果没有这样深入的采访，演出时是不可能使所有观众都感动得流了泪的。同时，他们在帮助排演时，给群众作记录，免得生动的台词忘记掉，又从各方面启发和指导群众时刻注意回到真实的生活中去，这许多方法都是好的。《穷人乐》的成功，主要是村剧团的力量，抗敌剧社同志也曾起了极其重要辅助作用。我们希望专业剧社同志学习抗敌剧社的经验，深入群众，依靠群众的力量普及文艺运动，做群众的学生，又要做群众的老师，不断启发和提高群众的创造，并记录成剧本，不要多，一个剧社一年有十本，全边区算起来，也就非常可观了。而这样的剧本，不但减少了专业剧社同志在房子里绞脑汁之苦，而且不知要比房子里空想出的东西要好多少倍，普及的功效也会大。

最后，对领导问题，我们提供一点简略的意见。总的说来，对文艺工作的领导，虽较过去有些进步，却表现时紧时松，或不及时、不严肃。例如，一直到今天，无原则地演出宣传封建秩序旧剧的事，仍未绝迹，不把文艺工作当作发展解放区和对敌斗争的武器看，或者认为文艺工作可有可无的观点，仍然严重地存在。因此，各系统各级领导机关应根据毛主席所提一九四五年任务第十五条及分局关于《穷人乐》的决定，检查对文艺工作的领导。我们的努力不但要把对敌斗争和组织人民的经济生活列入议事日程，还必须把组织人民的文化生活列入议事日程，发展群众的文艺运动，并以文艺的武器推动我们的战斗、生产和各项工作。

(《晋察冀日报》1945年2月25日)

《李国瑞》写作前后

杜烽

去年八月下旬，我们抗敌剧社进行了文艺工作上群众观点的检查，清算了一些糊涂观念，紧接着便分散下乡了。

我入伍到胜利部侦察连。该连经过五六年斗争的老战士占相当大比重，政治质量、文化水准较一般连队为高，战斗士气一贯旺盛，曾创造了不少辉煌战绩，一九四三年反"扫荡"后，分区会赠以"连队灯塔"光荣称号。去年著名的沟里镇、郜河、西沪村等战斗，更显示了该连指战员之无比英勇和顽强。李国瑞是该连一个战士，曾调动了七八个单位，由于其落后顽固，调到哪里，哪里讨厌，去年三月调到了该连。

我到该连之任务，搜集战斗材料。这时，该连坦白运动准备阶段已告结束，正式进行坦白将要开始。我找了几个战士和他们谈所经历的战斗，由于他们不认识我，以为是军区检查工作的。另一方面，坦白反省将要进行，大伙儿□正在开展着强烈斗争，因此谈话时表现得非常拘束不耐烦，三言五语便结束了，问一句，答一句，忙了三天，毫无收获。于是我便及时改变了方式，放下了战斗材料之搜集，首先自己战士化，投入在坦白运动浪潮里，在工作上和他们结合了起来，参加一切集体活动，和他们一起出操、开会、游戏、唱歌，讲故事给他们听，"出洋相"给他们看，利用个别谈话，一方面帮助他们坦白反省——这是主要的，一方面搜集材料——这是捎带的工作。这样，很快我便被大家称为"活宝"了。因之，我也很快便熟悉了该连一般情形，结识了不少战士朋友——李国瑞即是其中之一，于是我便有重点地进行工作了——了解李国瑞。

和战士们一起聊天时，听到□□□□一些情形觉得很平常。熟悉

了全连一般情形，进一步了解了他，又听了他的示范坦白，才认识李国瑞，落后分子转变的典型人物。当进一步挖掘其转变原因及经过时，发现了曾经存在着严重的军阀残余而在整风中得到了改造的指导员王竞生同志，是有极大作用的。这时，他已调行唐支队任副政委，因时间关系，很遗憾，没有见到他便回社了。

对李国瑞材料，当时我认为是连队中克服离队思想的一种典范。曾根据在侦察连一段生活和报纸上一些材料，结构了一个不打走鬼子不回家短剧，还□□□□。看到了《子弟兵报》社论《开展李国瑞运动》，才认识到王竞生同志改造李国瑞的一套方式方法是整风后领导上一种新的成就，是领导与群众结合的关键。

上级叫把李国瑞写成剧本，材料不够全面，缺少李国瑞落后原因及领导改造李国瑞的方式方法这两部分材料，于是我便第二次到了胜利部。不凑巧，侦察连到敌后之敌后战斗去了，我也就下去找他们去了。碰上了行唐支队，见到了王竞生同志，从他嘴里又了解了李国瑞，得到了领导上改造李国瑞全部材料，更深刻地体会到了《子弟兵报》社论之正确性。

和王竞生同志一起生活了六天，始终也未得到侦察连消息。回到团部，派专人下去找到了侦察连，把李国瑞和与他有关的几个人调回团部，□□和每个人进行了个别谈话，因为事先拟就了提纲，和他们有了□□□所以并未遇到什么困难，便□□□□□□的材料了。

□□□□□□□□，对于写成一个□□□□□□□□□□的，总觉得材□□□□□□□□□□"戏剧性"。□□□□□□□□□□和分析，便着□□□□□□□□□一种思想支持着我：只要掌握了人物与事件的思想和精神，作者是有"想象"自由的。因之，我想抓住事件中自己认为满意的一点，把它扩大，用想象——主观的空想，发展它补充它。由于有了这样一个框子，所以感到手边材料不是自己所需要的，与想象不吻合，但自己又虚构不出更生动的材料来，苦恼了几天，毫无收获。于是便放弃了想象的框子，打算根据真实材料，把它集中起来，故事即可告成。脑子又转了几天，材料是一堆乱麻，找不出个头绪，怎么也组织不起来。

回社后，把全部材料报告了一次，顺便谈了谈完整的结构。大家展开了研究讨论，找出了战斗的焦点——军阀作风的领导与李国瑞的落后，整风后领导的转变与李国瑞的改造，敌特李小敦迎合挑斗李国瑞落后思想组织其逃跑——于是便开始了材料的剪裁工作。

我是根据"集中"两个字处理这些材料的。首先从写那些人着手，人物太多了，不能一一拉进作品里。比如，指导员、排长、班长都采取过谩骂、打击、处罚对待过李国瑞，我便把军阀残余的管理方式集中在班长这个形象；同志间对李国瑞打击、讽刺的，在全连占相当大比重，但马振荣最甚，两个人纠葛最多，又是同班，便把这一类典型人物集中在马振荣身上表现；新战士和李国瑞虽有关系，但不同班，我也把他们拉在一个班了；李国瑞先在三班，后调到了八班，为了节省人物，同时三班一些人物始终和李国瑞有着密切关系，所以剧本里就没有表现他调班。由于人物的变动，事件不得不有变动，比如，剧里后三幕事件按事实都是发生在李国瑞调八班后，我也处理在三班。第一幕那些事件，事实也不是发生在同一时间地点，但这样处理是合乎事件发展规律的：落后——转变——进步。

强调这故事的戏剧性，所以处理李小敦组织李国瑞逃跑一事，是经过自己主观"创造"的。剧本里李小敦和李国瑞第一次谈话后，按事实李国瑞立刻便汇报给指导员了，指导员早已发觉李小敦有些嫌疑，但无证据，又无适当人进行这一工作，所以马上把这一除奸任务交给了李国瑞。李国瑞深受感动，意想不到上级如此信任自己，当时就下定了决心，坚决完成任务，一定要对得起指导员。剧中第二次李小敦和李国瑞谈话，按事实李国瑞是带着除奸任务向小敦进行了解工作哪！但我主观地把分配除奸任务一段删去了，认为这样处理"戏剧性"强,感动人。

开始动笔了,因为人物是真实的,素材是真实而丰富的,所以写作过程中非常顺利,假如和过去主观想象的作品创作比较,真不知减少多少痛苦。

初稿写出后,我们把李国瑞同志请来了,读给他听了一遍,他不同意我对他受处罚后感情的把握,剧本初稿里是这样表现的——班长罚李国瑞立正后,大伙都走了,只剩他一个人直挺挺地立在炕上,沉思了一会,眼泪夺眶而出,感伤地说:"唉!我李国瑞这辈子算完蛋啦!"他说:"应该把眼泪去掉,因为我受处罚后,从来未流过泪的,那一句话应该改成,报复性地说:'对!咱们走着瞧,你们他妈咧皮就别犯错误。'我受了处罚后,常常是这样想的。"他又用自己的语气纠正了很多对话,关于结构上他没有提什么□。

修改后,又读给他听了一遍,他很满意,说:"挺好,你真把我们战士的劲头抓住了,没有意见了。"于是我们便排演了。

第一次演给英雄模范们看。演出后,我们全体演员去征求了他们的意见,进行了第二次修改,连着又在群英会上演了三次。演出后观众的反映:有的说这个戏教育意义很大,顶受半个月训了,又整干部风,又整战士风。部队英雄模范们说:"□戏里边每一个人,我们连上可不少哪!"一个战斗英雄连长说:"早看了这个戏,我们连上那些落后分子早改造了,回去以后,一定学习这种领导方法,突击改造落后分子。"劳动英雄杨明甫说:"这不光整了部队的风,也整了我们地方的风。"

演出后又进一步地认识了几个问题。事件本身包含着一个党与群众关系的问题,但在写作时丝毫没意识到,所以表现在剧中是不够明确的。第二,剧本里李国瑞转变的关键放在发觉李小敦是汉奸后,观众感觉关键在于领导上的转变。第三,写作时唯恐太长,所以领导上转变李国瑞一套方式方法没有系统完整地表现出来,当时还认为,领导方面写得多了会削弱李国瑞本身一面,因此写进戏里的领导方法仅仅是指导员向李国瑞道歉,过于强调了李国瑞的进取心,削弱了领导作风转变后的力量。所以,造成观众感觉李国瑞落后原因模糊,指导员工作方式还停留在一种手工业式的,没有发动群众,没有转变群众对待李国瑞错误态度,特别是李国瑞同班的人们。因为环境不改造,李国瑞是难转变的。第四,李国瑞第二次和李小敦谈话,观众感觉好像李国瑞负有除奸使命一样,因此怀疑剧中这一段戏是否真实。(事实上正如观众所感觉的,李国瑞是有任务的,剧中是经过了作者"创造"的。)

第三次到了侦察连,在队前把剧本朗诵了两遍,分班进行了讨论,晚上召集了班长以上干部与剧中人开了个座谈会。对于整个结构及人物处理,他们认为很合理,处理得很得当。只一个意见,认为李小敦组织李国瑞逃跑一事,不合乎事实,应该按真事写,大伙又把该事件你一言我一语很形象地叙述了一遍,当时就感到比自己处理得生动而真实。

又到了行唐支队,给王竞生同志读了一遍,他和观众的意见不吻而合。并把李国瑞转变过程和关键作了详细分析,关于领导上改造李国瑞的过程和一套方式方法,详细地又谈了一遍,补充了不少新的宝贵材料。

综合了以上意见,又进行了对材料的研究和分析,作了第三次修改,成了现在的剧本。

(《晋察冀日报》1945 年 3 月 27 日)

评《日出》的演出

何迟

看了塞声剧社演出的《日出》以后,我就根据我对《日出》的几个人物的了解,提出几点意见,供大家研究。

一、陈白露

根据我对陈白露的认识,我认为她是一个两重性格的人。一方面追求享受,一方面厌恶现在;一方面追忆过去,一方面又留恋现在;一方面讨厌潘四,一方面又有求于他。她凭什么本领在这里活下去呢?凭了她的色相和迷人的交际手腕,使得人们自愿地维持她的生活。她应该是一个八面玲珑的女人,见人说人话,见鬼说鬼话,见什么人□什么身份,应该分别地有轻有重地表演出她和她周围的人不同的关系——有时老练,有时天真,有时愉快,有时痛苦,有时真实,有时虚伪,有时正经,有时风骚,这样才能把潘四爷、乔治张、顾八、胡四及其他客人吸引到这里来。在面面俱到这方面演得不够时,会削弱陈白露在全剧中心地位,使全剧显得不真实。据我看,塞声剧社演出时的弱点就在这里。陈白露演得不像一个交际花,而像一个浪漫学生,没有分别地表现出她与周围人物的各种关系。在传达作者思想上,痛苦的一面表现得多,追求享受这方面表现得少,看不出感情的起伏过程,节奏没有变化。自杀一场感情没有布置,数药片时台词动作都太快,没有把失望到最后绝望的过程表现出来,没有内心戏,因此冲淡了感染力,所以看起来很平淡,没有给观众以深刻的印象。

二、李石清

塞声表演时对李石清性格的把握，我觉得也不够。从演出中看不到他外强中干故作大方，看不到他的阴险毒辣。与黄省三一段对话中只见到他狰狞的一面，没见到他流露出又被抑制下去的同情心，看不到升□理以后小人得志不可一世的气焰，看不到抓着潘经理把握以后的感情变化，看不到潘经理失败时他的狂欢，这样就不能给观众一个全面的印象。

三、潘经理

舞台上的潘四好像个傻子，身份不像一个银行经理，而像一个小职员。只见到对顾八奶奶的厌恶，没见到对顾八奶奶的拍马，对白露（他的姘头）也嫌太规矩，看不出他是个荒淫无耻的人物，减弱了对他的憎恨程度，特别是强调他的狠毒狡猾不够。在他失败时，反而使观众有些同情了。这是和原作者的意思有很大距离的。

四、顾八奶奶

作者对□角色厌恶到极点，是悲剧中的喜剧角色。这角色应该一出场就使人作呕，应该演得像一只穿着一身高贵衣服的母猪。演员绝不该有丝毫替她辩护之处。你应该忠实地把她演成一个四十四岁的老妖怪，不应给她年轻半岁，你应把她多抹□根线条千万不要使她有一丝美丽的感觉。至于胡四的演法基本精神上应和八奶奶是一致的。

五、黑三

他是小金八，他身份太小的时候，显得金八也小了。塞声演出时，感情运用上有时过火，但在身份上又有不够之处。

六、福生

他虽然当茶房，但过的是上等的生活。他不但是油滑，更重要是仗势欺人、狠毒的一方面。他是大旅馆的茶房，生活是富裕的，大旅馆茶馆的身份应做出来，比如见人有礼貌，说话腔调上故意学一口文明之类，至于在服装上，应该清洁、整齐，肩膀上搭一条手巾是不必要的。

七、方达生　黄省三

我以为表演方达生不应强调他的幼稚，而应强调他的朴实忠厚，不应显得很浮，而应显得庄重才好。黄省三在感情上应有很好的布置，总用一个哭腔就显得平了，声调的运用上还应多有些变化。

八、翠喜

整个演出中，我认为翠喜的台词较流利，动作也较熟练，但过于强调了浪荡的一方面，而内心痛苦这方面就不够了。李太太的表演倒还恰如其分。

这只是对演出中几个人物的意见，而且多是□的缺点，是否合适请大家指正。

（《晋察冀日报》1945年9月26日）

一部群众自己的创作

——介绍阜平高街村剧团的《穷人乐》

杨思仲

《穷人乐》已由本社出版，现在再版中。此文发表于七月三十日的《解放日报》。

今年春天，晋察冀边区阜平高街村剧团创作了一个剧本，这便是曾经在当地得到很大的声誉，并为中央晋察冀分局与《晋察冀日报》认为是群众文艺运动方向的《穷人乐》。这个剧本是一个大型的综合性的剧本，就其规模，是远超过通常的小型秧歌剧的。在前后十四场里，表现了旧社会地主的增租增佃，农民的卖儿卖女；抗战初期的中央军撤退和八路军的到来；其后便是减租参军、军民合作，民主选举，反"扫荡"，贷款救灾，组织起来，春耕，拨工，战斗和生产结合，和稻□斗争；最后便是丰收，人民获得快乐的有吃有穿的生活。

自从毛主席提出了文艺的新方向以后，群众的艺术创造得到了异常显著的发展。这一方面是由于许多从事文艺工作的知识分子中间，把为工农兵与表现工农兵造成一种广泛的运动，这样就推动了工农兵自身的艺术的创造；而在另一方面，对于原来便发展着的关于"萌芽"状态的工农兵的艺术创造或符合于工农兵的艺术创造，也有了比较正确的认识，使它们由被轻视以至被残害而转到被帮助与被扶植。没有毛主席的文艺新方向的提出，群众艺术创作的广泛和深入的发展是不可能的。

正如今年二月二十五日《晋察冀日报》的社论所说：《穷人乐》这个剧本，是"真实地反映了高街村群众从苦难到快乐的翻身过程"的。这里，农民不仅为了新的生活、新的政权和过去的压迫者作了斗

争,而且在新政权成立以后,和民族的敌人以及历史遗留下来的自然的灾害斗争,他们是一直在不息的斗争中过去的。作为斗争的主体同时也就是这个剧本的作者的农民,他们是把这一切历史的曲折在艺术上如实地再现的。

在这个剧本的十四场里,可以说是包括二三十年来,特别是抗战以来,阜平高街村民众所经过的一切重大的事件。这些事件,对于阜平高街村的人民,自然都是非常熟悉的,因而当它被他们自己在艺术上加以再现的时候,它便立刻获得了鲜活的艺术的形象。

农民的思想和情感,农民的智慧、意志和斗争,在这个剧本里得到了异常真实的表现。在这个剧本里,处处都看到农民是真正的英雄,他们是改造着一切、参与着一切的。他们的一切活动、一切声音笑貌,都从这一个剧本中显露在我们的前面。

一九三九年的大水灾,对于阜平的人民,是一个严重的考验。因为这次大水灾给他们带来的不是普通的问题或普通的困难,而是像这个剧本里的李逢祥所说的:

"……简直不是人吃的东西,俺们也全吃啦。你想什么大麻叶、黄菜梃子,这还是那好的哩,像那老榆叶、老柳叶、杨叶、臭椿叶、香椿叶、桑叶、槐叶、秋叶、杏叶,什么榆皮挠子、荞麦皮、黍棒秸子、长生果皮,全吃啦,你看村外头那榆树全部剥得光光哩,净跟那'红曲格年雀'(才孵出的小雀,没有毛)啊似的,一个个净吃得黄黄的,脸就不是人色,像黄菜啊似的,碗里端着那饭,一阵风就刮上跑了。"

但,在新的政权底下,人民是不再受"命运"的摆布了,他们是有勇气有信心战胜这个灾难的,他们从自己的经验里深刻地体验到,自从八路军来了,他们是组织起来了。他们开始用集体的力量来修荒滩,这种情形,是和民国十三年的时候,他们只得听天由命的情形根本不同的。

他们现在已经认识到自己的力量,对于某些看不起他们的地主的恶意的嘲笑,只有增加他们坚强的信心,对于威胁着他们的生存的饥饿,也只有使他们更冷静,更沉着。他们便用这样的思想来互相鼓舞着和鼓舞着自己——

祥:咱们干就干,得少歇一会哩。咱们这笨雀得先飞着哩。

廷:对,咱们干吧,高山还怕慢汉哩。

祥:哼,他们笑话咱们,说咱们□不成,常说话,钢梁磨绣针,功到自然成,慢慢就□出它来啦。

对于将来,他们抱有无限的希望,这也是从李逢祥和一个叫"大不正"的在修水滩时的谈话里看出来的——

不正:咳,他们不用笑话,今年格要发一场好水,稻子长得腰来高,赶到那时咱们吃上稻米喽,他们就该眼气得慌啦!

祥:那是不用说啊!咱们要修出来啦,今年再发一场好水,今年秋天就能打稻子,今年就能吃稻米,那时候他们就眼红啦,笑话咱们哩!

他们的这个希望,这个信心,并不是徒然的。只有在旧的政权底下,人民的这样的希望才会落空,才会变成徒然的幻想;在八路军的帮助和新民主主义政权领导底下,人民的这个希望,是有现实根据的希望。

这个剧本的其中几场,是描写农民的民主生活和组织起来进行拨工春耕等等的情形的。在这中间,他们还经过四三年敌人的"扫荡"和我们的反"扫荡"。人民的敏慧和明确的认识,以及他们在敌人面前的英勇不屈,在反"扫荡"这一场里,是得到很正确的表现的。

在这里，剧本告诉我们这样的一个观念：八路军和敌后人民的不屈的精神，是连敌人也不得不承认的。对于一个临死不屈的农民殷堂子，敌人在残杀了他之后，也不得不说他是"中国的青年"，是"勇敢勇敢的"。而对于那些毫无操守的汉奸，敌人也不过把他看成是一条狗，是"没有用的中国人"，随时都可以把他杀掉的。

在这个剧本里，表现了一个在当地实际上存在的劳动英雄陈福全，从他是可以看出人民心目中的理想的干部的典型的。陈福全是在实际工作中锻炼出来的，他是深知群众的需要，同时又比一般的群众看得更远更宽，是在农村中代表党的政策的干部。当在旧社会里受尽了压迫，对于敌人抱有不共戴天的仇恨的李逢祥提出粮食和种子不能贷给"和日本鬼子一鼻孔出气的特务们"的时候，他的意见无疑地得到所有在场的老百姓的同意。他们并且幽默地说："他不是叫鬼子贷给他们粮食吃呀！""他不是叫他那洋鬼子爷爷给他粮食吃呀！"但是，在这样的一个问题前面，陈福全是正确地掌握了党的政策的——

> 陈：按说特务们破坏抗日，本不该贷给他们，现在政府实行宽大政策，只要他坦白了就是好百姓，咱们是说服教育，咱们不拿贷粮逼迫谁，只要是合作社的一员，咱们就贷给他，咱们拿这份粮食来教育他，叫他吃了，黑下躺在炕下啰，拍着他那心脯想想，究竟是咱们抗日政府待他们好哇，还是那日本老子待他们好。这是我自家的意见，你们说呢？

陈福全的这个亦情亦理的解释，加上他的商量的态度和口气，是不能不令对方首肯的。

陈福全的抓住时机改造一个叫万年穷的二流子和解决废工组内部复杂的问题，同样地可以看出他的领导艺术和政策思想。当万年穷抱有一种不正确的思想也到合作社来贷粮的时候，群众对他是不满的。

群众的这个不满完全正确，但在这时候，如果没有一个人出来把这个问题给以适当的解决，那这个万年穷是会气愤地走掉，继续过他的不事生产的生活。但正在这时机，陈福全便出来，一面利用了群众的不满，一面解决了对方的思想上和物质上的问题，巧妙地做了一件争取万年穷的工作。

陈福全的合作社是一个为群众服务的典型的合作社。它即便在贷粮的时候，也并不只简单地贷款，并且替群众解决一切问题和疑难的。在整个"贷粮救灾，组织起来"这一场（第七场）里，是一幅生动的和谐的合作社的工作和群众生活的关系的图画。在这里，剧本是不厌求详地竭力保持它原来的自然姿态地描摹出农民来合作社贷款的状况的。每一个农民来到陈福全的面前，都倾诉着自己的困难和需要，而陈福全的回答，大都是很简单、明白，同时又很恰当、亲切的——

小雪子：沙子姑夫（即陈福全——笔者），给俺也贷上点吧，贷上三柯，两柯玉茭，一柯春麦种。

陈：贷去吧。

祥：陈福全，你也知道我这个样，我年上时格统共俩窖，一下叫洋鬼子弄啦个光蛋，我一冬天就没有价吃的，□春大起来啦，不用说吃的呦，连种也没有呀，给我贷点吧，我贷上两柯黍棒，一柯大麦，沾啊？

陈：沾，走吧，有哩。

…………

耿秋凤：有黄豆啊呗！俺贷点黄豆做豆腐卖，赚个豆渣吃。

陈：有，贷去吧。

李玉珍：俺今几个正开不了锅呢，贷上一柯玉茭。

陈：有哩。

便这样,陈福全是耐心地倾听着所有来贷粮和种子的人的诉说,而自己便分别给以回答。有些情形,例如一个叫薛贵珍的想养一口猪,而不知道怎么说的时候,他是要用较多的话来给她解决的。但大多还是像上面这样的简单、明白的短句,但有时他只变换一个字两个字,便令人感到恰合,使周围的空气显得非常活跃。

所有这些,都说明这里是真实地反映了生活。这个剧本所涉及的一切重大的事件,都出之于有具体感觉的艺术的形象。

同时,和这不可分割的,我们也可以看到:语言的生产和自然,是这个剧本的一个非常重要的特色。

我们读着《穷人乐》这个剧本,感到这里面的人物栩栩如生,感到这里面的每一句话都能传神,这便因为:它是一个群众自己创作的剧本。

自然,这并不是说这个剧本已经是非常理想、没有缺点的了。实际上,这个剧本还不过是群众创作规模较大的剧本的开始,它还有些粗糙、不够集中、未经进一步加工的痕迹,这正是群众创作最容易有的弱点。这自然有待于高街村剧团的继续努力和许多专业的文艺工作者对他们的帮助。我们是等待他们未来的更大的成功!

(《晋察冀日报》1945 年 10 月 7 日)

《王秀鸾》评介

郑佳　柳荫

　　《王秀鸾》——这个十三场的新型歌剧，是作者（冀中军区火线剧社傅铎同志）以其亲身参与的，冀中平原上优秀儿女们在共产党和民主政府的领导下，向寇祸天灾所作顽强的拼死斗争的生活经验，用新现实主义的方法来描绘成的一个女劳动英雄的故事。

　　事情发生在一九四二年（即民国三十一年）的冀中平原抗日民主根据地里。

　　她——王秀鸾，处在一个贫穷人家，丈夫是个勤谨汉子，婆婆却是一个吃嘴耍钱不务正业的懒老婆，再加上公爹张店臣常在外边做生意，因此丈夫和她的婆婆终日抬杠吵架，闹得六神不安，无法度日。终于丈夫一气离家，秀鸾和十三岁的孩子也被赶回娘家，结果一家人弄得天南地北，四散分离。

　　当秀鸾又返回婆家时，婆婆已将家具和土地当卖一空，柴无留一根，米无留一粒，带着她小姑巧玲到张家口找她公爹去了。

　　在敌人点碉林立"扫荡"频繁的环境里，在共产党和抗日民主政府号召的大生产运动中，她——一个年轻的妇人，一面秘密地做着抗日工作，一面在抗日民主政府的帮助下担负起种地安家的重责，终日早起晚睡，水一把汗一把地锄地、拉犁、浇园、使粪，拼命地生产，正所谓不受苦中苦难得甜上甜，终于闹得仓里满、囤里流、五谷杂粮吃不清，达到了丰衣足食的境地。

　　同时，她的婆婆离家后游荡了数月也未找到张家口，后落得囊空如洗，只得沿街乞讨，做了乞丐，衣不遮体，食不饱肚，途中遇贼几乎将巧玲嫁给汉奸，幸而暗中脱逃未遭毒手，后来路上巧遇张店臣，

一同返家，一家团聚，婆婆改过自新，丈夫回家省亲，王秀鸾竟当选了劳动英雄……（见演出说明书）

全剧梗概如上所述，剧情展开是以家庭矛盾作为基础，而以敌人的抢掠造成家庭的赤贫化使家庭矛盾尖锐，以至于不可收拾。从此，横在人们面前的，便有两条路，一条是向困难作斗争，齐心合力加紧生产、自力更生的路，另一条是向困难低头，逃避现实、不事生产、苟且偷生的路。选择了第一条路的王秀鸾母子，虽然在向自然作斗争中历尽千辛万苦，终以其坚忍不拔战胜一切，而获得衣食丰足的生活，摆脱了女性在社会上家庭中的数千年奴隶地位。选择了第二条路的她的婆婆和巧玲，却在冷酷的现实面前一再碰壁，饥寒交迫不算，还几乎陷于敌人的血手中，事实给她们的教训，就是说"你们的路是走错了，那不是路，而是灭亡"。而王秀鸾所走的，就是八年来在共产党领导下，向敌祸天灾不懈斗争终于获得胜利的解放区广大劳苦人民所走的道路。所以，《王秀鸾》一剧，是描画出了一个新的斗争时代，同时，"王秀鸾"这一英雄人物，也描画出了这一新时代的新的人物，新的女性。

《王秀鸾》全剧，是充满了新民主主义的中国农村风味的。王秀鸾本身是中国最能受苦、最能忍耐的妇女的代表，在求解放的斗争面前她就是最坚决、最顽强的代表。村副张四保，在边区可以碰到千万这样忠于人民大众的干部。卖麻糖的三秃子，是解放了的青年贫农的典型，他们工作最积极，生活也极活泼愉快。秀鸾之子小卿，青年妇女树芬等，也是在边区极熟悉的人物。这些人物所组成的生活，是那样一种团结互助、酷爱劳动、齐心努力、追求进步的生活，他们没有战胜不了的困难，他们只有胜利，所以他们也充满愉快。秀鸾的婆婆，完全是个长期脱离生产的没落阶层的代表人物，生活腐化，好吃懒做，不求上进，苟且偷生，最后虽然是改变了，但她的改造是需要一个极艰苦的斗争过程的。用秀鸾的婆婆和敌特中大山的卑污作为边区老百姓的陪衬，给人的鲜明的感觉。

看了这个戏以后，使人常常想到在去年参加边区群英会的女劳动英雄来。从她们中有几位的报告中，给人一个这样的感觉，就是她们描述自己对自然的斗争要多于对敌伪的斗争。同样，本剧也显得在对敌斗争上分量不够，这可能是如下的原因：在涌现劳动英雄的地区，我工作基础多比较巩固，地区多比较稳定，对敌斗争繁复尖锐处，多涌现战斗英雄或生产战斗结合的英雄，这也是去年群英会上看到的特点之一。

全剧始终配以民谣风的歌曲，更加重了对新中国的农村生活和谐亲切及给以激励鼓舞之感，某些场上，用秧歌舞的形式来表现边民人民爱好劳动、活泼愉快的生活，也收到很好的效果。

综观全剧：虽然在剧本的取材上，有些地方在对我根据地的力量还有表现不足之处（如王秀鸾母子在家种地、战斗生产结合的材料很少涉及，老婆婆母女在外流浪了数月，但始终未与我们地方武装与政府工作人员会面）；在剧本的结构上，还有不够洗练处（如是十一场张店臣领老婆婆母女回家，材料处理不够简洁）；在语言运用，有些地方不够适当，往往在一个很严肃的情节和一个严肃人物身上，演员的台词引人哄笑，伤害了剧情效果；在演出上，个别演员的表演偏于夸张，动作不够沈重，近于复式的，换场、化装、布置、灯光都还不够十分认真，把戏剧的感染力冲淡不少。这是很可惜——但这些缺点（如果是缺点的话），还绝对不能说，它怎样地影响了《王秀鸾》这个戏剧的成就。

由于冀中九分区前哨剧社全体同志一致的努力，《王秀鸾》已在新解放的张家口市正式出演了。我们张家口市的广大市民，获得了这样的好机会——可以从这个戏剧里面，亲切地看到我们冀中平原根据地人民坚持八年斗争的生产而庄严的史实的一页。它要给我们广大市民以极深刻的启示：紧紧跟随着共产党，任何敌祸天灾都一定会被战胜！王秀鸾母子是我们的好榜样。

(《晋察冀日报》1945年10月10日)

"鲁迅的方向,就是中华民族新文化的方向"
——鲁迅先生逝世九周年祭典献辞

于力

中国文化运动的英勇旗手鲁迅先生自逝世后到现在,已是第九个周年了。那时节正是中华民族面临着灾祸的年代:一方面是日本帝国主义者法西斯匪帮早从我国东北四省把他的□□伸向华北,首先是我冀热辽地区广大国土的几千万同胞,每日都在敌寇的蹂躏迫害下过着家破人亡暗无天日的生活;一方面国民党政府对内施行高压政策,消解人民的抗日情绪,对日本侵略强盗则发布"睦邻"的"明令",签订《何梅协定》,在断送东北之后,还继续谋求妥协投降的途径,预备再断送华北的国土与人民。同时也正是中国共产党领导全国人民发动抗日民族自卫战争的时候。就在这个脉仅悬千钧一发的年代里,我们的文坛巨人,新文化运动的主将鲁迅先生,却偃然地下、长眠不起了!

可是,由于他,标志了中国文化运动应走的道路,由于他,反映出中华民族从十九世纪末到廿世纪的四十年代初,这期间中华民族争求自由、争求解放的实际斗争的情貌,以及整个文化革命的过程——鲁迅先生是"无役不与"的,通过这样的一个迂回曲折的漫漫长路,消费了他个人寂寞孤独——不,他的晚节是并不寂寞孤独了——的生命,他始终是一位战士,领导着我们文化界展开了中国文化运动在伟大时代的方向。在八年抗战的过程中,全国求进步的文化人、文艺工作者乃至有良心的爱国的知识分子,便正在顺着这个方向为民族解放事业而英勇迈进。这是五十年代中华人民已走了和正走着的文化运动的方向,也就是中华人民伟大领袖毛泽东先生所明确指示的中华民族新文化的方向。

从历史上看来，我们的社会停留在封建时代的年月太长了。过去的文化人不管是任何阶级阶层出身的，最后总是成为资产阶级封建文化的从属奴仆。然而自从新兴的无产阶级和他的先锋队崛起并且登上世界的政治舞台之后，为了争求自由、争求解放、争求为生存而应享有的一切幸福，向压迫者剥削者和旧的一切压迫剥削制度作了顽强无比的尖锐斗争。而社会发展的规律，是使那些封建制度不能不走向崩坏的。于是为旧社会所卵育以封建制度做暖床的资产阶级文化，当然会要没落、消沉，最后是进入墓坟。谁留恋骸骨，谁钻在这个旧文化的硬壳里爬不出来，谁便一定和它一块儿腐朽，这是无可逃避的命运！鲁迅先生从他一有知识，便□受了封建社会各种各样的压迫与剥削，眼看着自己的国家一连串的失败。他在这样的社会与这样的时代是"混"不下去的。他目睹旧社会的崩坏，毅然挣脱出来，舍弃"士君子"的自己阶级，并且和其他的革命战士一样，向着这个旧封建文化的寨臼英勇进攻。唯其他是这个阶级出身，所以对于这个阶级也就最清楚。旧文化的堡垒，是靠了这个阶级做前卫的，因他们"回马一击，正中要害"，中国人民的革命文化运动便热烈展开，"而鲁迅就是这个文化新军的最伟大与最英勇的旗手。鲁迅是中国文化革命的主将，他不但是伟大的文学家，而且是伟大的思想家与伟大的革命家。鲁迅的骨头是最硬的，他没有丝毫的奴颜与媚骨，这是殖民地半殖民地人民最可宝贵的性格。鲁迅是在文化战线上代表全民族的大多数，向着敌人冲锋陷阵的最正确、最勇敢、最坚决、最忠实、最热忱的空前的民族英雄"（《毛泽东选集》，卷一，四十六页）。从五四以来，他是一直没有走下火线，在反帝反封建的战斗□完结了他的一生的。所以"鲁迅的方向，就是中华民族新文化的方向"（引同上页）。

为了纪念这个文化巨人、文艺宗匠，重去翻了一下《呐喊》《而已集》《三闲集》等遗著，记起一九二二—二三在P城N大学东北大楼的通用教室里听讲《苦闷的象征》和《中国小说史略》时，此老的声咳色笑，又重现目前：于冷冰冰的肃穆孤寂的丰度之中而又具有热辣辣的活泼和易的情趣。他曾不改变态度，也从不拒人于千里之外的，但他"疾恶如仇"的性格，却使他对□敌是毫不容情的。他就是这样活了一生，也斗争了一生。到现在，他的巨大的人格，他的热忱与愿望，在每个想合理地活下去的中国人心里，具足地庄严起来，更具足地延续下去。他并没有离开我们！古人说"成功不必及身"，此老却做完了他的事业总结了他的时代；而且在通过了他的时代，坚强地打击了他的劲敌，亦是中华人民大众的共同敌人——帝国主义和封建势力。这就是代表着全中华民族斗争的全部文化工作，他的一生，却反映了斗争的全阶段，我们知道，现阶段的中国新文化乃是无产阶级领导的人民大众的反帝反封建的文化，这工作，在鲁迅是个人事业之归宿，而在我们则是伟大时代之开始。

最后，为了纪念鲁迅先生，希望我们的文艺工作者应该更深入地观察与体验革命群众的生活，更多地去创造革命文艺，更真切地去反映革命的现实。目前是全国人民在要求和平、民主、团结的紧要关头，文化工作应当和整个的斗争密切联系。同时，革命战争时期的战斗经验与史实，表现在小说、诗歌、戏剧、音乐乃至木刻版画等艺术创作上，更是应该的。在纪念伟大新文化运动巨人鲁迅先生九周祭典的今日，我们正期待着新文化运动的圣徒们共同努力，替我们创造出适应时代要求，满足革命人民广大的工农兵群众的需要，更好地使得革命的文艺，能够协助其他革命工作，完成中华民族在五十年代争取民族解放胜利的任务。

(《晋察冀日报》1945年10月19日，《鲁迅逝世九周年专刊》)

算　账
——纪念鲁迅而作

康濯

一

鲁迅先生死了九年，每年这时节，总多少有些感想；这回，当着胜利紧张的心情，看周围一切，想鲁迅先生，感触最锐敏的，是关于报仇算账一类的事，就从这写开去吧！

半月来，耳闻目见，印象最深的，是张市枪决汉奸韩广森、崔景岚，理发工人斗争恶霸张子清，新保安三千群众公审汉奸范怀进等等，这都是人民翻身的痛快事。有仇报仇，欠债还钱。鲁迅先生也说过："血债必须用同物偿还，拖欠得愈久，就要付出更大的利息。"多少年来，敌寇汉奸特务拖欠多少账目，总会要算得清清楚楚的，今天不过是轰轰烈烈地算开了头而已。

不过，从债务类别上来说，文化思想上的账仿佛还没有开头算，拿一个算盘子随便算算：就以张家口说，街道上很难找到书店；闲空的院子里书籍满堆，却不容易从一千本书里面找到一本汉文的；高小学生的中文程度，低得跟边区内部二三年冬学的青年差不多；旧书摊上看见过敌人印的《鲁迅杂文集》，翻开一看，却改造了全部内容；八路军刚收复这里时，还会出现过一个家伙，假借民意，成立过"文化界联合会"，自封为"文化界代表"……单从这些零碎的流水就可以想见，敌人对中国文化的摧残、对鲁迅先生的侮辱，以及汉奸文人的猖獗程度，是何等卑劣无耻达于极点！这大概是看不见鲜红血迹的债务吧！但这种文化上毒素的注射与散布，深入到社会的各个角落，侵蚀过不少人口的骨髓，对于这项债务的清洗、刷新、建设，是不知道要比血债困难好多倍的：这不能不引起我们最大的仇恨与愤怒！

这笔账是不能不算的，如果说今天还没怎么开始，我们文化界伙伴们、新解放区的文化教育人士们、青年学生们，就马上一齐动手！对于罪大恶极的汉奸文化教育人员，追捕他，斗争他，要求政府处惩他！那些隐藏了的，还有那些危害过人民与文化，却一副假惺惺笑面孔，今天还在拜佛吃斋的，尽管他装得可怜，一点也不能原谅，都要拖出来，撕破他们的假面皮，打个落花流水！鲁迅先生教导过我们：落水狗也要打，要不，它爬上岸来还会咬人——这是我们要学习的战斗方法！当人民向恶霸斗争胜利时，恶霸在人民面前跪下了，人民还要打他两个耳光，踢他几脚——这也是应该的，也是我们要学习的战斗方法！

二

凭追捕、斗争，这笔账就算完了吗？不行！

算这笔账，还有麻烦、还有困难。以张家口市来说：

有这样的一些人：他们不一定是罪大恶极的汉奸，比如，他们当敌伪统治时，在敌伪办的学校里教书，在敌伪文化机关里做些技术工作，而今天，比如在张家口，这些人有的也参加了今天胜利后人民的文教工作。他们给敌伪做过事，服过务，他们当过汉奸。当今天人民和人民的政府对他们宽大，伸出正义的手来挽救他们，拉他们走向进步的时候，他们有的并不觉悟，有的哭丧着脸，有的并且还趾高气扬，"文化教育是最清高的！我们给敌人做事，是不得已呀！我们教书，是为了中国的孩子们！再说，我们并没有管过政治！……"好像他们当过汉奸倒可以原谅,甚至"为教育中国的孩子们"给敌伪服务,还有功劳似的!真是多么好听!

还有这样一些人:他们是敌伪的报人,或者是伪蒙疆文学恳谈会的"作家"们;他们给敌伪鼓吹过"赫赫战果",骂过人民和共产党八路军,然而他们也以为是"不得已",他们是"不管政治"的!他们或者仿佛真的"不管政治",写关于骆驼、沙漠、漂流、苦闷、空虚、梦等一类小说散文诗歌戏曲的,他们也以为"这有什么罪呢?我是干我的文艺的!"。当他们今天觉得倒了霉出不了头时,反而愤愤不平,"什么边区!什么八路军!一套政治,没有文化,没有技术!",或者仍旧是"空虚啊!人生是苦闷的,上哪儿去?"。

给敌人做事,是"不得已"吗?八年多来,为了我们民族和人民的生存和翻身,多少同胞毅然丢弃了故乡、亲属和一切,风里来浪里走,艰辛血泪,甚或还决然死在战场;同是中国人,他们为什么不去"不得已"呢?边区的一个普通老百姓,还有好多小孩子,被敌人抓了,被砍掉十个手指头,被处以各种文字上形容也感到无力的毒刑,然后干脆活埋、枪决,他们可以一句话也不告诉敌人;同是中国人,为什么他们能够这样"得已"呢?中国人要都那样"不得已",那我们又何日翻身?先生们!念过书识过字,该知道流芳百世与遗臭万年,该懂得民族气节吧?站在胜利了的战斗的人民面前,你们的"不得已"在哪里?

文化教育和技术工作是不管政治的吗?是清高的吗?好吧!就算你"不管"政治,就算你"清高"吧!你办报,骂了人民,鼓吹了敌人;你当教员,使小孩不知道自己的祖国,对汉字汉文不感兴趣,把解放区认为是红胡子巨齿獠牙的鬼怪世界;你做技术工作,给敌伪办好了一些事情……敌人正是要利用你这一点啊!管你管不管政治,你反正为敌伪服了务,使敌伪的血腥统治在张家口保持了八年,这不是为敌伪政治服了务是什么？这也算清高吗？如此清高下去，那枪毙抗日干部的刽子手也可以自认清高，说"我不管！反正人家叫我枪毙的"了。

至于伪蒙疆文学恳谈会的"作家"们！你们苦闷，空虚，梦，而人民却快乐而充实地战斗，斗了八年多，今天更因为胜利而快乐和饱满，人民的作家制作了《血泪仇》《王秀鸾》等等，得到了全边区以至张家口市每个人民的热爱。文艺是给人看的，而你们的文艺创作有《血泪仇》甚至有《宣传卡车》的读者和观众多吗？没有的，你们固然好像真的不管政治，但是你们的创作，给知识青年看了，不过增多几个苦闷的朋友、消沉的朋友，不向上了，不斗争了。于是我们民族少了几分力量，而敌伪心眼里大声欢笑！抗日的文艺，敌伪禁止得用枪炮子弹来阻挡，你们的文学敌伪却欢迎，这是不管政治吗？这是清高吗？

至于技术，科学技术自然是好的，要学习的，文艺上的技术，我们人民的文艺工作者也是要学习的，但你们的技术果真是那样高吗？除非认为把中国文字夹杂了许多日本味成了"协和体"算作你们的"功劳"，还有什么可夸的"技术"呢？老实说，把你们的《"蒙疆"文学》上的"佳作"，拿来和抗战前《中学生》杂志上读者的创作来比较一下，恐怕你们并不"高"吧？

三

这篇账是不好算的，不过，这篇账不算清，那整个文化思想上的账目总会拖欠，而危害今后人民文化事业，这批账一定要算清。在今天，笔杆是更需要了，鲁迅先生原是学医的，他之拿笔杆主义是为了从思想上救中国人民，我们今天就更好地学习这个鲁迅精神吧！所谓"不问政治""技术第一"的先生们！我们大家都有笔，我们不妨来说说道理,看谁是谁非,直到心服口服,把账算清。

纪念鲁迅先生,发扬鲁迅方向,我以为要用一切武器开展文化领域的算账运动,算不清决不休止。

(《晋察冀日报》1945年10月19日,《鲁迅逝世九周年专刊》)

《血泪仇》介绍

《血泪仇》这个三十四场新型的梆子戏,已成为广大的解放区妇孺皆知的名剧了,广大群众喜欢看这个戏,很多村剧团自己上演这个戏,几乎演遍了整个老解放区的乡村。正如一般群众所说:"真是一个百看不厌的好戏,意思又好又都是说咱们老百姓自己的事情,又是咱们老百姓最爱看的新梆子戏。"这是群众对这个戏最深刻的印象——它真实生动地表现了群众的生活,它深刻正确地道出广大群众心里的痛苦和愿望,它利用与发展了群众自己熟悉喜爱的艺术形式。

这个剧本是延安民众剧团马健翎同志所写。他从生动的艺术形象里,具体说明了中国广大的劳苦大众在两条不同的政治路线下过着两种完全不同的生活。"在国民党统治区域内,军阀、官僚、特务、土豪、劣绅,到处剥削、敲诈、残害老百姓;劳苦群众挣扎呻吟于水深火热之中,呼天天不应,叫地地不灵,妻离子散,十室九空。"但八路军、新四军所创造的解放区内,在共产党的领导下,党政军民亲密团结,积极战斗与生产,丰衣足食。剧中明确地提醒了我们:谁是真正解放中华民族的救星,谁拉着中国人民走向死亡。剧本的取材是描写河南国民党统治区的一个农民家庭——王仁厚的一家遭受着天灾、兵灾,在国民党的暴政的摧残下终于家破人亡、妻离子散,但中国的劳苦群众生活、斗争的意志是惊人地顽强的,最后他们终于千辛万苦地离开了苦难的深渊,找到了全中国最好的地方——陕甘宁边区,在那边,他们在政府和群众热烈的帮助下,全心全力努力劳动生产,过着丰衣足食的生活,还当了光荣的劳动英雄。但他的儿子——王东才自从被中央军抓去当兵以后,被迫混进边区做破坏工作,几乎毒死了他亲生儿子狗娃,几乎砍死了他的老爹。国民党包围进攻边区,王仁厚和边区人民一道英勇保卫边区，把反动军队击退，最后他的儿子终于报仇雪耻并坦白自己的过失，王仁厚全家在边区大团圆。故事是非常动人的，人物的典型是非常鲜明的。

民国三十一年就有上万的河南的难民逃到陕甘宁边区，他们都经历了人生最大的苦难和辛酸，最后都到了连做梦也见不到的像边区那样的好地方，王仁厚只是无数难民中间的一个。由于作者目睹了这些活的事实，并且也曾经历过这两种生活，再加上艺术上洗练精细的刻画，感人的力量就更加大了。每当演到王仁厚深重灾难的遭遇和边区人民那种热情友爱帮助的时候，真是连铁石人也会感动流泪的。剧本里每一字每一句都生动地反映了劳动人民的思想与感情，也就反映了作者对劳苦群众的热爱和对反动派的憎恨，这是这个剧本成功的主要因素。

(《晋察冀日报》1945年10月20日)

革命要有韧性

——纪念鲁迅逝世九周年

鲁迅先生逝世九周年了，鲁迅先生是正当中国的抗日民族革命战争正要爆发的时候逝去的。

鲁迅先生没有机会看到这个艰难复杂的抗日战争，也没有机会看到这个战争的胜利；然而鲁迅先生是以一个坚定的、革命的民族斗士结束了他的晚年的，他在这个期间遗留给我们的文字，是至今也还可以看出他爱中国、爱民族、爱人民的如火的热情，以及对于敌人的无比的憎恨的。

我们在抗战胜利不久之后纪念鲁迅先生逝世九周年，引起了无限的感想。在九年前的今天，鲁迅先生是用尽了他的一切为民族斗争的精力离开我们而去了，他遗留给我们的仍是艰难、复杂而光荣的任务。我们继承了鲁迅先生的战斗传统，战斗了九年了，我们的抗日战争终于获得了胜利，这是我们可以告慰于鲁迅先生的英灵的。

抗日战争的胜利，最近国共谈判的成果，展开了将来中国和平建设的远景，我们清楚地看见了光明的前途，只要使全国人民继续努力，中国的独立、自由和富强是无疑义可以争取的了。但是革命的前进道路仍然不是平坦的，中国民族的敌人和反动势力，还在阴谋破坏中国人民的胜利，中国人民还要经历一段艰难困苦的过程。鲁迅先生非常清楚地了解中国革命斗争的复杂性和曲折性，因此远在大革命以前，鲁迅先生便提出我们战斗要有"韧"性，而过了将近十年之后，鲁迅先生仍然谆谆地教导我们"对于旧社会和旧势力的斗争必须坚决持久不断"。这使我们想到，中国人民长久牺牲奋斗所得到的任何成就都不应使我们把斗争松弛下来，而沉迷在盲目乐观的幻想里。

鲁迅先生警诫我们说："革命是痛苦……是现实的事，需要各种卑贱的麻烦的工作，决不如诗人所想象的那样浪漫。"这也同样地可以作为我们的一种教训，一种警惕。革命的建设的确是需要经过我们无数一砖一瓦、一木一石的"卑贱"的、"麻烦"的、具体的工作的，没有这种"卑贱"的、"麻烦"的具体工作，革命的胜利是没有可能的。从每个革命者来说，没有经过这种"卑贱"的、"麻烦"的具体工作的锻炼，是无法了解革命的实际，无法锻炼成一个切实的革命者。但在我们现在这个局势开展的时候，我们很容易轻视或不安于这种"卑贱"的、"麻烦"的具体工作，而这种不安和轻视的心理影响到实际生活中，往往就会给革命工作以不小的损失。因此上面鲁迅先生的这番话，是特别值得我们记取的。

鲁迅先生还警诫我们说，不要以为我们现在做了工作，将来便可以而且应该得到革命的"报酬"，便可以而且应该享受特殊的生活，"因为在实际上决没有这种事，恐怕那时比现在还苦，不但没有牛油面包，而且黑面包都没有也说不定，俄国革命后一二年的情形便是例子"。在我们现在这个时候，有些同志也很容易错误地发生个人在革命当中获得些什么、抓取些什么的思想，而一时忘记了我们原要献身革命，原要无条件地把自己的一切给予革命的思想。这种想法无形中销蚀我们的革命热情和意志，同样也会给革命以损失，因此鲁迅先生这种话对我们也同样有深刻的教训意义。

鲁迅先生所给我们的思想上的教训，自然远超过上面列举的这些，但是在抗战胜利之后第一次纪念鲁迅先生的今天，我们重温鲁迅先生的这些话是感到特别触目，特别具有深刻的教训意义的。我们纪念鲁迅先生，便要牢记鲁迅先生这些遗教，学习鲁迅先生的这些思想，并且坚决地用鲁迅先生的思想来扫除我们脑子里存在的不正确的思想。（《解放日报》）

（《晋察冀日报》1945年10月22日）

"新洋片"在农村

辛可 萧肃 坦明 施展 执笔

美术怎样与群众结合,不但早就成为我们经常谈论的问题,而且已是亟待解决的问题,尤其文教大会开过以后。文协的这次使用"拉洋片"的形式下乡,正是希望能在这个尝试中获得一条美术与群众结合的途径。

我们于二月底出发延长、延川、子长一带,在五十一天当中走了三个城、六个区、十个村,共演出四十一场,每次观众平均约二百人。

"新洋片"是连环画加以说唱,是美术与文学及音乐结合的一种形式。它和流行民间的旧"洋片"(西洋景)不同的地方是没有凸透镜的装备;是制成舞台式的镜箱画片在后面推拉,画片也比较大,横长三尺二,宽二尺半,这样可多容纳观众,同时可看几百人;在演唱上也很简单,一个人表演,两个人在后面伴奏音乐和换片子,舞台是四块布景片搭成的,装卸携带都很轻便。

"新洋片"是旧形式的利用,是一种综合□的艺术形式,不但能看,而且能听。这种声色具备、悦耳娱目的形式,群众很容易接受,所以群众非常喜欢它,欢迎它。每到一处,锣鼓一响即挤满了观众,也有看几次之多犹感不厌者,延川孙老汉就是这种观众中的一个,在城里看了跟到禹居区又看,还买了一张纸要我们给他抄"丁有财"的唱词,最后说"回去教娃娃们唱"。有两个青年相互交谈说:"洋片比看戏还好懂,看着比戏还有意思。"确实,群众能从洋片上得到很多新知识,如《怎样养娃娃》《掏谷槎》,且能看到听到许多新闻,如国民党顽固派只会压迫人民不抗战,英勇善战的八路军新四军从万里长城打到南海边，建立了十九个解放区等。当看到汽车、大炮时他们尤感到新奇有味，"原来是这样的"，因此观众自始至终都静悄悄的，中途而去的人很少见到。以下两个例子可以说明观众是怎样聚精会神地看和听——"操心听，把洋片上的事情记下，□后讲给我，我当时记不下"，这是一个延川的老婆婆求一位小学教员的话。延川大掌村张□台看完洋片，请我们到他家里吃酒，要求把《怎样养娃娃》的道理仔细讲给他。"你们早来六七天我的娃就不会撩了，"他很痛惜地说，"受风了，以后婆姨再生娃娃，一定亲自用新法接。"

冯家婆姨看完洋片问我们："生娃娃后怎样吃鸡蛋？"（本来这里的老百姓生娃后不吃鸡蛋）

在洋片的宣传教育下，群众的政治觉悟更提高了，如在永坪演过后，街头巷尾，群众三五成群的都大谈起国家大事来，"八路军打到洛阳□□泌阳……中央军真鬼子熊！"一个河南小贩听到洛阳一带也成了边区，很感动，帮助我们特别积极，自动维持秩序，号召群众用手罩在眼上看……当群众知道八路军新四军在敌后还有十六个（当时未宣布十九个）解放区，莫不为之振奋，都说"真有办法！"。但当国民党顽固军的军官同姨太太吃酒行乐投降敌人的片子出现时，台下顿时充满一阵强烈的咒骂声！

从□次的工作经验及群众反映，证明了洋片确为群众所"喜见乐闻"，而且是适合于分散农村的宣传形式，不仅轻便灵活，入手简单，无论人多人少随时随地甚至刮风下雨在窑洞里也可以演出，且能适应客观需要，及时反映当地情况；更应该强调的，这种形式既能深入农村而又不增加老百姓的负担，正如老百姓所说，"你们来了也不过多添两双筷子"。诚然，农村，尤其是较偏僻的小村落，是很需要文化的，目前我们的文化工作者虽然尽了很大努力，成绩也很大，但离客观的需要还相差很远。不过，若是广泛深入地开展农村文教工作，人数比较多的团体就不容易很深入地活动，因为给老百姓的负担较大，即便有些农村能勉强对付过去，也难经常支持。因而，类似洋片这种轻便而收效很大的形式更有研究和大大推广的必要了。

延川县委宣传部长曾经这样说："洋片反映问题更具体，如《养娃娃的办法》《掏谷槎》的说明，既形象而又具体，对老百姓最适合！"因为称赞这种工作形式又提出推广的意见："应向各专署建议，派出人来训练，两个人一队，脱离生产，专去农村，箱子能减轻到一人能担更好，即使很偏僻的乡村也能去，作用是很大的。老百姓的负担也没问题，画片由延安供给。"永坪白区长说："这种方式好，你们宣传一次顶我们十次，群众不但能听而且亲自看了，看了就信啦。""这个形式好，前次医疗队来宣传怎样养娃娃，政府帮助动员妇女，结果只来了十几个人，今天锣鼓一响，就自动来了五六十。"

在这次短期尝试中，虽获得了一些收获，但是也存在不少的缺点。因为仓促出发，一切准备工作很草率，如舞台装置得不够辉煌红火，致减低了它的号召和吸引力。片子太少，只有敌后和国民党统治区的两套，中途又添了《怎样养娃娃》《掏谷槎》，群众感觉到不能满足他们的要求。片子的内容应多样化，如卫生、时事、革命故事、劳动、英雄等，这样可按照不同的地区（城市、乡村）、不同的对象（妇女、娃娃、老汉等）决定节目，如《怎样养娃娃》农村婆姨特别喜欢，敌后战争或政治意味浓厚的故事适合于青年及文化水平稍高的人，老汉特别爱看历史故事。一般的群众很喜欢看地图，尤其是能认识字的青年和老汉。我们为帮助解释敌后和国民党统治区，两套连环画只有一张小型的地图，如以图解式的大型地图来帮助群众了解敌我友的战场形势，收效当然更大了。有两套连环画用西洋画的表现法，光线明暗尽量采用，群众多感模糊不清（当然画得不够严肃细致），尤其在远处看。"那是外国人吧？"一个老汉说。《怎样养娃娃》

改用平涂单线的画法，群众为清晰明快的画片所感染，也立即有了反应，"这娃娃多惹人，越看越想看"。不过，欣赏较高的观众，如干部，城市及文化水平稍高的群众（少数的），对单线平涂的画就感到不满足了，这是对用西洋画法的片子的表示。色彩鲜明、交代清楚的画面，婆姨娃娃特别喜欢。初次演出时，唱词生疏，语言也不是方言，一般的反映是"解不下"。群众因唱词听不懂致影响对画片内容的了解。说唱一定要用方言。洋片是综合性的形式，除美术，说唱、演技、音乐也是相当重要的。这一次，一切都由三个画画的同志一手包办，演唱伴奏是轮流担任，在音乐的配合上不但很简陋，而且韵律感到不调和、混乱……另外，唱词的长短、说唱的配合都是值得注意而加以改进的。

在美术本身也获得一点经验，就是：群众都很喜欢看画，对于有头有尾的连续画特别感到兴趣。因为单幅画在表现上限制性很大，要告诉群众更多的复杂多变的内容和过程，是很困难甚至是做不到的，因而给予群众的感染力便不大。但连续画画幅也不宜太多，以十幅左右为妥。而且只有真实地反映群众生活和解决他们的切身问题的作品，才能受到群众的拥护，如我们的《怎样养娃娃》到处受到群众欢迎，就是很好的证明。根据目前边区群众欣赏习惯及接受能力，应采取他们最熟悉的单线平涂的表现法（如以适当的明暗也可）。群众对画面的要求是清楚明快，画什么像什么，因而事物的描绘务求写实，甚至画很小的东西也不能马虎，构图要丰满、完整，尽量避免画半截腿的人、有尾无首的牛……主题要突出明确，与主题无关的装饰、衬景宁肯不要，不必要的夸张和老百姓不习惯的透视，如腿比头粗、倾斜的房屋等也须避免。色彩宜鲜艳、明快、逼真。所谓气氛，暂时也无须过分强调。

今后为使得工作更深入地开展，并且能在群众中生根，只是洋片是不够的，应与其他工作形式相配合，在这里提出几点意见，供作参考：

一、文化摊子：将大量的文化食粮散播到农村去，如群众最喜爱的画报、年画、木刻、唱本、连环图画及各种小册子。在洋片开演前后向群众进行推广介绍。二、流动书展：洋片的画面较大，绘制麻烦，用费亦大，为帮助和教育群众了解更多的东西，应多收集和绘制多种多样的有关历史、生产、战斗、文教、卫生、备荒、时事教育等连环画（小型的也可）挂图，配合洋片巡回展览，如人手不足可与当地小学民教馆合作。三、团结民间艺人和带徒弟：分散在各地的艺人如塑神匠、画匠，爱好和对美术有修养的学生、工作人员为数很多，应该和他们团结、帮助、改造，同时也向他们学习，必要时开办短期美术训练班，并与他们建立经常通讯关系。四、帮助地方，如帮助小学民教馆书画挂图连环画等。五、与实际工作密切结合：目前边区的疾病和死亡是相当严重的问题，向群众宣传反对迷信讲究卫生当然是必要的，不过只是空口宣传不能解决实际问题。如果每当宣传团体下乡都配以相当数量的医务人员，不但有画给群众看，讲道理给他们听，并且能给他们治病，那么收的效果就不知大若干倍了。

（《晋察冀日报》1945年10月28日）

庆丰戏院公演《血泪仇》效果良好

郑佳　西雨

【新华社晋察冀分社张家口二十九日讯】二十七日晚，庆丰戏院演出评剧前部《血泪仇》，因演员演技纯熟，表情认真，再加上剧本本身之完整及充分感人的力量，演出效果甚佳。该剧以评剧形式演出，在张市尚属首次云。（郑佳）

剧评

本市庆丰戏院于昨日（二十七日）首次公演了前部《血泪仇》。天还未黑，即已宣告客满，直到散场，观众有增无减，盛况空前，全部观众皆甚感满意。《血泪仇》原是延安创作的一个秦腔戏，在边区各村剧团演出时，多用河北梆子形式，而以评剧形式演出这还是首次。由于评剧唱词吐字清楚，且和说白非常接近，表演上也很自由，没有拘束，不像梆子二黄那样刻板凝固，可以比较真实地传达戏情，再加上庆丰的演员们纯熟的演技，而使该剧取得了应有的效果。这效果的取得绝不是偶然的，而是他们认真严肃地表演了剧中的人物，适度地发扬了评剧中的优点而扬弃了过去评剧中的某些不良的成分，这是一个突破旧形式的实践、一个难能的转变，也是旧艺人应走的新方向。这个新方向就是剧本的尖锐的政治性和艺术的结合。

综观这个剧的演出，优点是不胜枚举的，例如演员们都能认真做戏，绝无取笑打诨等现象；演员们演技还很纯熟，表情很深刻，其中老头、老婆、媳妇和副官等表演都有独到之处，其他演员也能称职。虽排练时间极短，但毫不生疏，对白也紧凑，尤其值得提出的是在感情的表达和剧情发展上很自然很尽情理。第七场"逃难"最为动人，演员们自己被剧情感动得全都流了泪,换得了观众席中一片啜泣声。这些优点都是很难得的,可是因为在本市旧剧界演出新剧本这还是创举,所以一些缺点仍是难免的,例如个别反派演员稍嫌过火一些,最后一场龙王庙没有得到更深的发挥,媳妇上场后坐在台前使做戏受了很大的限制,老太婆碰死也不够明显,假如能再加工排练一下,一定会有更好的效果。

  总之,这个剧的演出是成功的。希望张市的旧艺人、旧戏院能重视这样的演出,并且把它当作一个新的发展方向,大胆地做下去,张市的艺术活动,一定会有一番新气象。(西雨)

(《晋察冀日报》1945年11月1日)

我学习音乐的经过

冼星海

此文发表于一九四〇年延安出版之《中国青年》上,今天重新发表,可以使我们重新回顾星海同志一生所走的道路,学习星海同志的刻苦学习、热爱祖国和人民的精神,悼念这位人民的歌手,跟着他的歌声前进,建设人民的新音乐和新中国。

——编者

××兄:

我到这里已经一年多了。现在又是春天,每年春天,我总想多写些东西。今年春天,大概还能更多写一些吧。我刚刚写《"三八"妇女歌舞活报》《牺盟大合唱》,又要开手写《浏阳河》歌剧和《敌后抗日根据地大合唱》……

我住的地方是一条小溪流入一条河的山沟边。春天冰雪融化了,河水、溪水浓重地、磅礴地向东奔流。在柳树枝头抹着翠绿的包围里,礼堂——从前是个教堂——的双塔尖插入明秀的天空,引起了异国的回忆,我想起你前次的来信。

你问起我的创作经验,我觉得我还谈不上什么经验,因为我现也还在学习中。但为了答谢你给我的鼓励,只好不避厚颜,将学习的经过乱七八糟地写下来,这样的东西,怕于你没有什么益处吧!

一、在巴黎

我曾在国内学音乐有好些年。在广州岭南大学教音乐的时候,感到国内学音乐的不方便,很想到法国去。同时,我奢想把我的音乐技巧学得很好,成功为一个国际音乐家。正在考虑之际,凑巧得马师聪先生的帮忙，介绍了他在巴黎的先生奥别多菲尔（Pauloberdocffer）给我，于是我下了很大的决心，不顾自己的穷困，在一九二九年离开祖国到巴黎去。到了巴黎，找到餐馆跑堂的工作后，就开始跟这位女界名提琴师学提琴。奥别多菲尔先生过去教马先生时每月收二百佛郎（当时约合华币十元左右），教我的时候，因打听出我是个做工的，就不收学费。接着，我又找到路爱日·加隆先生，跟他学"和声学""对位学""赋加曲"（学作曲必要经过的课程）。他是巴黎音乐院的名教授，收学费每月亦要二百佛郎，但他知道我的穷困后，也不收我的学费。我又跟"国民学派""士奇芝·港多隆母"学校（是一个唱歌学校，系巴黎最有名的音乐院之一，于"巴黎音乐院"齐名，也是专注意天才。与"巴黎音乐院"不同之处是它不限制年龄，"巴黎音乐院"则二十岁上下才有资格入学。此外，它除了注意技巧外，对音乐理论比"巴黎音乐院"更注意）的作曲教授丹地学作曲。他算是我第一个教作曲的教师。以后我又跟里昂古特先生学作曲，同时跟拉卑先生学指挥。这些日子里，我还未入"巴黎音乐院"，生活穷困极了，常常妨碍学习。

我常常在失业与饥饿中，而且求救无门，在找到了职业时，学习的时间却又太少……我曾经做过各种各样的下役，像餐馆跑堂、理发店杂役，做过西嵬，做过看守电话的佣人和其他各种被人看作下贱的跑腿。在繁重琐屑的工作里，只能在忙里抽出一点时间来学习练琴，看看谱，练习写曲，但是时间却不能固定。除了上课的时间无论如何要想法去上课外，有时在晚上能够在厨房里学习提琴就好了。最糟的，有时一早五点钟起来直做到晚上十二点钟。有一次，因为白天上课弄得很累，回来又一直做到晚上九点钟，最后一次端菜上楼时，因为晕眩连人带菜都摔倒，挨了一顿骂之后，第二天就被开除了。我很不愿把我是一个工读生的底细告诉我的同事们，甚至连老板也不告诉。因此，同事对我很不好，有些还忌刻我，在我要去上课的那天故意地找工作给我做，还打骂我。因此，我也曾同人打架。有一个同事是东北人，他一看见我学习，总是找事给我做，譬如说壁上有一丝尘要我去揩等等。但我对他很好，常常给他写信回家（东北），他终于感动了，把我特别看待，给我衣服穿等等。可是我还不告诉他我入学的事。

我失过十几次业，饿饭，找不到住处，一切困难问题都遇到过。有几次又冷又饿，实在支持不住，在街上软瘫下来了，我那时想大概要饿死了，幸而总能侥幸碰到些救助的人，这些人是些外国的流浪者（有些是没落贵族有些是白俄），大概他们知道我能弹奏提琴，所以常在什么宴会里请我弹奏，每次给二百佛郎，有时多的给一千佛郎。有对白俄夫妇，他们已没落到做苦工，他们已知道了劳动者的苦楚，他们竟把得到很微薄的工资帮助我——请我吃饭。我就是这样朝朝暮暮地过活，谈不上什么安定。有过好几天，饿得快死，没法，只得提了提琴到咖啡馆大餐馆中去拉奏讨钱。忍着羞辱拉了整天得不到多少钱，回到寓所不觉痛哭起了，把钱扔到地下，但又不得不拾起来，门外房东在敲门要房金，只好把讨到的钱给他，否则就有到捕房去坐牢的危险（其实，如不是为了学习，倒是个活路）。有一次讨钱的时候，一个有钱的中国留学生把我的碟子摔碎，掌我的颊，说我丢中国人的丑！我当时不能反抗，含着泪悲愤得说不出话来——在巴黎的中国留学生很不喜欢我，他们有钱，有些领了很大一笔津贴，但却不借我一文。有时，我并不是为了去借钱找他们，他们也把门闭上，我只看到在门口摆着两双四双擦亮的皮鞋（男的女的）。

我忍受生活的折磨，对于学音乐，虽不灰心，但有时也感到迷惘和不乐，幸而教师们帮助我，鼓励我，在开音乐会演出名曲时多送我票。奥别多菲尔先生在一个名音乐会里演奏他的提琴独奏时，不厌我的穷拙,给我坐前排。这些给我的意外的关怀,时时促起我从新提起勇气;同时也给我扩大了眼界,我的学习自觉有很大的进步,我写了很多东西,我学习应用很复杂的技巧。

在困苦的生活的时日,祖国的消息和对祖国怀念也催迫着我努力。

我很喜欢看法国国庆节和"贞德节"的大游行。这两个节是法国很大的节日,纪念的那天参加的人非常拥挤,有整齐的步兵、卫队、坦克队、飞机队等,民众非常热烈地唱国歌,三色国旗飘扬,我每次都很感动。在一九三二年,东北失陷的第二年,到那些节日,我照例去看游行,但是那次,群众爱护他们祖国的狂热和法国国歌的悲壮声猛烈地打动了我,我想到自己多难的祖国和三年来在巴黎受尽的种种辛酸,无助、孤单、悲愤、抑郁的感情混合在一起,我两眼里不禁充满了泪水,回到店里偷偷地哭起来,在悲痛里我想起了怎样去挽救祖国危亡的思念。

我那时是个工人,我参加了"国际工会"。工会里常放映些关于祖国的新闻片和一些照片,我从上面看到了祖国的大水灾,看到了流离失所、饥饿死亡的同胞,看到了黄包车(人力车)和其他劳苦工人的生活,看到了国共分裂的大屠杀……这些情形,更加深了我的思念、隐忧、焦急。

我把我对于祖国的那些感触用音乐写下来,像我把生活中的痛处用音乐写下来一样。我渐渐地不顾内容的技巧(这是"学院派"艺术至上的特点)用来构写与诉说痛苦的人生和被压迫的祖国,我不管这高尚不高尚。在初到法国的时候,我有艺术家的所谓"慎重",我对于一个创作,要花一年的工夫来完成,或者一年写一个东西,像小提琴及钢琴合奏的《索那大》,我就花了八个月的工夫,但以后,就不是这样了。我写自以为比较成功的作品《风》的时候,正是生活逼得走投无路的时候。那时我住在一间七层楼上的小房子里,这间房子的门窗都破了,巴黎的冬天本来比中国冷,那夜又刮大风,我没有棉被,睡也睡不成,只得点灯写作,哪知风猛烈吹进,煤油灯(我按不起电灯)点着了又吹灭。我伤心极了,我打着颤,听寒风打着墙壁,穿过门窗猛烈嘶吼,我的心也跟着猛烈撼动,一切人生的、祖国的苦、辣、辛、酸、不幸,都汹涌起来,我不能自已,借风述怀,写成了这个作品。以后,我又把我对祖国的思念写了《游子吟》《中国古诗》和其他的作品。

我想不到《风》那么地受人欢迎,我的先生们很称赞它,旧俄(现在已同情苏联)的音乐家也是现在世界有名的音乐家普罗珂菲叶也很爱它,并且它能在巴黎播音(上面说过的《索那大》也被播音过)和公开演奏。

大概因为作品的关系和别人的介绍,我侥幸得识了"巴黎音乐院"的大作曲家普罗·刁客(Panldukal)先生,他是世界三大音乐家之一(印象派),更侥幸的是,他竟肯收我做门生。他给我各种援助,送衣服,送钱,不断地鼓励我,还派他的门生送我乐谱、香烟(我当时不抽烟,没有收下)并答应准我考"巴黎音乐院"的高级作曲班。在这之前,一个法国的女青年作曲家也给了我很大的帮助。她亲自弹奏过我的作品,她鼓励我不要灰心,教我学唱,学法文,经济上不时周济我(她的母亲待我也很好),在我考"巴黎音乐院"的时候,她先练习了八个月的钢琴为我伴奏。

投考的那天,"巴黎音乐院"的门警不叫我进门,因为我的衣服不相称——我穿了一套袖子长了几寸的西服——又是个中国人。我对门警说我是来投考高级作曲班的,他不相信,因为中国人考初级班的也很少,而且来的多是衣冠楚楚的人,高级班,过去只有马思聪先生入过提琴班,这样就无怪他问我了。正在为难,恰巧普罗·刁客先生从外面来，他攀我的肩一同进去了。

我总算万幸考入了高级作曲班，考到了个荣誉奖，他们送给我物质和食品时，问我要什么，我说要饭票，他们就送了我一束饭票。入学后，我专心学作曲兼指挥，又在国民学派"士奇芝·港多隆母"学音乐理论。这时生活上较有办法了，学校准许我在校内吃饭，刁客先生更常帮助我，不过比之别人来，我穷得多，学习时物质的需求还很难解决，比如买书就不行。所以我几次要求政府给公费，根据我的成绩及资格说来定应得公费的，但祖国政府对我的几番请求都没答复，学校给证明，甚至当时巴黎市长赫呈欧也有证明文件都不行，我很失望。我记得有一年，有个要人到巴黎来，找我当翻译，我要求他想法给我资助去德国学军乐（那时我还未入"巴黎音乐院"），回来为祖国服务，我的要求没有达到目的。他那时还是宣传中国须要抗日，我又是要求学军乐，却还不能答应我的请求。待到我入了"巴黎音乐院"，再遥望政府给公费自更困难了，结果是从始到终一文公费也领不了，我在"巴黎音乐院"的几年生活只靠师长学校的帮助。

一九三五春，我在作曲班毕了业，刁客先生逝世，我就不能再继续□在巴黎研究了，另一方面，我也想急于回国把我的力量贡献给国家，所以临行时，上面说过的那位女青年作曲家劝我再留在巴黎，我也没有答应，为不却她的盛意，我向她说谎，说半年就回到巴黎。我有许多曲稿还留在她那里，另外还有许多书及稿件也关在别处一间小寓所里，因为没钱交房租，不能取回来，大概现在还在吧！

一九三五年初夏，我作最后一次欧洲的旅行。几年来，我把欧洲主要的许多大小国家的各城首都游过了，我增长了很多知识。这最后一次到伦敦的旅行，却很不顺利。登岸时英政府不准我入境，他看见我的证明文件及穷样子，以为我是到伦敦找事做的，他不相信我是旅行者。我被扣留了几个钟头，亏得能打电话到公使馆，才释放了。帝国主义对弱小民族是歧视的,英国的成见尤深。

二、回到祖国

从伦敦回来之后,我就起程回国了。

在回国的途上,我没有钱,得友人之助,坐货船,一路和回国的工人、水手一起生活,非常愉快。工人,我很合得来。其实我自己也算"半个"工人,在巴黎的近郊,我参加过华工的一个很大的晚会,那时欧阳予倩先生也在,我为工人们奏提琴,我自己也很快乐。这次回国,虽然享不到人们坐邮船那种福气,但说说笑笑,坦白真挚地生活,也很好。我们行船经过许多地方,到非洲时,我还上岸去观光了一趟。

船到香港,喜悦和愤怒一起来了。喜的是一别七年的祖国已经在望,愤怒的是香港的那种建筑一律是殖民地式,连颜色也一样。以前未到过欧洲不知道此种耻辱,到过了巴黎看过殖民地展览会,和亲眼看过非洲及安南等地的建筑后,这种愤怒是不能不起得来了,待到香港,印度巡捕故意和我们为难的时候,更加愤恨。以后到了上海,除了像在香港所得到的不快外,还加上码头工人破烂衣装的刺激,比起在巴黎影片里看到的更要使我难过。

我在上海北四川路旁的一个亭子间里会见了一别七年的母亲。她比从前苍老了许多,七年来,只靠自己养活自己,让我去追求我的理想,她那种自我牺牲的母性,使我觉得难受得很。我那时想,我要好好地服侍她,不让她再受苦了。

但是我找不到职业,我还要吃母亲的饭。以后,搬了家,招收到几个学提琴的学生,算是暂时解决了生活问题。

那年秋,江北大水灾,我应了"南国社"友人之邀到南京,要去看大水灾,后因故不能成行。在南京时,跟过友人到歌女处听唱。

他们一边和歌女周旋,我一边在旁记下她们的曲调和情绪,我想使我的音乐创作充满着各种被压迫同胞的呼声,这样我才能把音乐为被压迫的祖国服务。回到上海后,我的第一个回国的作品写成了,那是影片《时势英雄》的插曲《运动会歌》。一二·九运动起来了,上海的大、中学里有些学生和我相识,他们寒假到街头宣传和示威游行,要我写个歌,我写了个《我们要抵抗》,这是我第一个救亡歌曲(现在原稿都失掉了),接着又写了《战歌》《救亡行进曲》。这两个歌和《运动会歌》都收入百代公司唱片,因为《战歌》等的唱片的销售速度打破了百代公司的其他唱片纪录,百代公司愿意聘请我了。我也满意这个职业,因为可以大大地收些救亡歌曲,可是这满意很快被打消,《战歌》的唱片及底片被没收打毁后,百代公司的老板就不愿意收救亡唱片了。我在那里只是做做配音,做一些生意眼的工作,但这种工作耽搁我的时候不少,妨碍我的创作和开展。那时我觉得民族危机很深,我开始着手写《民族交响乐》(大乐曲),要有很多时间才行。另一方面,百代公司待遇的不平(有些技术很差的薪水比我多八倍)和某些同事以买办气的态度来对待我,我也很不快,因此不久我就辞职不干了。

一九三六年,上海工部局(上海外人统治租界的政府)的音乐队答应给我开一个音乐会,演奏我的作品,但筹备得差不多的时候,工部局及乐队的领袖都不答应了,结果开不成了。他们不愿看弱小民族有一样出头的表现的,何况是他们一向以为"最高尚"的音乐呢。

离开百代公司之后,我又开始了穷困的生活,虽然在百代公司里每月有一百元的收入,但上海的应酬大,每月都不剩。还好,我还能给影片写些歌曲,有时一个歌能拿一百多元。我有了钱,除了家用外,就拿些来帮助穷朋友,尤其是音乐界的。我对于中国的新音乐运动是非常热心的,我应了当时的救亡歌曲运动者的要求,义务地给他们那些干部教作曲、指挥等，我也常常到各界的歌咏队或班里去教唱。

所以这个时期虽然失业，倒也不寂寞。

不久，新华影片公司要大做生意，又聘请做音乐部门的负责者（但不给我全权）。在这个时期里我写了不少的曲，如《搬夫》、《夜半歌声》的插曲、《热血》曲、《黄河之恋》等，又作了《拉犁歌》《小孤女》《潇湘夜曲》《青年进行曲》等等。这些歌曲写作的时候，已经是救国运动受到阻碍的时候，所以多是弯弯曲曲地说出心里话，我这时作曲只能寄怒号于悲鸣。但是，新华影片公司的老板渐渐投机了。他专门要收古装片，迎合低级趣味。他们要弄"新毛毛雨"，我是不能答应的，他就慢慢摆出老板的面孔要我强作"新毛毛雨"之类。他当我不知道我的曲的价值，他以为一百五十元的月薪就可以把我的全部的创作力买下来了。但是，我是知道我的曲每个可以卖出一百多元，我知道他的算盘，只要我一个月给他作三个曲，他就赚我二三百元。对于我这当然还不在乎，最重要地，我从事音乐事业不是为了做买卖，所以不久我又辞掉了职务。我宁可穷困，宁可分文不计地为社会服务。我仍在上海文化界、话剧界、音乐界里为他们配曲、配音、教唱等。我以前曾写过《复活》的插曲：《茫茫的西伯利亚》《莫提起》（在南京演出）。到此时，我又给《太平天国》写插曲，《炭夫曲》《打江山》，还有《日出》里的《打椿歌》，另外写些《没有祖国的孩子》《旱灾歌》《鲁迅纪念歌》等等，又为《大雷雨》全部配音和写插曲。我不要一个钱和报酬。

我在此时接触了许多埋头苦干的人士，他们真心为祖国的事业来献出全部力量，也看见了许多只顾出风头的人物，也看见表面热心实际压迫人的人物。我不断地写作，我得到许多同胞的帮助、鼓励和批评，也遭受过检查、限制和排斥。我以前所想的祖国那么天真、简单,现在没有了,我有时也苦闷,但愉快的时候多。

我喜欢接近学生,尤其喜欢接近工人、农民,我在工人的歌咏队里教歌剧,也到大场乡下去教歌。他们对我的作品表示欢迎,我从他们的喜怒里,尤其劳动的呼喊、抗争里吸收新的力量到作品里来。自然,我对他们的了解还不够,我的作品也还浅薄,不深入,可是比起在巴黎的作品充实得多。在巴黎的作品,连作风也未确定,只不过是有印象派的作风和带上中国的风味罢了。而尤是觉得高兴的,是我的作品那时已找到了一条路,吸收被压迫人们的感情,对于如何用我的力量挽救祖国危亡的问题是有把握了。我的作品已前进了一步,我的写作和实践初步地联系起来。

三、从上海到武汉

"八一三"抗战爆发,我参加了洪深兄领导的上海演剧第二大队,离开上海到内地宣传,经过了许多地方。最不能忘的是一九三七年冬天,我们到湖北汉冶萍煤铁厂,我和他们谈话,我下到煤矿井的底层,观察工人的工作生活。他们全身脱得精光,天一亮就下去,晚上才出井,整天看不见太阳,井底空气恶劣,灯光不亮。我在那矿厂里参观了好几天,教工人们大会唱,工人们很愿意和我接近。我在矿厂里作了《起重匠》这个曲。

以后我们到了武汉。

在武汉,演剧第二大队的歌咏工作成了推动武汉歌咏工作中心,我每天工作十几个钟头。武汉的歌咏队到处建立,一直扩大到工厂、商店、农村。又与张曙兄合作,开过许多歌咏大会,举行过歌咏大游行,游行的时候,商店一起合唱起来。

在武汉这时期的工作最兴奋,我作了《保卫武汉》《五一工人歌》《新中国》《祖国的孩子们》《游击军》《华北农民歌》《当兵歌》

《我们的队伍向前走》等，只是对于歌曲的漫无标准地检查监视救亡工作，甚至连"救亡"二字都不准用等等现象，很叫人不快。为了工作方便，我想到政府去工作，也许问题好商量，因此我就应军事委员会政治部第三厅之邀，到部里去工作。

但在第三厅里工作困难更多，外面组织的好几十个歌咏团体遭合并为一个队，又把这个队的干部分到各团体中去，这个队就领导不起来了。那些干部被分配到各团体之后，因受种种限止，不能开展工作，有些则灰了心，有个别的竟堕落了——他们受物质享受的引诱，对工作消极。还有在歌曲方面，审查、改削、限制、禁止等更严格，作曲作词的都无法发挥能力。我渐渐感到无事可做，在厅里除了晚上教教歌，白天儿坐在办公厅里无聊，一种苦闷的感觉愈升愈高，同事们也有同感，他们编了一首打油诗说"报报到、说说笑、看看报、胡闹胡闹睡睡觉"。有一个胖子每天下午必瞌睡，呼噜呼噜的鼾声震动好几个房间，我们都笑起来，这样的生活还有什么抗战的气味呢！

还有令人更不快的事情，外面那几十个团体被解散后，另一些团体莫名其妙地成立起来了，他们不欢迎我和从团体里的那些干部到他们团体里去，不唱我的歌及救亡歌，并把我当作排斥的目标，这显然是闹宗派意见。我无成见，也不是为了争风头，总希望大家谅解，消除误会。但我的努力都得不到结果，他们以后把电影界音乐界都包办啦。我走了之后，他们又把几十个团体提出通过组织的"全国歌咏界协会"推翻，另立他们的"全国音乐界抗敌协会"，把聂耳死的那天定作"中国音乐节"的决议也推翻了，另要黄自死的那天作"中国音乐节"，这样一来中国音乐界就不团结了。

我很痛苦。我和谁并没有仇，但却被他们仇视，我的薪水虽然有百多元一月，能应酬吃饭，但精神不愉快，呆板，身体虚弱，面黄肌瘦，虽然我在此时写了《胜利的开始》《到敌人后方去》《工人抗敌歌》《反侵略进行曲》《斗争就有胜利》《空军歌》《点兵曲》《江南三月》《电影插曲》及许多军队的歌,但写作的心情及情绪大减。

渐渐我无法创作,我渴望一个能给我写曲的地方,即使像上海那样也好,但回上海是不可能了。

于是我想起延安,但不知延安是否合我的理想,在设备方面会不会比武汉差。在没办法中只得去试试打听打听看。

延安这个名字我是在"八一三"国共合作后才知道的,但当时并不留意,到武汉后,常看到抗大、陕公招生广告,又见到延安来的一些青年,但那时与其说我注意延安,倒不如说我注意他们的刻苦、朝气、热情。正当我打听延安的时候,延安"鲁迅艺术学院"寄来一信,音乐系全体师生签名聘我。我问了些相识,问是否有给我安心创作的自由环境,他们回答是有的,我又问,进了延安是否可再出来,他们的回答说"完全自由的"。

我正在考虑去不去的时候,"鲁迅艺术学院"又来了两次电报,我就抱着试探的心,起程北行。我想不合宜再出来,那时正是一九三八年的冬天。

四、新环境

一进入延安,许多的新鲜印象都来了。一路上看见的窑洞都是七散八离的,这里却是一排排的,很整齐,那种像桥穹一样石砌房屋也多起来了,古旧的城,一半蜿蜒在山上,在南方和华中都很难找出这样的城吧?这些印象使我觉得延安似乎不应该是这样,延安应该美丽得多。

我下了汽车,当局把我招待到"西北旅社"(是个最上等的旅社),他们把我当作上宾看待。几天之后,日本飞机突来轰炸,我刚才走出房门要到防空壕去,炸弹已在头上丢下,我赶忙卧倒,炸弹就在我门前炸开，房子都被炸倒，托天之福，险些炸死！这次危险受惊不小，他们赶快给我搬家，我就住到北门外"鲁迅艺术学院"去。

我在鲁艺担任教音乐的课程，他们分给我一个窑洞居住。从前我以为"窑洞"又脏又偏促，空气不好，光线不够，也许就像城市贫民的地窖，但事实全不然，空气充足，光线很够，很像个小洋房，不同的只是天花板（应说"土"是穹形的），后来我更知道它有冬暖夏凉的好处。我吃到了小米饭，这饭不好吃，看来金黄可爱，像蛋炒饭，可是吃起来没有味道，粗糙还杂着壳。我吃一碗就吃不下去了，以后吃了很久才吃惯了。各方面的生活我也跟他们一样，我开始学过简单的生活。

生活是这样：一早起床，除了每天三顿饭的时间和晚饭后二小时左右的自由活动，其余的时间全都是工作和学习（我到的时候学习的空气很高），他们似乎很忙，各人的事总做不完。我住在窑洞里，同事同学常常来看我，我也到他们的窑洞里去，他们的窑洞里布置得很简单，一张桌子一张床，几本或几十本书和纸张笔墨之类，墙上挂些木刻或从报上剪下来的图画，此外就没什么了。大家穿着布军衣，留着发，却不理不梳。

鲁艺的音乐人才我到时不多（全中国人才本来就不多所以也难怪），他们算是全延安歌咏运动的中心，从影响上说，也许还是全国歌咏运动的中心吧。他们对新音乐建设的工作做了一些，对大众们和对民族形式的努力成绩较大，有民歌研究会收集的民调，包括了全国的，陕甘绥选的尤多，还有少数民族（蒙、回、藏、苗……）及朝鲜、安南等地的民歌土调。因为延安是全国各地的青年"集散之地"，所以鲁艺的民歌研究会就能从那些青年的口里把那些调记下来。鲁艺关于世界音乐的材料有一些，外面看不到的这里也有一些，他们和苏联音乐界的关系密切，要得到那里材料不难。世界音乐的材料也较容易传来,我最近托延安的负责人要几千张乐谱,他答应一定能取来。所有这一些情形,对于我写曲研究有很大的好处,只是乐器方面设备太差,全延安没有一架钢琴,除了能携带的西洋乐器(如提琴手风琴之类)外,只能数数中乐器了,我现在正在研究中乐器的特点,想利用它们的特长以补目前的缺点。

我担任的课不多,有很多时间来写作研究,常有时间找学生来谈。学生们的进步相当快,他们生活单纯专心学习,现在招生考试很严格,学生的基础更好,有些用功能赶过教员,因此教课的人不怎样吃力。学生们和我很好,上课时间往往要延长,有一天晚上上课,讲到夜深,本说休息,但他们说不疲乏,要我讲下去,一直到了天明才罢。

我对鲁艺的生活很易习惯,只是开会最初不惯,我觉得开会妨碍写作。我曾经向他们表示这一点,他们没说什么,后来我才知道这是他们对问题的审慎态度。他们以为开会大家都发表意见,问题就考虑得较周到了,又,开会时大家交换了意见,不同的经过讨论又相同,因此大家都没什么隔膜,容易团结。我慢慢对于这一点也习惯了。

生活既安定也无干涉和拘束,我就开始写大的东西。一九三五年开了头的《民族交响乐》,在安静的窑洞里完成了。还有《军民进行曲》《生产大合唱》《黄河大合唱》《九一八大合唱》《三八活报》……都能连续地写下来,现在还有几个大的作品未完成。

延安的人很欢迎《黄河大合唱》,已经演唱过近十次,还愿意听。招待外面来的贵宾时也演唱,他们(贵宾)看(指挥)听过后也感动地讲过感想,但不如延安的青年的批评那么多。延安的人喜欢新的东西,也喜欢批评,他们常对我的作品发表意见,而且有一套道理,因之我常常以他们的批评作参考,改造某些地方。但是也有些人批评时常常以过去或现在某作家的作品为标准,这种稍微带点保守性的批评是在别的地方也不能免的，这种批评对我也有帮助，使我看见我的作品的性格，进步还是退步。

还有一种批评给我的益处较大，那就是负责当局关于方向的指出。例如他们所主张的"文化抗战"，那关于音乐上民族、民主、大众化、科学化的方向等，给予我对新音乐建设的研究和实行问题很大的启示。

为了学习潮浪的推动，我也学习理论，最初只限于与音乐有关的东西，后来知道了这还不行，我就也来一个学习社会科学的计划。我看了一些入门书之后，觉得不至落在人后了，但慢慢发生了兴趣，我竟发现了音乐上许多问题，过去不能解决的，在社会科学的理论上竟得到解答。且不说大的方面，如音乐与抗战、音乐与人类解放等，又学出为什么工农的呼声有力、情感健康这一点。过去我以为他们受苦，但这回答我自己也未满意，所以在吸收工人的呼声及情绪入作品时，显得表面化（形式化）。现在我知道，劳动者是被压迫者、被剥削者，他们只有摆脱这枷锁才能有出头的日子，如果不然就只有由衰弱到灭亡，所以他们的反抗就是求活，他们的呼声代表着生命，代表着生命未来的力。还有，工人是一贫如洗毫无私蓄，连妻子儿女也要变成工厂主的奴隶，在这样的生活下他们的脑里装不进什么自私（因为私不了），所以他们的胸怀是大公的。他们反抗剥削压迫不只是为了自己，别人也得到益处，世界上没有人吃人，谁都过着幸福的日子，劳动者要消灭人吃人的制度来救出自己，因而也救出所有的人。这样可以知道，劳动者所想的实在是最高尚的，为着大众的，正义的，他们不需要欺骗、自私、阴谋、猜忌、残忍等等，所以感情是健康的。又因上述种种原因，他们最能团结自己和团结别人，因之他们的声音、感情就能充溢着热爱和亲切，真诚和恳挚。至于他们要命定做世界的主人翁，把世界变成大同社会，这样他们的气魄自然是很大的，力量自然是浓厚的。所有这一切，就构成劳动者的呼声的无限力量和情感的健康。而剥削人、压迫人的集团的音乐之所以日趋没落和充满颓废、感伤的靡靡之音，正象征着他们是不行了。人们已再不要他们乌烟瘴气的糊弄，已再不允许他们再把世界推向火坑。

我的学习还很肤浅，还不能应用到写作上，现在似乎比以前更忙了，我想还得好好地努力一下，好在我的身体比以前健康多了，因为开荒种地身体得到了锻炼，吃小米饭也香了，虽然不至变成皮球（这里把长得胖胖的叫作皮球），但多担任些工作总是经得起的。

谢谢你对我的关心，请你别挂念我的生活。此间当局为了我的工作多一些（我还兼女大的课），他们每月给我十五元的津贴（女大三元）作为优待，同事们——艺术教员一律十二元，助教六元。现在学校里生活改善，每星期有两次肉吃，两次大米饭或面吃，常常多加一个汤（别的机关没有）。这比起上海武汉时虽不如，但自由安定根本不愁生计则是那些地方所没有，如果比起在法国的生活更好得多，在法国冬天冷得没法时，就到马路口跑步取暖，现在温暖的窑洞里埋头作曲。

对不起得很，说来说去都没有回答你的问题。请你特别原谅吧。

敬祝你快乐健康！

弟星海二十九年三月二十一日

（《晋察冀日报》1945 年 11 月 24 日）

看了《血泪仇》与《枪毙杨小脚》的演出以后

贺锦

最近张市各旧剧团在我政府及剧场帮助之下成立了旧剧界联合会，张市最大的旧剧院庆丰剧院演出了新内容的歌剧《血泪仇》（市立剧院也演过，笔者未能赶看）及由军区抗敌剧社帮助该院演员自编自导的中型的新时事报道剧《枪毙杨小脚》。这在我开展新解放区城市新民主主义的文艺运动上是一件很有意义的事，而特别在团结与改造城市旧艺人推动城市剧运为人民服务的工作上，提供了第一个宝贵的成果。我们珍视这最初的可喜的收获。

《血泪仇》与《枪毙杨小脚》

《血泪仇》原是延安马杰翎同志的创作，是陕甘宁边区一九四三年以来最流行的大型新内容的歌剧之一。剧中揭露与控诉国民党反动派破坏抗战残害人民的种种罪行，是一篇充满血泪的人民的控诉书。原为秦腔，庆丰演出时改为落子。

《枪毙杨小脚》是该院演员自编的，是控诉敌伪在张市的黑暗统治，是张市人民痛苦生活的写照。剧中主角杨小脚是张市的女流氓、女汉奸，她依仗敌人的势力勾结宪兵队长特务头子张立胜欺压工人、小商人及一般穷苦的市民。这是张市人民三月以前的生活的回溯，是张市人民的一笔"血泪仇"。在那些痛苦的日子里，人民怀念着祖国，怀念着人民的军队，他们祷告着"受了八年了，难道还会再受下去吗？等着吧！该总有一天，总有一天他们会回来的啊！"是的，人民的愿望并没有落空，八路军来到了，三月以前解放了张家口。太阳旗在我神圣的枪弹下坠落了，代之而起的是我们灿烂的国旗——人民得到了解放。人民复仇的日子来到了，"有冤报冤，有仇报仇"，在人民的新政权的领导下展开了复仇运动，展开了清算斗争。刽子手们得到了应有的惩罚，杨小脚和张立胜等倒在过去被他们践踏在脚下的而现在是站了起来的人们的脚下。

适合时宜的演出

如上所述，该两剧的内容是非常现实的活生生的教本。该两剧是在我新解放区，特别是后者之在本市的演出，配合当前政治任务发动群众是极适合时宜的。它有着积极的战斗的意义。它是人民翻身的控诉书，它是正义的申诉，是非黑白的有力雄辩词。八年来，人民在敌伪统治下过日子，真理被遮盖了，是非被颠倒了，而现在，人民重见了天日，是非黑白看清了，真理抬头了。该两剧，后者对于民族敌人——日本法西斯强盗及其走卒，前者对于国内反动派（他们现在正企图而且已经开始更凶恶地最后一次地进行屠杀中国人民）作了彻底的揭露与有力的抗击。两者同样地都赞扬歌颂了人民的救星共产党八路军，"八路军好""共产党好""边区好""跟着八路军走""跟着共产党走""过好日子"。这就是人民的道路，人民的结论。

掌声与眼泪

现在，该两剧经过了生活在敌伪统治下八年多的庆丰剧院的艺员的努力排演下，已在张市日夜连续地演出了数十场了。不难想象，它取得了应有的效果，它取得了几万余的工人、小商人、士兵、干部等的观众，它取得了观众们的由衷的感动，取得了掌声、喝彩与眼泪。

往日的剧场中的沈腐的气氛被驱走了。往日，观众们悠闲地坐在那里嗑瓜子、喝茶，为一些无聊低级的趣味喝彩；而现在，该两剧的演出，改变了剧场的空气，改变了观众的感情。观众们说："真好呵，可说了咱心里的话了！""可出了气了！""就是那样，和真的一样！""现在，可是翻了身了！"笔者看了数次的演出，每次无不是感动下泪。

"为人民服务"

由于该两剧的演出，使我们看见以庆丰为代表的张市旧艺员们的光明前途。我们相信，它也预示了一切由我们解放出来的城市中旧艺员们的光明前途。如众所熟知的，在旧社会里，不管是在国民党过去及现在所统治的地区或者是敌伪的统治区里，旧艺员们是不被社会所尊重的，他们是"戏子"，是被人瞧不起的，而他们的职业也被目为是下贱的，特别是女艺员们，她们命运更是悲惨。他们和她们本身，在政治上亦缺乏应有的认识，被"饭碗"生计所迫，做着无意义无休止的劳作——"唱戏"，在旧社会的泥坑里又沾染一些恶习，一生辗转深渊之中，最后则在深渊中消逝。特别是张市的旧艺员们，过去在敌伪的统治下更是痛苦悲惨。

而在今天，解放了的张家口，这样一群被旧社会遗忘的人们也获得了解放。他们再不被目为"下贱的人"，他们的职业也不是下贱的了，他们被新社会所尊重，而且得到政府的帮助与扶植。如庆丰艺员崔万春说的："共产党把戏剧界看得这样高，共产党处处让我们学好。"今天，他们是自由自在地作为一个人而生活着和工作着，一如其他的各业的人们一样。他们得以建立自己的组织——旧剧界联合会，并宣言"为人民服务"的决心。而今天《血泪仇》与《枪毙杨小脚》的演出，即是这种决心的第一次的实践。艺员们在这个实践中表现出他们的热情与努力。该剧的演出，我们认为不仅是对观众的教育，同样是旧艺员们的自我教育。笔者亲见他们是在愉快地严肃地工作着。对于革命者来说，使一群被旧社会所践踏的人重新认识了作为"人"而生活着与工作着的庄严的意义，是值得骄傲的。而对于我们新的文艺工作者来说，目睹一群旧艺员们开始走到我们的战线中来，作为我们的有力的盟员，也是值得兴奋的。

艺术的成果

而《血泪仇》与《枪毙杨小脚》的演出，在创作本身，就庆丰旧艺人来说，我们也看见了一些成果。

首先是演员们创作态度开始走向严肃。前面已经提及，其所以能这样，是他们对于创作的积极的意义有了认识，这就是"为人民服务"的宣传工作。我们知道，当艺术作为供人娱乐或者为了求"饭碗"的工具时，那是不可能严肃的，即是那些自称严肃的"为艺术而艺术"的人们，其本质上也是不可能做到真正的严肃。旧艺员们，往日他们在台上做戏，故意耍一些无聊的"噱头""乐子"，低级趣味，以讨取观众的欢心。而现在，我们看见这些东西大大地减少了，演员们专心一致地在做戏，非常"卖劲"。如《血泪仇》中演王仁厚的张耀文君，演顽军副官的李光玉君等。再如《枪毙杨小脚》中演敌特张立胜的崔万春君，演卖纸烟妇人的筱灵枝女士，演杨小脚的筱月楼女士，演吴大嫂的花淑兰女士等。她（他）们无论在唱词、说白、动作、表情、化装上都一丝不苟。特别像杨小脚和王大嫂两个角色，就剧中所规定的性格与遭遇来看，若不持以非常谨慎严肃的态度来表演，那将收到相反的效果。

该两剧的演出形式，而特别是后者的最大特点是摆脱了某些旧剧

的圈套。在音乐上，不采用京调，而采用冀东流行的地方戏落子。后者较前者适于表现今天的生活感情。采用后者而又去其淫靡，加强其自由、清晰、易懂。而在排演与表演方面，其显著的优点是吸收了话剧的手法，即是更真实、更生活化。一般地说，旧剧的表演，其缺点方面，即脱离生活较远，内容概念化，人物类型化。自然，旧剧在表现旧的封建生活还有其长处，但若原封不动地搬用来表现今天的生活是不可能的、滑稽的。而庆丰的演出，特别是《枪毙杨小脚》一剧，却能相当地突破了旧戏的某些规程，采用了话剧的表演方法。自然，这只是因为他们依据真人真事来表演，模拟了他们的形象动作、语言、趣味等的缘故。

在《枪毙杨小脚》的编剧方法上也表现出这点。剧中都是真人真事，连什么街、门牌多少号都是真的。演员们集体编剧，他们对这些生活是熟悉的，并且为了编剧又进行过收集材料的工作，所以剧中的人物性格、生活环境都很真实。有许多性格描写，亦有许多形象的生活细节的充实。

在编排技巧上，其结构大体上可称严密，场面安排亦颇得当，且颇有不少动人之笔。如伪警敲诈卖肉小商一节，张立胜看见吴大嫂起了坏心，见其丈夫佯作替他代领"许可证"一节，以及杨小脚给张立胜牵线欺骗吴大嫂上圈套一节，还有吴大嫂被奸后，见了丈夫欲告不能，内心自谴而误把饭烧焦一节，都相当形象，细腻生动。角色性格的塑造虽还是粗略的，但有些角色性格还很突出，如杨小脚、张立胜、吴大嫂等。这在我们不了解张市生活的人看来，是很深刻的，很形象的。而上述角色的演员们的表演，更加强了这点。

当然，无论在编剧排演表演各方面，他们依然还保留着旧剧艺术的若干特征，包括优点与缺点。《枪毙杨小脚》剧本的整个体裁是平叙的，连续的，分场不分幕，不受地点时间的限制；角色的介绍是直接的，有时采取自我介绍的方法。这些都适合观众的传统习惯，并不破坏剧的真实性，且又简洁易解，特别因为在形式上是歌剧，它又保持着强烈明确的节奏性，表演上亦然。

缺点方面，则是重要的场面与角色着重的描写不够，一般地是太均衡了，如主角杨小脚的表现还嫌不够，作为整个剧的发展的主线的杨小脚与吴大嫂两人的关系的描写也不够。在剪裁上，有些场面啰唆与重复，如张立胜几次去杨小脚家。有些人物的出现对戏中无大作用，或者表现得模糊，如给吴大嫂送毛衣的一个妇女。群众场面不够热烈，保留着旧剧中"一人做戏，他人看戏"的缺点，如八路军进入张市人民欢迎及斗争大会两个场面则较冷落无力，据说经检讨后以后演出好些了。

有些不必要的情节与趣味还保留在剧中，如木匠见卖纸烟的妇女被敌特张立胜拷打时，最后逃跑时指着她滑稽地说"你害了我呀!"。一点没有对遭难者的同情心，且破坏了观众的严肃的激愤的心情。又如杨小脚两个女儿争风吃醋的色情趣味太多，如果要暴露她们的丑恶的一面，选其一两点即可，如果太多了，则是迎合了旧观众的不正确的趣味。类此的情形还有不少，这是妨害了剧的正当效果的，反映出坏的旧剧的深刻影响，是必改正的。

另外，有一些不可能克服的困难限制了演员们创作的，即是他们对《血泪仇》剧本中所描写的陕甘宁边区的人民生活是不了解不熟悉的，所以演得都不真实，而演《枪毙杨小脚》则反，演八路军及新政权的代表人物都不真实，而演国民党反动派及敌伪则反。

最后，必须着重指出：该两剧的演出的形式，基本上还是旧形式的。特别是《血泪仇》的演出，虽然采取了某些话剧的长处，但基本上还没有脱离"文明戏"的圈套。"文明戏"是旧形式与新内容分裂的低级的艺术形式，过了时的东西。完全拿这种形式来表现今天的人民典型、人民生活是不行的，是滑稽的，也是不严肃的。特别是在创造新的戏剧艺术来说，是必须改造的。自然，《枪毙杨小脚》在走向生活化这方面做得较好，但在某些场面、某些情节、某些演员身上还是存在。而对话与歌唱，旧剧的动作与生活化的表演都显出裂痕。不过，我们觉得从旧艺人旧剧原有的基础上来改造，上述一点也是必经的过程，而今天仅是这个改造过程的开始。

共同的努力

无论如何，我们从该两剧演出的政治意义与艺术的某些成果及它所给与张市剧运、改造张市旧剧旧艺人的工作所起的影响来看，这已是令人满意的成功了。我们知道这是在新的政权帮助之下，特别该两剧的演出是由庆丰剧院全体艺员的努力及军区抗敌剧社的帮助共同得来的。抗敌剧社的同志的帮助他们建立组织，收集材料，编剧以至演出，这样做法是很好的。这是由于经过整风有了正确的认识的缘故。

首先表现在对于这些为数不少的旧艺员是重视的，把他们看成我们文艺工作中有力的一翼，是我们的同人、战友，在某些方面又是我们的先生。我们应当尊重他们，接近他们，团结与帮助他们。没有他们，或者抛弃了他们，单靠外来的新的戏剧工作者来更好地开展张市的剧运是不行的。他们掌握的是中国传统的戏剧艺术的形式，且具备了相当熟练的技巧，他们有大群的观众，他们能每天两上台，特别在目前来讲，对于张家口的生活（尤其旧的）较我们初来者熟悉，而《枪毙杨小脚》是第一个反映张市的较大型的剧，不仅值得其他旧戏院学习，也值得新来的戏剧工作者学习。所以，把团结与帮助他们的工作看成十分重要,已是没有问题的了。

同时,以今天的庆丰为例的旧艺员们是完全可能而且已经开始和我们团结在一起,愿意接受我们的帮助,抗敌剧社的经验与《血泪仇》《枪毙杨小脚》两剧的演出即说明这点。这是因为在政治上提供了一个重要的前提,即是艺员们亲身的经历使得他们信赖共产党八路军,认识到共产党好,"亲生父母也不过如此"(赵老板语)。由于这,对于他们在一切的问题上的帮助上是有可能的,即旧剧艺术本身的改造亦然。不仅如此,艺员们今天已经在生活上逐步走入新的道路,如庆丰改组□制,组织学习小组,设生活改善委员,并定工作规约,戒掉烟瘾等。

这许多情况预示我们,"由旧人变新人",把旧艺员在政治上、艺术上逐步提高到新民主主义的文化工作者水平上来,应该重视今天的新旧戏剧工作者团结的友谊与共同努力的成果,而且应巩固与扩大它,只有这样,工作的开展才是可能的。

更进一步

今天,获得了初步的成果,我们知道,也只是初步的,只是开始,还要求我们的工作更进一步。

今天的成果要扩大与深入。要更进一步提高旧艺人的政治觉悟与改造他们的思想,并把现有的成果经验普及开来。今天,这样做的还只有一个庆丰剧院,张市的旧剧院还有好几个,我们要求所有的旧剧院都跟上庆丰。今天,《枪毙杨小脚》还只有一个,我们希望新的戏剧工作者帮助旧艺员创作更多的出来。今天,《血泪仇》还只有一个,我们希望以后供给他们更多的新剧本,而且,希望与鼓励他们自己创作。我们还希望演出新观点的历史剧,包括供给他们和鼓励他们自己创作。现在已演出《李自成》，听说庆丰要排演延安的《廉颇与蔺相如》，延安的创作《三打祝家庄》《逼上梁山》还可以试演。我们还希望改造所有旧剧的节目，因为它们有许多是包含了宣传封建主义思想及低级趣味的因素。我们还希望不仅在内容上而且在艺术形式上，由于新旧艺员的努力改造得更好。最后，希望不仅旧的剧人，连那些说书、唱大鼓、说相声的艺人们，也要团结与改造，使其加入到新的文化工作的大队人马中来。

我们以衷心的感激的心情，看见张市的剧运与最初成果，同时，以更迫切的热望，愿它"百尺竿头，更进一步"！

（《晋察冀日报》1945年11月29日）

我对《中秋佳话》的意见

史然

十月二十一日本报四版所载的《中秋佳话》，我读过之后就有一点意见，也曾和少数同志交谈过，有的劝我写出来，有的叫我同作者写封信，当时因为有点小病，同时亦怕别人说我外行批评内行，所以一直都没有写。最近病已轻了，又想此非负责的态度，所以不论对不对，还是把它写出来，提供作者及其他同志参考。

首先，这个剧本很明显地是当前的政治任务而写的，而且张家口亦确有类似这样的事，可见作者对张市情形也是作了一番了解的，这都是好的地方。

其次，剧本一开始的父女拉话，可能是想借此衬托出父亲的思想来，不过这样的拉话，发生于父女之间是有些勉强的，因为他的女儿亦非三两岁的小孩了，谈什么"早晚还不把你许配给人家""女儿是人家的人，男儿是自己的人""怕妇联会'共妻'"等，看来是很不协调的，因为照一般习惯来说，这些都是母女所谈的问题。

最后，这个剧本最中心的部分，多是些长篇大论的对话，而且又是由原则及新名辞出发来解释问题，如说"中国是半封建半殖民地社会"，允许"发展私人资本主义"等，显然不像商人自己的口吻，而且观众也是很难接受的。做一般口头宣传工作，还要根据群众切身的经验，用群众自己的或者是群众能以接受的语言，再由群众所爱戴的领袖去说，才会有最大的效果，我想写剧本亦不会例外。记得与此同时，本报二版发表过一个群众对群众宣传的故事，也是几个商人，有的相信共产党，有的害怕和不了解共产党。甲说不开张的原因是怕"共产"，乙说日本才"共产"哩，大家很奇怪，乙说何时何地日本鬼子曾几次拿了你们的东西，给你们一个钱了没有，大家说没有，乙又说共产党八路军来张家口三个月了，都是公买公卖，拿过谁家的一点东西了没有……这才恍然大悟，大家全笑了。这个对话很简单，也没有大原则和名辞，可是把道理说得很深刻，很明白，很自然，所以收效也很大。我想，一个好的宣传工作者，应该是善于总结先进的觉悟的群众的认识，教育和说服中间的和落后的群众，而不是宣传者自己，由主观上的及原则上的了解去教育群众。

此外，据我的分析和了解，中小资本家（相当于同一阶层的商人也在内）对我党的态度，亦不是那么简单。他们对于我党扶助发展资本主义是高兴的，但对增加工资及限制某些无限制的剥削等，就不一定满意，但在帝国主义及大地主大资产阶级压迫下，只有走共产党所指引的这条路，同时，工人增加了工资，生产情绪提高了，对资本家也有好处。他们是在这几重矛盾之下拥护我党政策的，可是这种情绪，在《中秋佳话》中的商人并没有反映。

这就是作的一个读者的我，对《中秋佳话》的意见。

十一月二十四日于和平医院

（《晋察冀日报》1945 年 11 月 29 日）